DOROTHEA BÖHME

Felicitas erklärt die Liebe

Buch

Sind die denn alle verrückt geworden? Das fragt sich Felicitas ein ums andere Mal. So wenig sie ihr eigenes Liebesglück findet, so gern hilft sie Freundinnen oder Kolleginnen bei der Suche, denn es macht ihr so viel Spaß, andere zu verkuppeln. So hat sie ihrer serbischen Mitbewohnerin Violeta ihren neuesten Verehrer beschert, und auch für ihren Bruder Lukas hat sie schon Pläne – eigentlich würde er doch hervorragend zu ihrer besten Freundin Sarah passen, nicht wahr?

Doch dann macht ihr das Internet einen Strich durch die Rechnung, alle wollen sie plötzlich online daten. Die Krönung ist dann Sarah, die Felicitas eröffnet, dass sie sich bei der Recherche zu einem Artikel über Internet-Dating Hals über Kopf verliebt hat. Nun will sie von heute auf morgen in ein kleines Kaff ziehen, um gleich darauf auch noch zu heiraten – natürlich einen Kandidaten aus einer Singlebörse. Das muss ich mir erstmal anschauen, denkt Felicitas und reist ins Münsterland, um dem Herrn mal auf den Zahn zu fühlen. Wider Erwarten gefällt ihr das kleine Dorf, in dem sie dort landet, sehr, und auch Benjamin, der Besitzer der Pension, lässt sie nicht ganz kalt. Doch Felicitas wäre nicht sie selbst, wenn irgendetwas jemals nach Plan laufen würde …

Autorin

Dorothea Böhme wurde 1980 in Hamm (Westfalen) geboren. Es hat sie immer schon in die Welt hinausgezogen: Sie studierte in Deutschland und Österreich, verbrachte einige Monate in Ecuador und Italien und arbeitete als Deutschlehrerin in Ungarn.

Von Dorothea Böhme bei Blanvalet bereits erschienen:

Neben der Spur ist auch ein schöner Weg · Auf dem falschen Dampfer kommt man auch ans Ziel · Ein Dorf zum Verlieben

DOROTHEA BÖHME

FELICITAS *erklärt die* LIEBE

ROMAN

blanvalet

MIX
Papier aus verantwortungsvollen Quellen
FSC® C014496

Verlagsgruppe Random House FSC® N001967

1. Auflage

Dieses Werk wurde vermittelt durch die
Literarische Agentur Thomas Schlück GmbH,
30161 Hannover
Redaktion: René Stein
Umschlaggestaltung und -motiv: www.buerosued.de
LH · Herstellung: sam
Satz: Buch-Werkstatt GmbH, Bad Aibling
Druck und Bindung: GGP Media GmbH, Pößneck
Printed in Germany
ISBN: 978-3-7341-0630-9

www.blanvalet.de

Donnerstag

»Und du bist Journalistin?«, fragte der Banker. Er trug eine Krawatte mit einem sehr ordentlichen Knoten, seine Haare waren ebenfalls sehr ordentlich frisiert, und auch wenn Felicitas schon seit gut zehn Minuten aufmerksam beobachtete, wie er Spinatnudeln aß, war noch nicht ein einziges kleines Spinatrestchen zwischen seinen Zähnen hängengeblieben. Der Mann war optisch perfekt. Perfekte Haare, perfekte Zähne, perfekte Brustmuskeln, wenn sie dem Foto auf seinem Internet-Dating-Profil Glauben schenken durfte.

Sie zog ihren etwas unperfekteren, nicht ganz so durchtrainierten, also vielleicht ein klein wenig vorhandenen Bauch ein. Ihre Haare hatte sie beim letzten Toilettengang im Restaurant versucht, noch glattzustreichen, aber da war jede Mühe vergeblich gewesen. Zuerst hatte sie zu Hause viel zu wenig Zeit gehabt, um die Haare liebevoll und ausdauernd zu föhnen, dann hatte ihnen der Nieselregen auf dem Weg ins Restaurant den Rest gegeben, da half auch nachträgliches Glattstreichen nichts mehr.

Felicitas hatte das Gefühl, als Vogelscheuche einem Model gegenüberzusitzen.

»Ich lese ja keine Zeitung. Bücher eigentlich auch nicht.«

Einem unendlich langweiligen Model.

Chris, der Banker, hatte außer seiner Arbeit und dem Sport – er ging ins Fitnessstudio, was die Brustmuskeln erklärte – anscheinend nicht allzu viele Themen, über die er gern sprach. Aber er sah gut aus, das war doch auch was wert.

Felicitas unterdrückte ein Gähnen und suchte nach einem Härchen zu viel in seinen geschwungenen Augenbrauen. Immerhin lenkte sie diese Betätigung von Gedanken an Matthias ab. Und Gedanken an Matthias waren nicht gut, waren alles andere als gut, waren quasi eine Katastrophe. Nur um jeden Gedanken an Matthias zu vermeiden, saß sie schließlich hier mit Chris bei einem Date.

Und natürlich Sarah zuliebe, die dieselbe Absicht gehabt hatte: möglichst keine Gedanken mehr an Matthias verschwenden.

Von Singlebörsen im Internet hielt Felicitas nicht viel, sie besaß nicht einmal einen Account. Eigentlich wäre Chris Sarahs Date gewesen. Deshalb auch die Frage, ob sie als Journalistin arbeitete. Sarah hatte einen wichtigen Termin für ihre Zeitung verschwitzt und Felicitas an ihrer Stelle zum Treffen mit Chris geschickt.

»Das merkt der doch noch nicht mal, dass ihm da eine andere gegenübersitzt«, hatte sie gesagt, als Felicitas protestieren wollte. »Wir haben beide dunkle Haare.«

Nur, dass Sarah groß und schlank war und Felicitas … nicht.

»Außerdem musst du endlich über dieses Arschloch hinwegkommen.«

Die Sache mit Matthias war sechs Wochen her,

deutlich zu kurz, um über ein Vierteljahr Leidenschaft hinwegzukommen, aber dann hatte Sarah noch flehend gesagt: »Feli, es ist wirklich wichtig, ich kann da heute nicht hin.« Also hatte Felicitas sich ergeben und hektisch nach Föhn und Make-up gesucht.

Und weil Chris sie ohnehin schon den ganzen Abend Sarah nannte, beantwortete sie seine Frage nun endlich mit: »So was Ähnliches.«

»Was ist denn so ähnlich wie Journalistin?« Chris zog eine seiner vollendeten Augenbrauen in einem vollendeten Bogen nach oben. Das musste er vor dem Spiegel geübt haben. Felicitas jedenfalls *hatte* das vor dem Spiegel geübt, und sie hatte nicht einmal halb so gut den Bogen raus wie er.

»Ich bin Polizistin«, sagte sie. Zumindest so etwas in der Art.

»Das ist ja spannend.« Er legte seine Gabel zur Seite. »Und in welcher Abteilung?«

»Genaugenommen arbeite ich *bei* der Polizei. Also nicht direkt als Polizistin«, musste Felicitas gestehen.

»Als Beraterin?«

»So ungefähr. Ich arbeite auf dem Präsidium.«

»Ah.« Chris sah schon nicht mehr ganz so interessiert aus. »Als Schreibkraft?«

»Als Kassiererin.«

Er nickte. »Von Strafzetteln?«

»Von Mittagessen.« Sie stellte ihr Mineralwasserglas – etwas anderes hatte sie sich in Anwesenheit von Model-Banker-Chris nicht getraut zu bestellen – etwas zu heftig ab. »Okay, ich arbeite in der Kantine. Aber ich kenne viele Polizisten, mein Exfreund ist Polizist, ich weiß genau, wie das abläuft. Und ich arbeite da bloß, weil ich nicht sportlich genug für dieses dämliche Sportabzeichen bin, das habe ich so knapp, wirklich nur so knapp verfehlt! Und ich bin jetzt auch nicht wirklich dick, vielleicht fünf, na gut, sieben Kilo zu viel, aber das ist kein Weltuntergang, und wenn ich mich mit Harry vergleiche, Harry, das ist Matthias' Partner, und Matthias ist … ach egal, jedenfalls ist Harry wirklich dick und so unsportlich, der könnte nicht einmal einen Ladendieb im Rollstuhl verfolgen. Und da ich ohnehin Polizeipsychologin werden will, ist es auch völlig unerheblich, ob ich diese blöden drei Kilometer laufen kann oder nicht!« Die brauchte sie fürs Deutsche Sportabzeichen in Bronze, und drei Kilometer waren ganz schön lang, wenn man nur zweiundzwanzig Minuten Zeit hatte.

Chris verzog in perfekter Abschätzigkeit den Mund und besah Felicitas von Kopf bis Fuß. »Ich bezweifle, dass *du* einen Ladendieb im Rollstuhl verfolgen kannst.«

Beinahe wäre ihr der Mund offen stehengeblieben. Ein paar Kilo zu viel waren kein Weltuntergang, und es gab Leute, die wesentlich mehr als sie auf den Rippen trugen, die damit sportliche Höchstleistungen vollbrachten. Eingebildeter Fitnessstudio-Fan. »Übertriebener Leistungssport macht auch krank«, sagte sie und ging dann zum Angriff über. »Abgesehen davon, hast du ebenfalls gelogen.« Sie verschränkte die Arme vor der Brust. »Eins dreiundsiebzig steht in deinem Datingprofil. Ich bin eins siebenundsechzig, und du bist kleiner als ich. So.«

»Du trägst hohe Schuhe«, verteidigte Chris sich schon nicht mehr ganz so perfekt.

Felicitas blickte auf ihre Ballerinas. »Flacher ist nur barfuß«, erwiderte sie.

»Über deine Fotos wollen wir jetzt aber nicht sprechen«, gab Chris zurück und verschränkte seine Arme ebenfalls vor der Brust.

Sie funkelten sich über den Tisch hinweg an.

»Ganz offensichtlich war dieses Date ein großer Fehler«, sagte Felicitas.

»Ganz offensichtlich«, sagte Chris. »Ich erwarte schon etwas mehr Sportlichkeit von einer potenziellen Partnerin.«

»Und ich etwas mehr Humor.« Obwohl seine letzten Sätze interessanter waren als alles, was er die knappe Stunde vorher von sich gegeben hatte.

»Zahlen«, rief Chris den Kellner. »Getrennt!«

»Und? Wie war das Date?«, fragte Violeta, die vorher nicht in ihrer gemeinsamen Wohnung gewesen war. Andernfalls hätte sie Felicitas die Haare machen können, sodass auch der stärkste Regen sie nicht zerstört hätte, und Felicitas hätte nicht mit einer Art Wischmopp-Frisur vor Chris, dem perfekten Banker, sitzen müssen. Nicht, dass schönere Haare das Date auch nur einen Deut besser gemacht hätten. Aber seine Bemerkung über die Fotos würde ihr dann vielleicht nicht so nahegehen.

Leider hatte Violeta aber noch Überstunden in ihrem Friseursalon unten im Haus geschoben, und weiß der Geier, woher sie überhaupt von Felicitas' Date erfahren hatte.

»Sarah hat angerufen«, erklärte Violeta in diesem Augenblick, als könnte sie Gedanken lesen. Aber vielleicht hatten Friseurinnen so viel mit Köpfen zu tun, dass sie es irgendwann tatsächlich lernten. »Also, wie war der Typ?«

»Warum lügen manche Menschen eigentlich so viel?«, fragte Felicitas zurück und ließ sich aufs Sofa fallen.

»Hast du wieder erzählt, du bist Polizistin?«

»Ich meine *ihn.*« Und wieso war niemand auf ihrer Seite? Sie war doch so gut wie Polizistin! Früher oder später würde sie Polizistin werden. Polizeipsychologin. Sie musste nur noch … ein paar Wartesemester sammeln. Oder sich endlich im Fitnessstudio zu einem dieser Boot-Camps anmelden, um sportlich in Höchstform zu kommen. »Online-Dating ist sowieso das Letzte«, stöhnte sie, um ihren Ärger wieder auf Chris zu lenken. Sie schielte zu Violeta, die während ihres Gesprächs eifrig etwas in ihr Smartphone tippte. »Da lernt man doch nie im Leben jemand Vernünftigen kennen.«

»Ach.« Violeta zuckte mit den Schultern.

»Ich meine, mit Sebastian läuft es doch gut bei dir, oder?« Sebastian war ein angehender Arzt, der ein Praktikum in der Rechtsmedizin absolvierte und deshalb Felicitas in der Kantine öfter über den Weg gelaufen war. Er hatte ähnliche Interessen wie Violeta: fernsehen, schwimmen und Violeta bewundern, die einmal zur Mittagszeit in der Kantine vorbeigeschaut hatte. Deshalb hatte Felicitas die Sache in die Hand genommen und ein Date arrangiert. »Ein Arzt ist ja auch nicht zu verachten.«

»Hm.« Violeta schien etwas abgelenkt.

»Was tippst du da eigentlich die ganze Zeit?«

»Oh, nichts.« Violeta ließ das Handy in ihre Jeanstasche gleiten. Dann sah sie Felicitas an. »Nur weil dein Date mit einem Verehrer von Sarah in die Hose gegangen ist, heißt das noch lange nicht, dass Online-Dating als solches Mist ist.«

»Aber jemanden im realen Leben kennenlernen ist so viel besser!« Sie sah Violeta an. Noch einmal wiederholen, wie toll es doch bei ihr und Sebastian lief, wollte sie auch nicht. Aber Details zu Violetas neuestem Verehrer und ihrer Beziehung zu ihm hätte sie schon gern gehört. Zwar war Violeta immer für Felicitas da, wenn sie ihren Kummer ausweinen musste, selbst gehörte sie aber ärgerlicherweise zur Sorte Frau, die genießt und schweigt.

Jetzt zog Violeta eine Augenbraue hoch. Weshalb konnten das alle anderen so elegant, und nur Felicitas' Brauen führten ein raupenähnliches Eigenleben? Violeta war darin noch besser als ChrisderBanker, und wenn sie das geübt hatte, musste sie das vor ihrer WG-Zeit mit Felicitas einstudiert haben. »Dass das Kennenlernen im realen Leben ja so gut klappt, das hat dir die Geschichte mit Matthias gezeigt?«

»Hmpf.« Nun war es an Felicitas zu grummeln.

Es waren drei unbeschwerte Monate gewesen, die schönsten ihres Lebens. Sie war sich sicher gewesen, in Matthias den Mann ihrer Träume gefunden zu haben. Als er in der Kantine vor ihr gestanden hatte, mit seinen strahlend blauen Augen und dem spitzbübischen Lächeln, war sie regelrecht dahingeschmolzen. Als er bei ihren Dates aus seinem Polizeialltag erzählte, hatten sich die Schmetterlinge in Felicitas' Bauch explosionsartig vermehrt. Matthias war aber auch ein Draufgänger, dabei witzig und charmant, mit genau der richtigen Prise frech dabei. Ein wirklich cooler Typ. Und er hatte sich in Frau Felicitas Kantinenhilfe verliebt, die noch nicht einmal echte Polizistin war.

Zwölf Wochen lang schwebte sie im siebten Himmel.

Und dann war ihm beim Bezahlen im McDonald's – und vielleicht hätte sie da schon wissen sollen, dass Matthias nicht der Richtige war – ein Foto aus seinem Portemonnaie gefallen, ein Strandfoto aus St.-Peter-Ording.

Gemeinsam mit seiner Frau und den beiden Kindern.

Von deren Existenz Felicitas bis zu diesem Zeitpunkt nichts gewusst hatte.

Vielleicht war Matthias doch nicht der Mann ihrer Träume. Seine Ehe stellte sich als ein etwas größerer Schönheitsfehler heraus.

Dabei hatte er mit ihr schon über die Zukunft gesprochen, über eine gemeinsame Wohnung, sogar über Kinder. Zugegeben, die hätten Felicitas' Meinung nach noch ein bisschen warten können, zumindest so lange, bis sie die Ausbildung bei der Polizei beziehungsweise das Psychologie-Studium hinter sich gebracht hatte (oder überhaupt erstmal begonnen, dachte sie seufzend). Aber nichtsdestoweniger hatte sie schon angefangen, die Kleinanzeigen nach geeigneten Wohnungen zu durchforsten.

Dann kam der harte Aufprall in der Realität.

Violeta spürte offenbar ihre Melancholie, denn sie drückte kurz Felicitas' Hand. »Süße, du bist witzig, talentiert und hübsch.«

Felicitas wollte protestieren, doch Violeta fuhr ihr über den Mund, bevor sie überhaupt etwas sagen konnte: »Dein Aushilfsjob ist doch nur zur Überbrückung. So unsportlich bist du nicht, und in Nullkommanichts hast du das Sportabzeichen und die Aufnahmeprüfung, da stören die zwei Kilo zu viel kein bisschen. Und dann kommt auch ein Mann, der die kleine fröhliche Felicitas mit den süßen Wuschellöckchen auf Händen trägt.«

Verlegen fuhr Felicitas sich durch ihre Locken. Bei hoher Luftfeuchtigkeit wurden sie kraus, und Felicitas fand, sie sah dann aus wie ein Schaf. Ansonsten war sie stolz auf ihre Haarpracht, die sie selbst zwar kaum bändigen konnte; aber dafür war Violeta immer gern zur Stelle.

»Vielleicht hast du recht«, murmelte sie und zog ihren Bauch ein kleines bisschen ein. Für ihre Größe waren fünfundsechzig Kilo nicht der Super-GAU, aber … Nun ja … Ein Dreikilometerlauf lief sich leichter ohne zusätzliches Gewicht. »Trotzdem ist Online-Dating nicht die Lösung«, kam Felicitas wieder auf das ursprüngliche Thema zurück. »Es ist viel besser, wenn man Menschen miteinander verkuppelt, die man kennt.« Sie setzte sich aufrecht hin. »Wie bei Sebastian und dir oder wie bei Sarah und Lukas.«

Einen Augenblick lang schwieg Violeta. »Wissen Sarah und Lukas schon davon?«, fragte sie schließlich und musste kurz überlegen. »Oder besser: Wissen Sarah *oder* Lukas schon davon?«

»Sie passen perfekt zusammen!«, umging Felicitas die Frage. »Mein Bruder hat sich gerade von dieser Schnepfe getrennt, und ich kann dir sagen, Mama und ich sind so froh, dass das endlich in die Brüche gegangen ist. Auch wenn es mir für Lukas natürlich leidtut«, fügte sie schnell hinzu. »Aber Sarah wäre einfach seine

Traumfrau, das hab ich im Gefühl!« Und auch für Sarah wäre Lukas keine schlechte Partie: Er war Steuerberater, aber abgesehen von seinem langweiligen Job, sah er gar nicht schlecht aus, zumindest soweit man das als Schwester beurteilen konnte. Außerdem war er nett und witzig und hatte das Herz am rechten Fleck. Er mochte kluge Frauen mit Humor. Sarah wiederum war Journalistin, sehr klug und mit einem tollen Humor ausgestattet – sonst wäre sie schließlich nicht so schnell Felicitas' beste Freundin geworden. Es war also, wie man so schön auf Neudeutsch sagte, ein *match made in heaven*.

Violeta schüttelte den Kopf. »Und wenn mir niemand für dich einfällt? Dann wirst du deinen Traummann nie kennenlernen, weil du dich der neuesten Technologie gegenüber verschließt.«

Matthias hatte Felicitas ja auch offline kennengelernt. Und überhaupt, da präsentierte man sich der ganzen Welt als verzweifelter Single? »Was ist, wenn ich online auf jemanden stoße, den ich kenne?«, fragte sie.

Violetas hochgezogene rechte Augenbraue deutete an, dass sie das Problem nicht verstand. Ihr Handy vibrierte.

Felicitas schüttelte den Kopf. »So funktioniert das doch nicht mit der Liebe«, erklärte sie.

Violeta, die schon wieder ihr Smartphone in der Hand hielt und eine Nachricht mit vielen Smileys verschickte, sah hoch. »Wieso nicht?« Ihr Fingernagel klackte, als sie damit aufs Display tippte. »Also, ich find's großartig. Muss noch nicht einmal abends weg, kann mir meine Verehrer direkt ins Wohnzimmer liefern lassen.«

»Wieso denn … ich denk, Sebastian …«

»Jaja«, unterbrach Violeta. »Sieh mal, da gibt es Apps, da wird dir ein Mann nach dem anderen präsentiert.«

»Ich weiß.« Sarah hatte ihr ja Chris, den Banker, gezeigt und dazu die App erklärt. »Aber das ist doch total oberflächlich, es geht nur ums Aussehen. So ein Foto sagt nichts über den Charakter, gar nichts!«

Violeta zuckte mit den Schultern. »In einer Bar quatsch ich doch auch keinen hässlichen Vogel an, weil der so aussieht, als könnte er eine interessante Persönlichkeit haben.«

»Aber Sarah und Lukas kenne ich beide, da weiß ich, dass sie zusammenpassen.«

»Kompatibilität.« Violeta nickte nachdrücklich. »Manche Online-Dating-Börsen arbeiten mit einem Algorithmus.«

»Mathe?« Felicitas stand auf. »Ausgerechnet Mathe wird eingesetzt? Die Liebe wird *berechnet*?« Mathe war der Grund, weshalb Felicitas nicht zum Psychologie-Studium zugelassen worden war. Mathe hatte ihr den Abischnitt kaputt gemacht und damit den NC verhagelt, den man erreichen musste, um gleich studieren zu dürfen. Mathe hatte ihr quasi die Zukunft versaut, und nun saß sie achtundsiebzig Wartesemester in einer Polizeikantine ab.

Sie seufzte und ließ sich zurück aufs Sofa fallen.

Violeta rutschte etwas näher an sie heran. »Ich mein ja nur.« Sie legte Felicitas eine Hand auf die Schulter. »Ich weiß, dass das mit Matthias wehtut. Aber ein, zwei Dates zur Ablenkung würden dir guttun.«

»Wo komm ich denn gerade her?« Felicitas sah sie böse an.

»Süße …«, Violeta schien den Drang, mit den Augen zu rollen, unterdrücken zu müssen. »Ich mein schon richtige Dates, und nicht Ersatzfrau für Sarah spielen. Du musst mal interessante Männer kennenlernen. Dann kommst du auch über das Arschloch Matthias hinweg.«

Freitag

Sie war über Matthias, das Arschloch, hinweg. Komplett hinweg, er war Geschichte.

Zumindest sagte Felicitas sich das gerade Mantra-artig vor. Sie saß an der Kasse, Frau Haase brüllte im Hintergrund Anna und Theresa, die beiden Kantinenköchinnen an, und Matthias war derzeit damit beschäftigt, sich seinen Teller vollzuladen.

Früher oder später würde er bei ihr bezahlen müssen, und seine blauen Augen würden sie anblicken. Traurig vermutlich. »Felicitas, gib mir doch noch eine Chance«, würde er sagen.

Doch bisher hatte er das in den sechs Wochen, seitdem Felicitas das Foto gesehen und ihre Liaison beendet hatte, noch nicht getan. Violeta und Sarah hatte Felicitas auch nicht erzählt, dass sie sich insgeheim wünschte, er möge angekrochen kommen. Den beiden Freundinnen hatte sie natürlich gesagt: »Er hat eine Frau und Kinder. Ich will nicht, dass meinetwegen eine Familie kaputtgeht. Die Sache ist vorbei.« Und eigentlich hatte sie es auch so gemeint. Sie wollte nicht verantwortlich sein dafür, dass eine glückliche Familie zerbrach.

Aber dann reihte sich Matthias mit seinen blauen Augen und den Grübchen wieder in der Schlange an ihrer Kasse ein, und Felicitas fragte sich, wie glücklich eine

Familie überhaupt war, wenn der Mann eine Affäre hatte. Sie versuchte, sich an all die Scheidungskinder zu erinnern, die sie kannte. Befanden sich welche unter ihnen, denen die Trennung ihrer Eltern überhaupt nichts ausgemacht hatte? Mit leicht zitternden Fingern nahm sie das Geld des Kunden entgegen, der jetzt vor ihr stand. Direkt dahinter kam Matthias, und nun zitterten ihre Finger richtig.

»Und? Wie geht's?«, fragte er.

»Gut.« Weshalb klang ihre Stimme so belegt?

Er blieb stehen und sah sie aufmerksam an. Keine Kunden hinter ihm, sie hatte also keine Ausrede, dass sie arbeiten musste.

»Und dir?«, fragte sie also.

»Hab dich vermisst«, antwortete er und seufzte. »Du mich auch?«

Trotz trockenem Mund versuchte Felicitas zu schlucken. War es heute soweit? Vielleicht war sie doch noch nicht über ihn hinweg, wenn sie es recht bedachte.

Vorsichtig nickte sie, was ihm ein breites Lächeln entlockte.

»Ach, Felicitas, du weißt nicht, wie heiß du mich immer machst.« Er berührte ihre Hand deutlich länger als notwendig, als er sein Wechselgeld entgegennahm. »Wie wär's? In zehn Minuten machst du kurz Pause und wir treffen uns auf der Damentoilette im ersten?«

Dort hatten sie tatsächlich einmal … Jedenfalls war es gut, dass die Toilette äußerst selten benutzt wurde. Im ersten arbeiteten nämlich hauptsächlich Männer.

Felicitas sah ihn mit offenem Mund an. Sie wollte Liebe, er wollte Sex. Hatte sie da schon länger etwas verwechselt? Andererseits war der Sex immer gut gewesen, und wurde durch Sex nicht auch dieses sogenannte Kuschelhormon ausgeschüttet? Das dann dazu führte, dass man sich verliebte?

»Ich …« Sie räusperte sich.

»Komm schon.« Er stupste sie leicht an der Schulter an.

»Frau Möller!«, rief Frau Haase in diesem Moment aus dem Hintergrund. »Wenn Sie keine Kunden mehr haben, könnten Sie mir bitte mal mit dem Auffüllen der Getränke helfen?«

»Tut mir leid.« Felicitas zog bedauernd die Augenbrauen zusammen.

»Vielleicht ein anderes Mal«, sagte Matthias.

»Vielleicht ein anderes Mal«, wiederholte Felicitas. Als sie hinüber zu Frau Haase ging, fragte sie sich, ob sie über die Unterbrechung unglücklich sein sollte oder nicht.

Die Kantine verkaufte natürlich keinen Alkohol, nur Softgetränke und Kaffee an einem Automaten. Glücklicherweise war dort noch genug Milch drin, denn Felicitas hasste es, die Milch nachzufüllen. Der Schlauch war besonders widerspenstig und am Ende ihr Kittel immer mit Milchspritzern besudelt.

Sie schleppte eine Kiste Apfelschorle zur Kühltheke, die Haase eine mit Mineralwasser. Immerhin half sie heute mit, das kam auch nicht jeden Tag vor. Üblicherweise wachte sie nur mit Argusaugen über ihre Mitarbeiter. Pausen wurden auf die Sekunde genau gestoppt, Verspätungen registriert, aufgeschrieben und vom Lohn abgezogen.

Matthias sah unauffällig zu Felicitas hinüber.

Das bemerkte sie, als sie selbst unauffällig zu ihm hinüberschielte. Er zwinkerte ihr zu. Ach, wenn das Leben doch nur einfacher wäre … Matthias unverheiratet, sodass zwei Liebende ohne Hindernisse zueinander finden könnten.

»Frau Möller, Konzentration.« Frau Haases Stimme zerschnitt ihre Gedanken.

Als ob es komplexe geistige Höchstleistungen erforderte, Apfelschorle in die Kühlung zu stellen. Felicitas verkniff sich jedoch jeden Kommentar, stellte die restlichen Flaschen beiseite – damit musste sie nachher noch den Automaten im Flur befüllen –, und holte eine Kiste Cola.

Diesmal beachtete Matthias sie nicht, als sie zurückkam.

Sie presste die Lippen aufeinander. Am besagten Abend im McDonald's hatte er es zunächst mit Ausreden probiert: Meine Frau ist so kalt zu mir, wir lieben uns nicht mehr, wir leben nur noch nebeneinander her, ich lass mich auf jeden Fall scheiden … Vielleicht hätte sie ihm ja eine Chance gegeben. Aber dann hatte er hinterhergeschoben, dass gerade aktuell in diesem Moment einfach nicht der richtige Augenblick war, und sie hatte die Tür für ihn geschlossen.

Wie machte Violeta das eigentlich, dass sie so selten Liebeskummer hatte? Vielleicht sollte sie es doch mal mit Online-Dating versuchen, vielleicht verliebte man sich da einfach nicht so sehr.

Felicitas seufzte und stellte die Colaflaschen ab. Aber war das wirklich die Lösung?

»Waren Sie schon mal verliebt?«, fragte sie ihre Chefin. »So richtig vollkommen rest- und rettungslos verknallt?«

Haase sah sie an. Für einen Moment wurde ihr Gesicht ganz weich. Sie öffnete den Mund, um etwas zu sagen. Dann zuckte ihr linkes Augenlid, und sie presste die Lippen fest aufeinander. »Der Automat im zweiten Stock muss noch aufgefüllt werden, Frau Möller«, sagte sie statt einer Antwort.

Seufzend stellte Felicitas die beiden halbleeren Kästen übereinander und hob sie hoch. Den restlichen Teil ihres Arbeitstages verbrachte sie damit, sich von Gedanken an Matthias abzulenken, indem sie sich auf ein anderes Liebespaar konzentrierte: Statt Tagträumen nachzuhängen überlegte sie Szenarien, wie sie ihren Bruder und ihre beste Freundin gleichzeitig in ihre Wohnung bekam.

»Ich weiß jetzt, wie ich Sarah und Lukas zusammenbringen werde!«, eröffnete Felicitas einige Stunden später Violeta. Die saß, das Handy auf dem Schoß und eine Tüte Chips auf dem Couchtisch, vor dem Fernseher und sah sich irgendeine Hochzeitssendung an. Das Brautkleid war tatsächlich sehr hübsch, und kurz gab es Felicitas einen Stich. Vermutlich würde sie niemals heiraten, bei ihrem Pech mit den Männern.

Auf ihre Ankündigung reagierte Violeta nur mit einer Handbewegung, die Felicitas so interpretierte, dass sie ruhig mehr erzählen dürfe.

»Folgendes«, begann sie, wurde dann aber durch die Türklingel unterbrochen.

Da Violeta nicht einmal den Blick vom Fernseher nahm, stand Felicitas auf und öffnete die Tür.

Sarah stürmte an ihr vorbei herein.

»Ich hab dir was zu erzählen!«, rief sie aufgeregt und marschierte direkt ins Wohnzimmer durch. »Dir auch, Violeta!«

»Ich dir auch«, grummelte Felicitas, ließ sich auf die Couch fallen und stellte den Fernseher aus. »Chris ist zehn Zentimeter kleiner als du.« Lukas erwähnte sie nicht, der war als Überraschung für die nächste Woche geplant.

»Macht ja nichts.« Sarah strahlte immer noch übers ganze Gesicht, als sie sich aufs Sofa neben Felicitas setzte.

Violeta zog angesichts Sarahs Fröhlichkeit eine Augenbraue hoch. Nicht, dass Sarah sonst schlecht gelaunt war, aber üblicherweise lächelte sie nicht so viel. Sarah war »professionell«, und dazu gehörte ein geschäftsmäßiger Gesichtsausdruck. Diese überglückliche Sarah war neu.

»Bist du befördert worden?« Felicitas setzte sich aufrecht hin, um ihre Freundin zur Beglückwünschung umarmen zu können.

»Ich werde heiraten!« Die Worte quietschte Sarah regelrecht hervor.

»Was?« Wie gut, dass Felicitas saß, diese Nachricht hätte sie sonst umgehauen. Sarah würde heiraten? Sarah hatte doch noch nicht einmal einen Freund! Deshalb hatte Felicitas heute doch nach Möglichkeiten gesucht, Sarah und Lukas … Ein »Was?« schien nicht auszureichen, deshalb wiederholte Felicitas noch einmal etwas lauter: »Was?«

Aber Sarah wiederholte nur ihre vorherigen Worte, ebenfalls lauter: »Ich werde heiraten!«

Dann fiel sie Felicitas um den Hals, die verblüfft zu Violeta blickte. Wusste die etwas? Aber auch Violeta schien bisher ahnungslos gewesen zu sein, denn sie legte nun den Kopf schräg und schüttelte verwirrt den Kopf, als Felicitas zu ihr hinübersah.

Von irgendwoher zauberte Sarah eine Flasche Sekt hervor, und Felicitas war irgendwann immerhin soweit, dass sie angemessen gratulieren und sich für ihre Freundin freuen konnte. Auch wenn es an ihr nagte, dass sie vom zukünftigen Ehemann bisher noch nichts erfahren hatte. Sarah war ihre beste Freundin, da erzählte man sich doch alles! Oder galt das nur für Felicitas selbst? Nein. Auch wenn Violeta in gewissen Dingen schweigsam war, die wichtigsten Erlebnisse teilte sie Felicitas doch mit – außer dieser Sache mit den ständigen Handynachrichten, die sie in letzter Zeit immer bekam. Auf einer rosafarbenen App. Felicitas war schon ein wenig misstrauisch.

Hatte Sarah also die Nase voll gehabt von Felicitas' Gejammer über Matthias und sich deshalb geschworen, selbst nie wieder etwas zu erzählen? Vor allem nicht Felicitas? Oh Gott! Was war sie für eine nervtötende Freundin gewesen mit ihrem Liebeskummer.

Aber bevor Felicitas endgültig ins Selbstmitleid abdriftete, fragte Violeta: »Wann habt ihr euch denn kennengelernt?«

»Vor zwei Wochen«, antwortete eine immer noch strahlende Sarah.

Nun zog auch Felicitas ihre Augenbrauen hoch. Nicht ganz so ausdrucksstark wie Violeta, und nicht ganz so perfekt wie ChrisderBanker, aber um einiges verwirrter.

»Was?«, fragte sie erneut. Sehr eloquent. Und weil auch dieses »Was« allein nicht zu genügen schien, schickte sie auch diesmal ein weiteres hinterher: »Was?«

»Ich kenn ihn aus dem Internet.« Sarah kicherte und ließ sich in die Polster der Couch sinken.

Natürlich. Woher sonst? Das Internet war Sarahs derzeitige Lieblingsbeschäftigung, vor allem die Dating-Portale und Flirt-Apps. Daher wusste ja auch Felicitas über diesen Mist Bescheid. Und als sie jetzt darüber nachdachte, hatte diese neue App von Violeta ziemlich viel Ähnlichkeit mit …

»Ich schreib doch diesen Artikel«, erklärte Sarah. »Über die Partnersuche im Internet.«

Felicitas nickte, das hatte Sarah ihr erzählt, eine richtig große Recherche. Deshalb hatte Felicitas auch einfach zu diesem Date mit Chris gehen müssen: Sarah hatte schon so viel Zeit investiert, da durfte ihre sorgsam gestaltete Statistik nicht kaputtgemacht werden. Ein Unterpunkt waren Männer, die kurzfristig absagten oder sogar ohne abzusagen einfach nicht am verabredeten Treffpunkt auftauchten. Sogenannte »Flakes« – woher das Wort kam, wusste Felicitas nicht. Ghosting und Benching, Sarahs andere Lieblingswörter, konnte sie sich zumindest noch vorstellen. Jedenfalls musste Sarah natürlich zu jedem Date auftauchen, sie selbst sollte ja nicht als »Flake« in ihrer Statistik erscheinen.

»Da bist du weiß Gott nicht die Erste«, warf Violeta ein.

»Das ist nicht neu, das stimmt«, sagte Sarah, »aber ich habe mir einen Auftrag gegeben: Wie schnell finde ich den Mann, den ich heiraten will?«

»Zwei Wochen.« Violeta nickte. »Das ist beeindruckend. Damit engagieren die dich als nächstes Werbegesicht.«

»Du heiratest, um einen guten Artikel zu schreiben?«, fragte Felicitas ungläubig.

»Nein! Ich hätte, um ehrlich zu sein, nie gedacht, dass es überhaupt irgendwann ernst werden würde. Ich hatte den Artikel im Kopf schon fertig: Ich als Frau suche einen zukünftigen Partner fürs Leben, und die Männer wollen nur unverbindlichen Sex.«

»Ist das nicht ein bisschen klischeehaft?«, merkte Felicitas vorsichtig an. »Ich meine, es gibt auch Männer, die ihre zukünftige Lebenspartnerin suchen, und Frauen, die nur unverbindlichen Sex wollen.«

»Ich treffe im Grunde nur Männer, die ihre zukünftigen Lebenspartnerinnen suchen.« Violeta stieß leicht genervt Luft durch die Nase aus, und Felicitas warf ihr einen misstrauischen Blick zu. Was sollte das denn heißen? Hatte sie etwa was gegen Sebastian, den Arzt, und seine Zukunftsplanung?

»Ja, natürlich ist das ein Klischee«, gab Sarah zu, »aber Klischees kommen unglaublich gut an in Artikeln.«

Schon möglich, dachte Felicitas, unter Umständen müsste man in dieser Hinsicht aber einfach mal etwas anderes ausprobieren. Doch weil ihr der Zeitpunkt nicht geeignet schien für eine Grundsatzdiskussion, fragte sie stattdessen vorsichtig: »Und da hast du nun deinen Traummann gefunden? Zwischen Date fünfzehn und sechsundzwanzig?«

»Genau.« Sarahs Lächeln war wieder so strahlend wie zuvor. »Plötzlich stand er da, der Kai, und hat mein Herz erobert. Einfach so.« Sie zückte ihr Smartphone und zeigte ihren beiden Freundinnen das Bild eines Mannes mit dunklen Haaren. Er sah nicht übel aus, wie er da breitbeinig auf einer Parkbank saß und in die Kamera grinste. »Er ist einfach toll«, schwärmte Sarah. »Nicht nur klug, sondern auch sportlich – er spielt Fußball! Und sein Humor ist einfach klasse.«

Sarah gab Felicitas noch einen Kuss auf die Wange und eine schnelle Umarmung, dann stand sie auf. Es gab noch so viel vorzubereiten für die Hochzeit. Kai kannte sich aus, der hatte all das ja schon zweimal hinter sich, aber du liebe Zeit, was es da alles zu bedenken und organisieren und planen gab, Sarah wusste nicht mehr, wo ihr der Kopf stand. Und dann der Umzug! Von Dortmund in den ländlichen Teil Westfalens, ins Münsterland, wunderschöne Gegend mit viel Natur. Wie sie das nun mit ihrem Job verbinden sollte, wollte auch alles noch herausgefunden werden.

Viel Natur? Mit ihrem Job verbinden? Felicitas wollte gerade fragen, ob Sarah komplett wahnsinnig geworden war, da rief ihre beste Freundin: »Ihr seid meine Brautjungfern, oder?«

Felicitas warf Violeta einen verzweifelten Blick zu, die ihn erwiderte. Schließlich nickten sie beide.

Und schon war Sarah wieder verschwunden, auf dem Weg zu ihrem neuen Leben, mit ihrem Verlobten. Vor allem aber: ganz weit weg von Felicitas, von Dortmund, von ihrem bisherigen Leben mit Großstadt, Cocktails und Freundinnen, das doch eigentlich ganz schön war.

»Ein Dorf? Unsere Großstadtpflanze Sarah, deren Karriere auf hippen *urban stories* basiert, will aufs Land ziehen?«

Violeta zuckte mit den Schultern. »Am Wochenende kann sie ja immer hier bei uns wohnen.«

»Und ihren Mann bringt sie mit, oder was?« Felicitas schüttelte heftig den Kopf. Sarahs Mann! Sarah würde heiraten? Und was wäre mit Lukas? Ihr schöner Plan!

Außerdem: Was war das überhaupt für ein Typ? Sarahs Verlobter?

»Moment mal.« Sarahs Wortschwall hatte Felicitas ganz durcheinandergebracht. Aber da war was gewesen, ein Detail, das … Felicitas riss die Augen auf. »Hat sie gesagt, er war schon zwei Mal verheiratet?«

»Besser, als wenn er einmal oder gleich zweimal verheiratet *ist.*«

Felicitas sank zurück in die Kissen. Matthias, dieser Mistkerl. »Ich wusste das nicht. Woher hätte ich das wissen sollen? Er trägt keinen Ring!« Dieser verlogene Feigling.

Aber Matthias war jetzt nicht das Thema, das Thema war Sarah, ihre beste Freundin, die drauf und dran war, sich ins Unglück zu stürzen.

»Ich muss die Hochzeit verhindern.« Felicitas setzte sich gerade hin. »Zwei Mal verheiratet!«

»Mein Opa war viermal verheiratet«, bemerkte Violeta trocken.

Aber nicht mit ihrer Sarah. Felicitas schüttelte den Kopf. »Mit dem kann doch was nicht stimmen.«

Violeta verzog skeptisch den Mund. »Wo die Liebe hinfällt«, sagte sie und zuckte mit den Schultern. »Da kann man nichts machen.«

Und ob man da was machen konnte. Felicitas war wild entschlossen. »Ich bin Polizistin.«

»Du bist …«

»Beinahe-Polizistin, wir müssen jetzt keine Haare spalten.«

Violeta lehnte sich in ihrem Stuhl zurück und wippte mit dem übergeschlagenen linken Fuß. »Okay. Von mir aus.« Sie warf mit einer eleganten Bewegung die Haare zurück. »Aber warum?«

»Warum? Du hast es doch auch gehört! Er war schon zweimal verheiratet. Wahrscheinlich hat er sieben uneheliche Kinder, und wer weiß, was noch für Leichen im Keller. Sarah ist womöglich bloß eine Kerbe in seinem Bettpfosten, und sie gibt ihr ganzes Leben für ihn auf!«

»Du liest zu viele Groschenromane, Süße. Und überhaupt: Wie willst du das anstellen?«

Ja, wie machten die das immer? Observierung, Zeugenbefragung, Datenkontrolle. Felicitas schürzte die Lippen und sah sich Hilfe suchend im Zimmer um. Gegenüber befand sich ihr Bücherregal, in dem auf dem obersten Brett neben dem Duden hauptsächlich DVDs standen. Zwei Jack-Reacher-Filme, die gesammelten Inga Lindströms – was denn? Die sind schön und romantisch, und an manchen Tagen muss es einfach heile Welt sein – sowie die Serie *Die Sopranos.*

Mit einem Ruck setzte Felicitas sich auf. »Ich gehe undercover.«

Die Begeisterung, die sie sich von Violeta erhofft hatte, blieb aus. Die zog nur wieder mal eine Augenbraue hoch.

»Verdeckte Ermittlungen«, erklärte Felicitas und sprang auf. Sie konnte nicht mehr still sitzen. Möglicherweise fuchtelte sie auch ein bisschen mit den Händen.

»Ich gehe unerkannt in dieses … wie hieß das noch? Dieses Dorf?«

»Wesebeck?«

»Genau! Wesebeck. Und dann infiltriere ich Kais Freundeskreis und bekomme heraus, was hinter seiner Fassade steckt.«

»Er hat sich in Sarah verliebt und will sie heiraten.« Violeta zog eine weitere Augenbraue hoch. »Was soll ›dahinterstecken‹?«

»Das geht mir alles zu schnell! Irgendetwas muss doch faul sein, was soll sonst die Eile? Sie weiß doch gar nichts über diesen Mann!«

Violeta seufzte laut.

»Okay, okay, ich konzentrier mich ja schon.« Felicitas legte für einen Moment die Hände an die Schläfen und atmete einmal tief ein und aus. »Ich mein ja nur … ein Mann, der so oft heiratet, da kann doch irgendetwas nicht stimmen. Und dem soll ich Sarah völlig ahnungslos überlassen? Sie muss doch zumindest wissen, wen sie da heiraten will.« Sie unterdrückte das schlechte Gewissen, das sie beim Gedanken daran überkam, sich so stark in Sarahs Leben einzumischen. Aber was wäre, wenn dieser Kerl ihr wirklich nur etwas vorspielte? Und sie dann in ein paar Monaten von seiner – derzeitigen – Frau und den zwei Kindern erfuhr? »Nein, mein Plan steht fest.« Felicitas nickte. »Ich überprüfe diesen Kai.«

»Wenn das mal gutgeht«, murmelte Violeta.

»Vielleicht finde ich ja auch gar nichts«, verteidigte Felicitas sich. »Oder nur Positives. Dann kann ich Sarah guten Gewissens sagen: Hey, Kai ist ein toller Typ, ich bin deine Brautjungfer, Trauzeugin, Wedding-Planerin und Kais größter Fan.«

»Mmmh.«

Felicitas brauchte nicht zu Violeta hinüberzusehen, um zu wissen, wie ihr Gesichtsausdruck war: die linke Augenbraue beinahe unter den Haaren verschwunden, der rechte Mundwinkel ungläubig hochgezogen.

»Wenn mein eigenes Liebesleben schon nicht funktioniert, bringe ich wenigstens eures in Ordnung!«

Violeta drehte die Augen nach oben. »Gott steh uns bei.«

Es gab viel zu tun, und Felicitas verbrachte das Wochenende damit zu überlegen, wie sie ihren Plan am besten ausführen konnte. Vorranging brauchte sie zwei Dinge: Zeit und Geld.

Zeit bedeutete, dass sie sich etwas für Frau Haase überlegen musste, damit sie auf der Arbeit ein paar Tage frei bekam. Spontan eingereichten Urlaub würde ihre Chefin sicher nicht gutheißen. Andererseits war sie erst vor wenigen Wochen für ein paar Tage krankgeschrieben worden, als sie hinter Matthias' Geheimnis gekommen und in Liebeskummer versunken war. Das fiel jetzt also aus, Frau Haase war äußerst misstrauisch, was häufige Krankschreibungen anging. Felicitas würde ihr sogar zutrauen, einen der Kollegen von der Polizei anzuspitzen, ihr hinterherzuspionieren.

Sie überlegte hin oder her, doch bis auf eine Kündigung, fiel ihr nichts ein. Die würde ihr zwar seelisch vermutlich guttun, da sie dann Matthias nicht mehr zufällig über den Weg lief, aber körperlich bedeutete es, dass ihre gesunde Ernährung – ja, hin und wieder achtete sie darauf, Gemüse zu essen! – unter monetären Einbrüchen litt, und wohl auch der ein oder andere Cocktail mit Violeta wegfiele, sodass ihr WG-Leben nicht mehr existent wäre.

Es blieb ihr nichts anderes übrig, sie musste Frau Haase zu einem Spontan-Urlaub überreden. Dass auf diese Weise ihr Jahresurlaub dahinschmolz, tat weh, aber Sarah war das Opfer wert.

Montag

»Es tut mir so leid, Frau Haase! Ich brauch ganz dringend Urlaub.« Am Montagmorgen stand Felicitas mit zitternden Händen ihrer Chefin gegenüber. Sie war nervöser als gestern bei Matthias. Wieso war die Haase nur so Furcht einflößend? Sie wollte Polizistin werden, verdammt, da würde sie doch mit ihrer Chefin fertig werden!

Frau Haase kniff die Augen zusammen. »Das weiß ich«, sagte sie langsam. »Sie haben im September …«

»Ich meine jetzt!«, unterbrach Felicitas sie. »Ich brauche jetzt Urlaub.«

»Auf keinen Fall.«

»Wissen Sie, es ist so …«, begann Felicitas und suchte fieberhaft nach einer guten Erklärung. Mutter krank? Oma im Sterben? »Sie waren doch auch schon verliebt.« Auf diese Frage hatte ihre Chefin ja am vorigen Tag eher ungewöhnlich reagiert.

Frau Haase hob den Kopf und zog ihren Mund zusammen.

»Und meine beste Freundin, sehen Sie, die hat ihre große Liebe getroffen. Völlig unerwartet, total romantisch, Liebe auf den ersten Blick von beiden Seiten, sie schweben geradezu im siebten Himmel.« Das war noch nicht einmal gelogen. Langsam redete Felicitas sich warm, auch wenn Frau Haase noch keinerlei positive Reaktion zeigte. »In zwei Wochen soll die Hochzeit sein, und jetzt bin ich als Trauzeugin total eingespannt. Was da noch alles vorbereitet werden muss! Es muss natürlich eine Märchenhochzeit sein, das hat Sarah verdient« – ob Kai wiederum Sarah verdient hatte, musste erst noch herauskommen –, »und Sie glauben gar nicht, was das für eine Arbeit ist. Allein, so last minute noch ein Kleid zu bekommen.«

»Die muss man doch drei Monate im Voraus bestellen.« Aha. Frau Haase kannte also ebenfalls *Tüll und Tränen*.

Felicitas nickte. »Das wird also ein ganzes Stück Arbeit. Und fragen Sie mal, wo man auf die Schnelle noch eine gute Location herbekommt oder eine Band, die mehr als drei Töne geradeaus spielen kann.«

»Versuchen Sie es mit einem DJ«, riet Frau Haase. »Da kann zumindest nichts schräg und schief klingen. Und wegen eines Kleids« – sie legte einen Finger ans Kinn – »in der Innenstadt gibt es diesen Brautladen, ach wie heißt er noch, da findet man manchmal günstige getragene Kleider. Oder die Modelle aus dem Vorjahr, die kann man direkt mitnehmen.«

»Ein wirklich sehr guter Tipp!« Felicitas lächelte ihre Chefin an. »Ach, ich seh es schon vor mir: Sarah im langen weißen Kleid, ein weiß-roter Blumenstrauß, und dann …«

Frau Haases Blick war irgendwo in die Ferne gerichtet.

»Der Bräutigam am Altar dreht sich um«, spann Felicitas ihre Fantasiegeschichte weiter, »und bei ihrem Anblick …«

Die Wangen gerötet, knetete Frau Haase ihre Hände vor der Brust. Bei dem Wort »Bräutigam« gab sie sich schließlich einen Ruck und nickte. »Gut, Frau Möller, Sie bekommen Ihren Sonderurlaub.«

»Sie haben jede Menge Krankheitsvertretungen in letzter Minute bei mir gut«, versprach Felicitas.

Frau Haase schien immer noch in Tagträumen gefangen zu sein. Wahrscheinlich stellte sie sich gerade vor, wie sie selbst in einem langen weißen Kleid das Ja-Wort gab. Plötzlich zuckte wieder ihr Augenlid, und sie sah Felicitas scharf an. »Aber wagen Sie es ja nicht, mich jemals nach einem weiteren Gefallen zu fragen.«

»Versprochen«, antwortete Felicitas feierlich. Dann schürzte sie die Lippen. »Außer … sagen Sie, wäre es möglich, dass ich einen Vorschuss auf den nächsten Monat bekommen könnte?«

Es stellte sich heraus, dass ihre Chefin von Vorschüssen nicht allzu viel hielt. Einen Versuch war es wert gewesen, dachte Felicitas, und immerhin hatte sie Urlaub bekommen. Was das nötige Kleingeld für ihre Beschattungsaktion anging, da musste sie eben ihr Konto überziehen.

Was sich schwieriger gestaltete, als gedacht.

»Keine Geldausgabe möglich«, stand auf dem Display des Geldautomaten, nun schon zum zweiten Mal.

Felicitas wechselte den Automaten, schob ihre Karte ein, tippte PIN und dann den Betrag in die Nummerntastatur und wartete.

Und wartete.

Sie klackte mit den Fingernägeln am Rand des Automaten herum. Es piepte.

»Keine Geldausgabe möglich.«

Herrje, was war denn da nun wieder los? Sie stapfte in den Schalterraum der Bank, in dem schon zwei Leute vor ihr anstanden. Es dauerte einige Zeit, aber schließlich war sie dran.

»Ich kann kein Geld abheben.« Felicitas schob der jungen Frau am Schalter ihre EC-Karte hinüber.

Die schaute in ihrem Computer nach und schob die EC-Karte zurück. »Sie haben leider kein Guthaben mehr auf Ihrem Konto.«

Felicitas schob die Karte erneut hinüber. »Dann überziehen Sie mein Konto.«

Die Bankangestellte schob die Karte zurück. »Ihr Dispo ist ausgereizt.«

»Dann erhöhen Sie den Kreditrahmen.« Felicitas schob.

Die Bankerin schob zurück.

Hin. Zurück. Hin. Zurück.

»Bedaure.« Die Frau zuckte mit den Schultern.

Felicitas kniff die Lippen zusammen und ließ die Karte in der Mitte liegen, wo die Bankangestellte sie beäugte. Felicitas ihrerseits beäugte die Angestellte.

»Hören Sie«, sagte sie schließlich und versuchte, ihre Stimme so kleinlaut wie möglich klingen zu lassen. »Meine beste Freundin ist krank« – liebeskrank, das war also nicht gelogen, aber die Bankangestellte schien es nicht zu beeindrucken – »und ich muss mich sowohl um sie kümmern als auch herausfinden, ob ihr Verlobter sie betrügt.«

Jetzt legte die Bankangestellte ihren Kopf schräg.

Felicitas beugte sich vor. »Er war schon zweimal

verheiratet.« Sie machte eine Kunstpause. »Und hat jede seiner Ehefrauen für die jeweils nächste verlassen.«

»Nein!« Jetzt hing die Frau an ihren Lippen.

»Jetzt hat er meine Sarah in den Fängen, und ich brauche dringend Geld, um … ich meine, da muss doch mal ein Privatdetektiv her!«

Die Angestellte nickte aufgeregt. »Meine Tante hat mal so einen auf einer Kreuzfahrt kennengelernt«, erzählte sie. »Ein unglaublich charmanter Mann, hat sie umgarnt und bezirzt, ihr Komplimente gemacht und um den Finger gewickelt.«

»Sagen Sie nicht, am Ende war alles nur gelogen?«

»Er wollte ausschließlich an ihr Geld.« Die Bankangestellte schüttelte enttäuscht den Kopf.

»Manche Männer sind wirklich Schweine«, sagte Felicitas.

»Wissen Sie was?« Die junge Frau nickte Felicitas zu. »Ich frage mal unseren Kundenberater, ob er vielleicht kurz Zeit hat, Ihren Disporahmen zu prüfen.«

»Das ist so nett von Ihnen.« Felicitas strahlte sie an.

Ihr Strahlen hielt genau so lange, bis sie acht Minuten später von der hilfsbereiten Bankangestellten in ein Glasbüro geführt wurde.

»Hallo«, sagte Felicitas und versuchte verzweifelt, wenigstens noch ein höfliches Lächeln aufrechtzuerhalten.

»Hallo«, antwortete ChrisderBanker, dessen professionelles Lächeln nicht im Geringsten zuckte. Felicitas widerstand dem Drang, die Augen zu schließen.

»Es tut mir ja alles so leid«, sagte sie und setzte sich auf den Besucherstuhl. Sie beugte sich nach vorn und probierte es noch einmal mit einem Lächeln. »Und so klein bist du auch gar nicht. Wenn ich ein bisschen in die Knie gehe, würde man quasi keinen Unterschied merken.«

Chris' Lächeln wirkte mittlerweile doch recht angestrengt. »Es geht um die Erhöhung des Disporahmens, sagte meine Kollegin?«

»Auch gar nicht viel Geld, höchstens auf tausend Euro«, erklärte Felicitas.

Die Computertastatur klackerte, als Chris seine Finger darüberfliegen ließ. »Ah, da haben wir es ja«, sagte er. »Felicitas … Felicitas? Möller. Fünfhundert Euro überzogen.« Er sah sie an.

»Ja, weißt du, ich verdien ja nicht so viel.« Felicitas strich sich eine Strähne hinters Ohr. »Aber das wird sich bald alles ändern. Ich brauch nur noch einmal dieses …«

»Wir vergeben Kredite nicht ohne Sicherheiten«, unterbrach Chris sie.

»Ich habe ein Auto!«

Er sah sie zweifelnd an.

Okay, ihr Auto war acht Jahre alt, und sie hatte es damals schon gebraucht gekauft. »Ich will ja gar keinen richtigen Kredit. Nur etwas mehr Dispo …«

Er schüttelte den Kopf. »Bei dem, was monatlich auf dein Konto eingeht – oder eher nicht eingeht –, können wir nur einen Dispo von fünfhundert Euro vergeben. Tausend ist zu risikoreich.«

»Ich hab auch noch eine Perlenkette«, sagte Felicitas. Die hatte sie von einer Tante zum Abitur geschenkt bekommen. »Es geht doch nur um fünfhundert Euro.«

»Um fünfhundert Euro *mehr*«, antwortete Chris. »Und deine Finanzen sind seit Monaten in völligem Chaos.«

Er blickte zum Computerbildschirm. »Dein Verdienst ist nicht der Rede wert, und seit die Zahlungen einer gewissen Frau Friederike Möller – deine Mutter? – vor einem halben Jahr aufgehört haben, lebst du am Rande des Existenzminimums.«

Friederike Möller war ihre Mutter, aber das ging ihn nichts an. »Ich habe eine Mitbewohnerin«, sagte Felicitas kleinlaut. »Das spart Miete.«

»Einen Kredit oder einen erhöhten Dispo kann ich dir leider nicht anbieten. Wir haben hier Richtlinien, an die ich mich halten muss.« Chris faltete die Hände vor sich auf dem Schreibtisch. »Aber einen guten Rat kann ich dir geben: Bring das Chaos, das du dein Leben nennst, in Ordnung. Dann klappt das mit dem Geld. Und irgendwann vielleicht auch mit den Männern.«

»Ich bin …«, begann Felicitas.

»Kantinenhilfe«, unterbrach Chris und gestikulierte zum Bildschirm. »Und ich hab dein monatliches Einkommen hier stehen.«

»*Angehende* Polizistin.« Sie verschränkte die Arme vor der Brust.

Er antwortete nicht, sondern lachte nur kurz verächtlich auf. Es klang nicht, als hätte er großes Vertrauen in ihre Fähigkeiten.

»Nein, ernsthaft«, sagte Felicitas. »Ich will Polizeipsychologin werden, und zwar …«

»Dann komm doch einfach wieder, wenn du den neuen Job hast.« Chris stand auf. »Dann kann ich dir auch einen Kredit gewähren. Bis dahin«, in einer entschuldigenden Geste zuckte er mit den Schultern, »sind mir leider die Hände gebunden.«

Elender Spießer, dachte Felicitas auf dem Heimweg. Und was sollte dieser Seitenhieb, dass es dann auch mit den Männern klappte? Es klappte sehr gut mit den Männern! Matthias, okay, da gab es das kleine Hindernis, dass er etwas zu viel Familie hatte. Aber das lag ja nicht an ihr. Seine Frau und die Kinder waren auch schon da gewesen, bevor Felicitas in sein Leben getreten war. Oder er in ihres, wie auch immer man es sehen wollte.

Sie beschleunigte ihre Schritte. Blöder Banker.

Das Problem jedoch blieb bestehen, wo bekam sie das nötige Kleingeld für die nächsten Wochen her?

Sie konnte sich was leihen. Nur von wem? Violeta war im Augenblick ebenfalls komplett pleite, sie hatte ihren Friseursalon renovieren lassen. Er sah richtig schick aus, mit changierenden Lichtern für eine romantische Abendstimmung. Sarah hatte gewitzelt, ob es die Kundinnen davon ablenken sollte, wenn Violeta die Frisur mal nicht ganz gerade schnitt. Aber Felicitas war sehr glücklich mit Violeta als Friseurmeisterin. Ohne Violeta sähe sie aus wie ein kleines gerupftes Schnabeltier. Mit Violeta war Felicitas ein unglaublich gut frisiertes Schnabeltier.

Sie war ihrer Mitbewohnerin und Freundin äußerst dankbar. Aber wie man es drehte und wendete, es stand ihnen beiden kein Geld zur Verfügung; die Kasse für Notlagen, falls ein Handwerker hermusste, weil die Waschmaschine mal streikte, hatten sie vorletzte Woche für Cocktails geplündert. Violeta hatte vorgeschlagen, sich als nächsten Verehrer einen Klempner zuzulegen.

Felicitas war überzeugt davon, dass Violeta in spätestens zehn Tagen fünf Handwerker an jeder Hand hätte, wenn sie es darauf anlegte. Die Männer standen bei ihr

Schlange. Natürlich waren nur wenige so cool wie Sebastian, angehender Mediziner, aber das war ja auch Felicitas' Verdienst. Stolz klopfte sie sich innerlich auf die Schulter.

Sebastian stand auf Violeta in blond, die Alltags-Violeta. Eigentlich besaß Violeta dunkles Haar, das sie sich blond gefärbt hatte, aber dann trug sie manchmal eine dunkelhaarige Perücke, und Felicitas nannte das Matrjoschka-Violeta: eine dunkle Violeta in einer blonden in einer dunklen Violeta.

Überhaupt war Violeta haartechnisch unglaublich wandlungsfähig, sodass jeder Mann die Frau bekam, auf die er stand: Für die Liebhaber von schwarzen Haaren trug sie eine Perücke, die der von Uma Thurman in Pulp Fiction ähnelte, als Rothaarige ging sie ebenfalls durch und …

Perücken! Das war überhaupt die Lösung! Felicitas blieb stehen. Wenn Violeta schon kein Geld zur Verfügung stand, um es Felicitas zu leihen, konnte sie sie wenigstens mit diversen Utensilien aus ihrem Friseursalon ausstatten. Auch ein Low-Budget-Undercover-Einsatz konnte ein Erfolg werden.

Trotzdem: Zumindest das Geld für ihre Unterkunft in Wesebeck, für Verpflegung und die Spritkosten dorthin musste sie irgendwie auftreiben. Sie zählte in ihrem Portemonnaie nach: 23 Euro und 57 Cent. Der Undercover-Einsatz wäre nach der Anfahrt schon wieder beendet.

Sie straffte ihre Schultern, zog ihr Smartphone aus der Handtasche und wählte.

»Hallo Mama!« Betont fröhlich begrüßte Felicitas ihre Mutter.

»Was willst du?«

Diese Frau war ja misstrauischer als das Finanzamt.

»Wissen, wie es dir geht?«, antwortete Felicitas immer noch aufgeräumt.

»Gut.« Ihre Mutter zögerte. »Und dir?«

»Ja, auch super. Sarah heiratet!«

»Ach was.« Ihre Mutter kannte im Gegensatz zu Lukas ihre beste Freundin bereits. Felicitas hatte sie vor zwei Jahren in einem Yoga-Kurs kennengelernt, und sie waren schnell beste Freundinnen geworden. Ihre Mutter hatte gehofft, dass Sarahs Zielstrebigkeit auch Felicitas anstecken würde. Aber dummerweise hangelte Felicitas sich immer noch von Nebenjob zu Nebenjob, während sie von einer Laufbahn bei der Polizei träumte. Sarah kletterte da schon längst die Karriereleiter bei ihrem Frauenmagazin hoch.

»Ja, und … für die Hochzeit muss ich ja richtig schick aussehen. Ein schönes Kleid …«, begann Felicitas. Ihre Mutter mochte schöne Kleider. Vielleicht konnte sie sie damit überreden. Wenn die romantische Nummer bei Frau Haase gezogen hatte, klappte es unter Umständen auch bei Friederike Möller.

»Du brauchst Geld.«

»Vielleicht?« Felicitas hielt die Luft an.

»Keine Chance.«

»Aber Mama!«

»Du bist achtundzwanzig, hast keine Ausbildung und kein Studium. Überleg dir, was du in Zukunft machen möchtest, dann unterstütze ich dich. Bis dahin: Sieh zu, wie du klarkommst.«

Sie wusste doch, was sie machen wollte! Es war bloß …
»Mama!«, rief Felicitas noch einmal, aber da hörte sie nur

noch ein Knacken in der Leitung. Diese egoistische Rabenmutter. Ja gut, sie hatte Felicitas lange unterstützt, während sie sich erfolglos von einer Idee zur nächsten gehangelt hatte. Ja gut, sie hatte Felicitas wirklich einige Zeit Geld überwiesen, ohne groß zu meckern. Ja gut, sie hatte Felicitas gewarnt, dass sie ihr den Unterhalt streichen würde. Aber es war doch ein Notfall!

Ach, Mist. Felicitas steckte ihr Handy zurück in die Handtasche und schlurfte unglücklich nach Hause.

Was blieb ihr jetzt noch? Welche Möglichkeiten hatte sie? Ihren Vater würde sie ums Verrecken nicht anrufen, der hatte sich noch nie groß um sie geschert. Und wenn der ihr das Geld hinterherwerfen würde, sie würde es nicht nehmen. Etwas Stolz hatte sie schließlich.

Als Kind hätte sie alles gegeben für ein kleines Geschenk von ihm. Da hatte jedoch immer Oma großzügig einspringen müssen.

Oma! Die ließ es sich nicht nehmen, ihr bei jedem Besuch einen Zehner zuzustecken.

Doch gerade als Felicitas ihr Telefon erneut aus der Handtasche holen wollte, fiel ihr ein, dass ihre Mutter die Vollmacht für das Konto der Großmutter besaß und nun sämtliche Zahlungen wie ein Zerberus überwachte.

Felicitas' Plan, Sarah vor dem Unglück zu retten, drohte also schon in seiner Anfangsphase zu scheitern.

Mit hängenden Schultern betrat sie die Wohnung und ließ sich neben Violeta auf der Couch zusammensacken. Niedergeschlagen erzählte Felicitas von ihren vergeblichen Versuchen, Geld aufzutreiben.

»Und jetzt?«, fragte sie traurig, als Violeta ihr kopfschüttelnd den Arm tätschelte.

»Jetzt überlegst du dir vielleicht nochmal, ob dieser Karnevalsausflug eine gute Idee ist«, sagte sie.

»Undercover-Einsatz.«

Violeta seufzte. »Vielleicht solltest du Sarah ihre Fehler einfach selbst machen lassen.«

»Du gibst also zu, dass es ein Fehler ist?«

»Sie kennt den Kerl nicht einmal einen Monat. Natürlich ist es ein Fehler, ihn gleich zu heiraten. Aber was willst du machen?« Sie unterband Felicitas' Proteste, indem sie eine Hand hochhielt. »Sarah ist erwachsen und kann ihre eigenen Entscheidungen treffen.«

In diesem Augenblick klingelte Felicitas Smartphone. Lukas. Ihr Bruder rief nie an. Wirklich nie. Selbst zu Mamas Geburtstag musste sie ihm eine Erinnerungs-Nachricht schicken, damit er zum Telefon griff.

»Lukas, was gibt's?«, fragte sie und hielt inne, als das sprichwörtliche Licht anging. An den hatte sie ja noch gar nicht gedacht! Hin und wieder war er ein bisschen knauserig, aber es war ja nun wirklich ein Notfall, und vielleicht konnte sie ihn überreden, ihr zumindest ein ganz bisschen Geld …

»Rate, wo ich bin?«

Felicitas runzelte die Stirn. Wo konnte er schon sein? Es war 14 Uhr an einem Mittwoch. »Auf der Arbeit? Noch in einer späten Mittagspause?«

»Am Flughafen!«

Okaaay. »Dienstreise?«

»Ich flieg nach Bali!«

Ungewöhnlicher Ort für eine Dienstreise. »Hast du Urlaub?«

»Ich habe jemanden kennengelernt.«

Die Worte klangen vertraut. Felicitas musste schlucken. »Du meinst … eine Frau?«, fragte sie sicherheitshalber nach. Vielleicht war es ja doch nicht das, was sie dachte, vielleicht …

»Nicht *eine* Frau, Schwesterherz, *die* Frau! Meine absolute Traumfrau! Gestern Abend im Club. Und wir haben beschlossen, spontan nach Bali zu fliegen.«

»Gestern? Ihr kennt euch zwölf Stunden und fliegt zusammen nach Bali?«

Waren jetzt alle verrückt geworden? Hatte irgendjemand Drogen ins Leitungswasser gekippt und nur Felicitas war aus unerfindlichen Gründen von der Traumpartner-Seuche verschont geblieben?

»Acht Stunden«, antwortete Lukas fröhlich.

Ach du lieber Himmel! »Ja, aber … Wie heißt sie denn? Und was macht sie? Wie alt ist sie? Und sag mal, bekommst du überhaupt so plötzlich Urlaub?« Mit Haase hatte sie eine Heidenarbeit gehabt. Als Aushilfe!

»Mein Flug wurde aufgerufen«, sagte Lukas. »Aber mach dir keine Sorgen. Die Hauptsache ist doch, dass ich glücklich bin.«

Und was sollte sie nun dazu sagen? »Ja … also … herzlichen Glückwunsch«, war schließlich das Einzige, was ihr einfiel. »Aber wie …«, begann sie dann.

Lukas schnitt ihr jedoch das Wort ab: »Ich muss wirklich los. Ich ruf wieder an!«

Sie hatte doch so viele Fragen!

Felicitas öffnete den Mund, da hatte er die Verbindung schon unterbrochen.

»Guten Flug«, sagte sie noch und starrte auf das dunkle Display. Dann schüttelte sie den Kopf.

Verrückt. Alle verrückt geworden.

»Es reicht«, erklärte sie, stand auf und stemmte die Hände in die Hüften. »Mein Bruder fliegt mit irgendeiner Schnecke nach Bali, und Sarah heiratet einen dahergelaufenen Möchtegern-Casanova vom Land. Ich werde alles in meiner Macht Stehende tun, um das zu verhindern.« Und das Geld für ihren Einsatz trieb sie auch noch auf, und wenn sie dafür die Kantinenkasse mitgehen lassen musste. (Sie würde sie ja wieder zurückbringen. Sich das Geld nur für einen Moment leihen.)

Damit drehte sie sich um und ließ Violeta allein im Wohnzimmer zurück.

Tatsächlich schieden selbst nach gründlicher Überlegung alle vernünftigen Möglichkeiten aus: Oma kam ohne Mama nicht an ihr Geld, Tante Ingrid hockte auf ihrem Geld wie eine Glucke über ihrem Ei, und Lukas war gerade nach Bali abgedüst, wo er all seine zur Verfügung stehenden finanziellen Mittel für seine Traumfrau brauchte.

Übrig blieben also nur noch illegale Methoden, die sie jedoch lieber nicht in Erwägung ziehen wollte. Mit einer Vorstrafe würde sie nicht zum Polizeidienst zugelassen, von ihren moralischen Bedenken ganz zu schweigen.

Felicitas, ermahnte sie sich selbst, *werd nicht albern.*

In diesem Augenblick klingelte ihr Telefon. Sarah.

»Gott, ich werde wahnsinnig«, stöhnte ihre beste Freundin statt einer Begrüßung. »Was man für eine Hochzeit alles bedenken muss! Hätte ich ja im Leben nicht mit gerechnet.«

Tja. Felicitas und Frau Haase wussten Bescheid.

»Wie ich noch rechtzeitig ein Kleid besorgen soll, weiß der Himmel.«

»Manchmal verkaufen sie die Vorjahres-Modelle direkt. Dann hast du keine Wartezeiten«, merkte Felicitas an.

»Oh, das ist ein guter Hinweis. Da müssen wir bald unbedingt in diesen Laden in der Innenstadt, na, wie heißt er noch? Du kommst doch mit, oder?« Offenbar hatte sie daran keinerlei Zweifel, denn ohne Felicitas' Antwort abzuwarten, fuhr sie fort: »Ich dachte ja auch schon an ein Secondhandkleid.«

»Auch nicht schlecht«, sagte Felicitas. »Und du sparst noch Geld. So eine Hochzeit kostet ja ein Vermögen.«

»Ach, das ist gar nicht das Problem, ich hab genug gespart.« Sarah klang tatsächlich völlig unbesorgt. »Meine Eltern geben was dazu, Kais Eltern ebenfalls.«

Felicitas knabberte auf ihrer Unterlippe. Sollte sie …? Nein, das konnte sie nicht machen. Oder doch …? Sie zögerte. »Hast du noch genug Geld für die Flitterwochen?«

»Ach, Hochzeitsreise fällt ohnehin dieses Jahr aus! Kai muss seinen Eltern auf dem Hof helfen, das verschieben wir auf den Winter.«

Felicitas schluckte. Kai ausspionieren war eine Sache. Mehr konnte sie nicht … sie konnte wirklich nicht …

»Wir wollen übrigens nach Bali! Hört sich das nicht toll an?«

»Bali ist die Trauminsel aller frisch Verliebten«, antwortete Felicitas. Andererseits … ihre Aktion galt im Endeffekt ja allein Sarahs Liebesglück. Bevor sie es sich wieder anders überlegte, sagte sie: »Es ist mir wirklich unangenehm, und du bekommst das Geld natürlich auch sofort wieder, wenn … Aber, also … Ich bin gerade ziemlich knapp bei Kasse.«

Jetzt, wo die finanzielle Seite geklärt war – Felicitas hatte zwar ein schlechtes Gewissen, aber doch kein so schlechtes Gewissen, dass sie ihren Plan zu Sarahs Bestem aufgab –, konnte sie konkret mit der Organisation beginnen.

Wo sollte sie in Wesebeck übernachten? Sie schaute sich auf diversen Internetseiten um, aber es blieb überall das gleiche Ergebnis: In ganz Wesebeck, wobei ganz Wesebeck natürlich nicht einmal so groß war wie Dortmund-Brackel, gab es nur eine Übernachtungsmöglichkeit: die *Pension Zur Schmiede.* Felicitas konnte es sich richtiggehend vorstellen: gelbe Fenster, dunkelbraune Möbel, dicke Teppiche und der Staub von Jahrhunderten. Ein sicher uraltes Ehepaar leitete seit mindestens 1927 die Pension, und Schilder wiesen auf die Hausregeln hin: Keine Schallplatten-Musik nach 21 Uhr, Frühstück von 6 bis 7 Uhr, kein Herrenbesuch auf den Zimmern. Sie sah es schon vor sich.

Seufzend griff sie zum Telefon, sie hatte keine Wahl. Im näheren Umkreis war die einzige Alternative das Sporthotel König, und bei dessen Preisen wäre ihr Kredit innerhalb der ersten beiden Nächte aufgebraucht gewesen.

»Pension Zur Schmiede, was kann ich für Sie tun?«, meldete sich eine angenehme Männerstimme. Eine erstaunlich *junge* Männerstimme, bei der Felicitas unwillkürlich an dunkle Augen, Dreitagebart und Nächte an der französischen Riviera denken musste. *Konzentrier dich, es geht um Sarah,* rief sie sich zur Ordnung. Vielleicht hatten die Lehmanns einen Sohn, der den alten Leutchen aushalf. Sie räusperte sich und fragte nach einem Zimmer für die nächste Woche. Das würde für einen ersten Eindruck ausreichen, und wenn sie weitere Nachforschungen anstellen musste, konnte sie das Zimmer sicher verlängern.

»Wir hätten ein wunderbares Einzelzimmer im ersten Stock mit Blick auf den Wesebecker See. Kommen Sie zur Erholung oder besuchen Sie jemanden?«

»Äh …« Auf diese Frage war Felicitas nicht vorbereitet.

»Entschuldigung, ich wollte nicht neugierig sein« – Felicitas hätte in dieser Stimme baden können, den Wesebecker See brauchte sie dazu gar nicht –, »der Blick aufs Wasser ist in jedem Fall sehr schön.«

Vom Wesebecker See hatte sie zwar noch nie etwas gehört, aber wenn die Einheimischen dort gern schwimmen gingen, wäre ihr Zimmer der ideale Beobachtungspunkt, um untreue Verlobte in flagranti beim Flirten zu erwischen …

Der Mann mit der wunderbaren Stimme fragte sie noch, ob er ihr mit einer Wegbeschreibung helfen könnte, aber sie war zuversichtlich, dass ihr Navi zum See finden würde.

Matthias hatte auch so eine schöne Stimme, dachte sie wehmütig, als sie sich verabschiedete, und seine dunklen Augen und der Dreitagebart hatten sie regelmäßig zum Schmelzen gebracht. Nur der Urlaub an der französischen Riviera war immer ein Traum geblieben. Wie überhaupt alles, was Matthias ihr versprochen hatte.

Gewaltsam riss sie ihre Gedanken von ihm los und konzentrierte sich auf die neue Aufgabe. Sie musste packen.

Als Erstes das Fernglas. Ihre Sonnenbrille, die vom letzten Karneval. Der Hut, den sie vor drei Jahren bei Evas Junggesellinnenabschied getragen hatte. Die schicken Pumps, der Minirock, ein Blazer.

Sie holte längst vergessene Kleidungsstücke aus ihrem Schrank, plünderte den Sack, den Violeta für die Altkleidersammlung vorgesehen hatte, und warf vielleicht auch einen winzigen Blick in ihren Kleiderschrank. Violeta besaß einfach so viele tolle Kleider. Besonders ein bunt gemustertes Sommerkleid hatte es Felicitas angetan. Sie würde Violeta fragen.

Eine knappe Stunde später blickte sie zufrieden auf die gepackten Taschen. Ein großer Rollkoffer, eine blaue Ikeatüte, ein Rucksack. Voll mit gewöhnlicher Kleidung, vor allem aber voll mit *Ver*kleidung.

Kai würde sich noch wundern! Sie würde jedes seiner dunklen Geheimnisse entdecken. Mit Untreue rechnete sie im Grunde fest. Gut möglich war auch irgendeine Vorliebe, ein geheimes Hobby, das mit Sarahs Ansichten alles andere als vereinbar war.

Für die perfekte Kostümierung brauchte sie jetzt nur noch …

»Bist du wahnsinnig?« Violeta, die gerade einer Kundin die ohnehin schon sehr kurzen Haare schnitt, sprang von ihrem Sitzhocker auf und stellte sich schützend vor ihre Kollektion.

Felicitas' Finger zuckten zurück. »Ich wollte doch nur …«

»Wag es ja nicht!« Die Perücken waren ihr heilig.

Felicitas musste es anders probieren. Sie warf einen begehrlichen Blick auf die langen roten Haare, die über einen Styroporkopf gestülpt waren, und konzentrierte sich dann wieder auf Violeta. »Bitte, bitte, bitte«, begann sie, um dann den Köder auszulegen: »Du bekommst so viele Cocktails, wie du willst. Und nicht nur zur Happy Hour.«

Violeta schien wenig beeindruckt. »Und von welchem Geld willst du das bezahlen?«

»Bis dahin habe ich wieder welches, ganz sicher. Ich lade dich auf einen Beauty-Tag ein«, versuchte Felicitas es anders.

»Beauty kann ich selbst am besten.«

Wo sie recht hatte … Als auch das Versprechen auf eine Pizza nichts bewirkte, verlegte Felicitas sich aufs Betteln. »Die Verkleidungen sind das Herzstück einer jeden Undercover-Aktion. Wie soll ich denn sonst Sarahs Verlobten beschatten? Der darf mich doch nicht erkennen.«

»Du könntest Sarah einfach in Ruhe lassen?«

»Du kennst Lukas nicht. Sarah und er passen perfekt zusammen. Wie füreinander geschaffen. Violeta«, Felicitas legte beide Hände auf die Arme ihrer Freundin. »Das wird die ganz große Liebe.«

Violeta hob eine Augenbraue.

»Du hast selbst gesagt, es ist Irrsinn, jemanden zu heiraten, den man erst so kurz kennt.«

»Deinen Bruder kennt sie immerhin gar nicht.«

»Bitte, Violeta, ich putz auch das Bad fürs nächste halbe Jahr«, flehte Felicitas.

Jetzt wandelte sich der Ausdruck der Augenbraue in »interessiert«, und Felicitas sah ihre Chance gekommen. »Ich könnte sogar deinen Salon einmal in der Woche durchwischen.«

Aber Violeta schüttelte nur den Kopf. »Ich habe eine andere Idee.« Sie lächelte maliziös, und wenn Violeta so lächelte, war das nie ein gutes Zeichen.

Felicitas schluckte und nickte. »Alles, was du willst.«

Dienstag

Sie sollte den ersten männlichen Single zwischen zwanzig und vierzig, der ihr in Wesebeck begegnete, nach einem Date fragen. Damit sie beschäftigt war und sich nicht in die Liebesgeschichten anderer einmischen musste.

Violeta hatte doch wohl einen Knall.

Vielleicht hatte Sarahs Verlobter ja einen Bruder, der sich gerade zum vierten Mal scheiden ließ, dachte Felicitas sarkastisch. Andererseits: Die Aufgabe war deutlich leichter, als ein halbes Jahr das Bad zu putzen.

Ihre Laune war ebenfalls deutlich besser als in den letzten Tagen: Mit einem Koffer voller Perücken – Violeta hatte sogar noch das Sommerkleid und zwei andere, die Felicitas beäugt hatte, sowie zwei paar Stöckelschuhe großzügig dazugegeben –, einer funktionsfähigen Kamera und einem Plan war sie auf dem Weg nach Wesebeck, um ihre Freundin vor dem größten Fehler ihres Lebens zu bewahren.

Denn Sarah gehörte zu Lukas. Einen Traumprinzen hätte Felicitas sich auch noch gefallen lassen. Aber ganz sicher gehörte Sarah nicht zum notorischen Bräutigam Kai.

Und dafür würde Felicitas sorgen.

Das Navi zeigte ihr noch eine gute halbe Stunde

Fahrtzeit an, die Sonne schien. Sie würde das schon packen. Nicht umsonst arbeitete sie seit einem Jahr bei der Polizei.

Wesebeck in der Nachmittagssonne war wirklich hübsch anzusehen. Maisfelder links und rechts, ein kleiner Kirchturm in der Mitte, viele Fachwerkhäuschen und enge Sträßchen, es hätte direkt ein Postkartenmotiv sein können.

Wahrscheinlich gab es auch Postkarten, am Rathaus in der Fußgängerzone, die Felicitas mit ihrem Auto nicht befahren konnte, aber früher oder später besuchen würde.

Als sie den Ortskern verließ, war wieder Tempo fünfzig erlaubt, und Felicitas drückte aufs Gaspedal.

Keine Minute später konnte sie Blaulicht hinter sich sehen. Ein Blick auf den Tacho zeigte ihr minimale Geschwindigkeitsübertretung. Sie rollte mit den Augen, fuhr aber brav rechts ran. Der Streifenwagen kam hinter ihr zum Stehen, und ein Uniformierter stieg aus. Sie fragte sich, wie alt er war, aber irgendwas zwischen zwanzig und vierzig mit Sicherheit. Hoffentlich hatte er eine Frau oder Freundin. Denn Schnurrbärte in allen Ehren – die waren auch heute noch ein Dauerbrenner bei der Polizei, wie Felicitas jedes Mal aufs Neue bei der Arbeit feststellen konnte –, sie bevorzugte jedoch Bärte, die sich gleichmäßig über Mund-, Kinn- und Wangenpartie verteilten. Oder am besten ohnehin glattrasiert.

»Guten Tag, Fahrzeugkontrolle«, sagte der Polizist, nachdem sie das Fenster heruntergelassen hatte. »Wissen Sie, wie schnell Sie unterwegs waren?«

»Na, fünfzig Stundenkilometer natürlich.« Das bisschen drüber zählte doch sicher noch zur Toleranzgrenze. Wie hoch war die noch gleich?

»Dreiundsechzig«, sagte der Polizist streng und wippte auf den Füßen vor und zurück.

Mist. Würde sie einen Strafzettel bekommen? Sie brauchte aktuell doch jeden Cent für ihre Mission.

»Man darf ja den Verkehrsfluss auch nicht aufhalten«, sagte Felicitas und schob schnell hinterher: »Wissen Sie, wir sind ja quasi Kollegen.«

»Ach ja?« Misstrauisch zog er die Augenbrauen zusammen, dann stelzte er einmal um ihr Auto herum. »Dortmund. Ihr Großstädter habt's auch immer so eilig.«

»Besser als die, die immer genau nach Strich fahren. Schlag fünfzig, na so einer hat doch was zu verbergen. Achtundfünfzig, okay, der muss schnell wohin. Aber er hat keine Schusswaffen im Kofferraum.« Höchstens Perücken.

Er schnalzte unwillig mit der Zunge, dann hielt er jedoch inne. »Moment mal«, sagte er. »Da könnte tatsächlich was dran sein.«

»Na, wenn ich das sage.«

»Wenn ich zehn Kilo Marihuana mit mir spazieren fahre, will ich lieber nicht bei einer Verkehrskontrolle den Kofferraum öffnen müssen.« Er nickte langsam. »Also halte ich mich peinlichst genau an die Regelgeschwindigkeit.« Er sah ihr in die Augen. »Sie haben recht. Ich muss also nicht mehr nur die Raser, sondern auch alle anderen kontrollieren!«

So hatte sie das eigentlich nicht gemeint. »Na gut, die, die viel zu langsam fahren, kann ich mir vielleicht sparen«, sinnierte er.

»Die gefährden die Sicherheit.« Solche Leute musste man ja ständig überholen.

»Stimmt auch wieder.« Er schürzte die Lippen. »Sie sind bei der Polizei?«, kam er dann auf ihre vorige Aussage zurück.

»Na klar.« Felicitas setzte sich aufrechter hin. »Bei der Polizei.« Ganz genau da war sie. »Im Moment undercover unterwegs. Es geht um …«

»Sagen Sie nichts.« Er legte einen Finger unters Kinn, dann plötzlich rief er: »Drogen!«

»Ich …«

»Natürlich. Es muss um Drogen gehen. Und das in Wesebeck.« Er stemmte die Hände in die Hüften und schüttelte den Kopf. »Ich bin übrigens der Rudi. Ist doch okay, wenn wir uns duzen, oder? So als Kollegen.« Er hielt ihr seine Rechte hin, die Felicitas etwas umständlich durchs offene Fenster schüttelte. »Eigentlich heiß ich Mark, aber den Spitznamen hat mir mein Bruder verpasst, als wir noch in der Grundschule waren. Ist irgendwie hängengeblieben.«

Rudi passte doch perfekt zu einem schnauzbärtigen Dorfpolizisten. »Felicitas.« Im gleichen Augenblick, in dem sie ihren Namen aussprach, wurde ihr ihr Fehler bewusst: Sie hatte ihren echten Namen benutzt. Sie logierte auch unter ihrem echten Namen in der Dorfpension, sie würde unter ihrem echten Namen bekannt werden. Was, wenn das bis zu Sarah vordrang? »Aber alle nennen mich Lily«, sagte sie daher schnell. Das war in der Grundschule ihr Spitzname gewesen, den kannte Sarah nicht. Und es war nah genug an ihrem echten Namen, falls Rudi doch noch ihren Ausweis sehen wollte.

»Lily«, wiederholte sie etwas selbstbewusster und nickte ihm zu, wobei sie versuchte, es ein kleines bisschen gönnerhaft wirken zu lassen. Als Drogenfahnderin stand sie schließlich eine Stufe über ihm.

»Oh, so wollte meine Frau unser Kind nennen. Aber dann wurde es ein Junge.«

Frau und Kind, Rudi war also eindeutig nicht Single. Glück gehabt. Violetas Auftrag würde bis zum nächsten Mann warten müssen. Apropos Mann: Wo würde Kai sich wohl üblicherweise herumtreiben? »Sag mal, wo kann man denn hier in Wesebeck was trinken gehen?«, fragte sie ihn nun.

Seine Augen leuchteten auf, wahrscheinlich dachte er an die Drogendealer, die sie in der Dorfkneipe zu fassen gedachte – und daran, wie er dann bei den Ermittlungen geholfen hätte.

»Am besten natürlich in *Roses Marktschänke*. Dann gibt's die Schmiede, da kann man aber eher Kaffee trinken, und …«, er überlegte. »Ein McDonald's raus auf der Bundesstraße hinter Meringsdorf. Aber da geht man ja eher nicht zum Trinken hin«, fügte er entschuldigend hinzu.

Felicitas schüttelte den Kopf. Für Dealer konnte sie sich einen Bundesstraßen-McDonald's zwar als ergiebigeren Zielort vorstellen als eine gutbürgerliche Kneipe im Dorf. Aber was die Observierung von Kai anging, entschied sie sich für die Marktschänke. Bevor sie weiterfuhr, nickte sie Rudi noch einmal zu und flüsterte verschwörerisch: »Das bleibt aber unter uns.«

»Ich werde schweigen wie ein Grab!« Er wirkte empört, dass sie ihm etwas anderes zugetraut hätte.

Kollegen verpasste Rudi offenbar keine Strafzettel, oder zumindest nicht denjenigen Kollegen, die in wichtiger Mission unterwegs waren. Denn er hinderte Felicitas nicht an der Weiterfahrt, als sie den Motor startete, sondern rief nur noch mahnend: »Aber nicht mehr so rasen, Frau Kollegin, ja?«

Die Pension Zur Schmiede lag am anderen Ende des Örtchens, direkt am Wesebecker See. Und wenn der nicht malerisch war! Für einen Augenblick vergaß Felicitas, weshalb sie überhaupt nach Wesebeck gekommen war, und bewunderte die Aussicht. Die Wasseroberfläche kräuselte sich ganz leicht vom Wind, und leise Wellen plätscherten ans Ufer, das zum Großteil von Schilf umrandet war. Rechts hinter dem See erstreckten sich Wiesen und Felder, auf der linken Seite begann ein Wald, dessen dunkles Grün in wunderbarem Kontrast zum hellen der Wiesen und vor allem den blühenden bunten Flecken darauf stand. Sie atmete einmal tief ein und schloss die Augen. Sommer. So roch der Sommer. Bienen summten, und der süße Duft von Blumen sowie der schwere von frisch gemähtem Gras stiegen ihr in die Nase.

Sie öffnete ihre Augen wieder und trat ein paar Schritte näher an den See heran. Das Wasser war klarer, als sie es vermutet hätte. Verflixt, sie hatte keine Badesachen dabei! Als Großstadtkind ging sie immer nur in Freibäder. Dass ein See so verführerisch aussehen konnte …

Felicitas, du bist auf einer Mission, schalt sie sich selbst und wandte sich der Pension zu, einem erstaunlich moderndem Gebäude, das sich mit seiner hellen Fassade aber wunderbar in die Landschaft einfügte.

»An dieser Stelle stand bis zum Jahr 1869 die alte Schmiede …«, stand auf einer Messingplakette neben dem Eingang, die eine Erklärung für die Herkunft des altmodischen Namens lieferte.

Sie öffnete die Glastür und betrat das helle Foyer. Links war die Rezeption, weiter den Gang hinunter lag ein Café mit Terrasse, die direkt zum See führte. Wahrscheinlich fungierte das Café auch als Frühstücksraum.

Während sie sich noch umsah, hörte sie ein paar Tassen klappern; offenbar war das Café geöffnet, auch wenn es derzeit keine Besucher gab, zumindest konnte sie auf der Terrasse niemanden entdecken. Vorsichtig rief sie »Hallo«.

Das Geklapper hörte auf, jemand sagte »Komme!«, dann folgten Schritte.

Der Mann, der da auf sie zukam, war ganz offensichtlich die angenehme Stimme vom Telefon: Felicitas schätzte ihn auf Anfang bis Mitte dreißig, dunkle Haare, schlank, aber mit breiten Schultern und leichtem Bartschatten auf den Wangen.

Er lächelte sie an, und als er näher kam, bemerkte sie seine grünen Augen: Sie waren tiefgrün, unglaublich grün, und grüne Augen besaßen noch nicht einmal zwei Prozent der Bevölkerung, hatte sie mal gelesen. Wenn das kein Zeichen war!

Sie hatte Violeta ein Versprechen gegeben: der erste Single-Mann zwischen zwanzig und vierzig. Und wenn ein Mann, der seinen Eltern dabei half, eine Pension in einem Dorf zu führen, nicht Single war, dann wusste sie auch nicht mehr weiter.

»Guten Tag, ich bin Benjamin Lehmann, willkommen in der Schmiede.«

Oh. Inhaber Benjamin und Katrin Lehmann. Er war nicht der Sohn, er war der Besitzer! Das in ihrer Vorstellung uralte Ehepaar war gar nicht so uralt, war genau genommen nicht einmal vierzig. Und Benjamin war nicht der alleinige Besitzer, sondern ihm gehörte die Pension gemeinsam mit einer Katrin Lehmann.

Ganz offensichtlich kein Single, ganz offensichtlich verheiratet. Felicitas' Augen glitten an seinen Händen hinab. Er trug keinen Ring. Gut, in der Kantine durfte sie auch keine Ringe tragen, vermutlich behinderte ihn das bei der Arbeit im Café. Oder vielleicht war Katrin seine Mutter? Er half aus, weil der Vater tot war? Die Schwester?

Als er sie immer noch lächelnd, aber leicht fragend ansah, fiel ihr auf, dass sie schon etwas zu lange nicht reagiert hatte. Sie räusperte sich. »Felicitas Möller, ich hatte ein Zimmer reserviert. Also Lily«, schob sie schnell hinterher. »Alle nennen mich Lily.« Und hatte sie ihm damit nun das Du angeboten? Andererseits hatte Rudi das bei ihr genauso gemacht. Vielleicht war das in Dörfern so üblich?

»Lily«, sagte er, als ob er den Namen erst austesten müsste. »Felicitas gefällt mir ein kleines bisschen besser, aber ich werde versuchen, mich daran zu erinnern.«

Ach, ihr selbst gefiel Felicitas doch auch besser. Und wie er ihren Namen aussprach, klang das wirklich schön. Sie biss sich auf die Zunge, um nichts Unüberlegtes zu sagen.

»Du hast ein Zimmer erst einmal für diese Woche, mit der Option auf Verlängerung«, fuhr er fort und nahm die zwei Schritte bis zum Rezeptionstresen. Ganz offenbar hatte er ihre Vorstellung tatsächlich als Angebot zum Duzen verstanden. Benjamin, dachte sie.

Während er etwas in den Computer tippte, fiel ihr Blick auf das gerahmte Foto an der Wand hinter ihm. Benjamin im schwarzen Anzug – und der stand ihm wirklich ausgezeichnet – und eine hübsche Dunkelhaarige im weißen Kleid neben ihm. Katrin war eindeutig nicht seine Mutter. Schade. Felicitas unterdrückte ein Seufzen. Warum waren nur immer die verheirateten Männer die attraktivsten? Erneut aufkommende Gedanken an Matthias schob sie rigoros zur Seite.

»Ich zeig dir dein Zimmer.« Benjamin kam mit dem Schlüssel in der Hand um die Theke herum und schnappte sich ihren Koffer. Sie selbst schulterte ihre Ikea-Tasche, der Rest ihrer Ausrüstung lag noch im Auto.

Das Zimmer befand sich im ersten Stock, wie versprochen mit Blick auf den See. Es war hell und freundlich, hatte ein großes Bett und genug Platz, um verschiedene Kostüme und Perücken auszuprobieren. An der Garderobe gab es einen Ganzkörperspiegel, perfekt.

»Frühstück ist von sieben bis zehn, Abendessen bieten wir im Moment leider nicht an.« Er zögerte. »Aber wenn du … also ich könnte vielleicht … Gerade sind nicht viele Gäste da …« Er brach ab und beschäftigte sich damit, ihren Koffer auf eine Ablage zu legen. »Es ist nur, weil es hier sonst nicht viele Möglichkeiten gibt«, schloss er, als er sich wieder ihr zuwandte.

Felicitas war sich nicht ganz sicher, was er ihr sagen wollte. Sie lächelte vorsorglich und bedankte sich.

Nachdem er ihr noch einen angenehmen Aufenthalt gewünscht hatte, schloss sie die Tür und warf die Ikea-Tasche aufs Bett. Die Perücken musste sie später holen, die waren noch im Kofferraum verstaut. Violeta war allein beim Gedanken daran, die Perücken in irgendeiner Form zu quetschen, beinahe in Ohnmacht gefallen. Nun waren sie auf am Boden festgeklebten Styroporköpfen im Kofferraum übergestülpt. Ihren Trolley hatte sie deshalb auf die Rückbank schieben müssen.

Für ihren ersten Nachmittag im Dorf brauchte sie die Perücken ohnehin nicht. Sie hatte geplant, verschiedene Persönlichkeiten zu spielen. Heute würde sie mit einem Hut und einer Sonnenbrille à la Audrey Hepburn als Lily die Stadt besichtigen und sich einen Überblick verschaffen. Rudi hatte ihr doch die Marktschänke empfohlen. Google Maps zeigte ihr die Kneipe mitten im Dorfkern an, im Zentrum des Geschehens quasi. Wenn das kein vielversprechender Anfang war.

Die Entfernung vom See in die Innenstadt Wesebecks betrug knappe drei Kilometer. Felicitas zögerte, entschloss sich dann aber dazu, trotz des schönen Wetters das Auto zu nehmen. Ein Weg waren drei Kilometer, aber sie war sich noch nicht ganz sicher, ob sie Lust auf sechs beim Hin- und Rückweg hatte.

Die Innenstadt war reine Fußgängerzone, aber Felicitas konnte ihr Auto am Rand auf dem Parkplatz der Marienkirche abstellen. Dann musste sie nur noch über die Straße, an der Sparkasse vorbei, und stand schon in der Fußgängerzone, die im Gegensatz zur Dortmunder ein Kopfsteinpflaster aufwies. Moderne Geschäftsfassaden bildeten das Fundament zu altem Fachwerk, und Felicitas konnte sich kaum auf ihren Weg konzentrieren, weil sie immer wieder den Kopf hob, um besonders hübsche Fensterläden zu inspizieren, goldene

Ornamente zu bewundern oder eine alte Gedenktafel zu lesen.

Solch ein unbekanntes Örtchen, und dabei war es so schön hier. Und so ruhig. Wenn sie an den Westenhellweg, die Dortmunder Einkaufsstraße, an einem Dienstagnachmittag dachte, musste sie im Vergleich zur Wesebecker Markstraße lachen. Dort wäre sie sicher schon zum vierten Mal angerempelt worden, hier waren ihr überhaupt erst vier Menschen begegnet.

Die Marktstraße führte direkt zum Marktplatz, und man schien hier konsequent, was die Namensgebung betraf. Der Marktplatz war ein großer offener Platz, in dessen Mitte sich ein metallener Brunnen befand, der mit Figuren verziert war. Welche sie darstellten, wusste Felicitas nicht, vielleicht ein Meeresgott oder so etwas. Sie glaubte, an seinem Fuß Fische zu sehen. Auf seinem steinernen Rand saßen zwei Teenager und machten Selfies.

Felicitas wandte sich nach rechts, wo in einem alten, weiß gestrichenen Fachwerkhaus im Erdgeschoss die Markschänke untergebracht war.

Die Gaststätte war genau so, wie Felicitas sie sich vorgestellt hatte: gelbe Glasbaustein-Fenster, vor denen gusseiserne Laternen hingen, daneben eine schwere Eichentür. Den Geruch nach Pommes und altem Fett konnte man sogar hier draußen riechen. Das kleine blaue Schild, das Lavazza-Kaffee versprach, hielt Felicitas für eine glatte Lüge. Die Marktschänke sah zumindest von außen nach dünnem Filterkaffee aus.

Mit einiger Mühe öffnete sie die Tür und blieb dann erst einmal stehen, bis ihre Augen sich an das Halbdunkel gewöhnt hatten. Leise Musik spielte im Hintergrund,

Bonnie Tyler, wenn sie nicht alles täuschte. Beinahe so alt wie die Einrichtung, dachte Felicitas. Links von ihr befanden sich ein paar dunkle Holztische, vor ihr zog sich die ebenfalls dunkle Holztheke einmal quer durch den Raum. Dicke Stützpfeiler – na klar, aus dunklem Holz – trennten jeweils drei Barhocker voneinander ab. Ganz links saß ein Mann um die fünfzig in Sweatshirt und mit fettigen Haaren an der Bar, ein Bier vor sich. Er drehte sich nicht einmal um, als Felicitas ihn zögerlich begrüßte.

Hinter der Theke stand eine Tür offen, durch die man in die Küche kam. Die ehemals weißen Fliesen waren inzwischen gelblich verfärbt und glänzten speckig. Kein Wunder bei der Menge an Frittierfett, dessen Geruch schwer in der Luft hing, und das sicher auf allen Oberflächen, die nicht regelmäßig abgewischt wurden, einen klebrigen Film hinterlassen hatte.

Nun mischte sich in den Fettgeruch der Wasserdampf einer gerade geöffneten Spülmaschine. Gläser klirrten, jemand schnaufte schwer.

Bonnie Tyler rief sehnsüchtig nach einem neuen Helden, den sie in der Marktschänke mit Sicherheit nicht finden würde, und Felicitas verzichtete lieber auf die Untersuchung des Barhockers, auf den sie sich setzte. Vorsichtig ließ sie sich mit der halben Pobacke darauf nieder. Dann hielt sie vergeblich nach einer Karte Ausschau. Sie würde eben fragen müssen.

In diesem Augenblick kam eine große, rundliche Frau aus der Küche. Felicitas schätzte sie auf knapp über sechzig. Wenn man bedachte, dass überall in der Kneipe Aschenbecher herumstanden – das blaue Schild »Raucherclub« hatte ebenfalls an der Tür geklebt –, konnte sie aber auch starke Raucherin und zehn Jahre jünger sein. Ihren dunklen Haaren würde eine Kur nicht schaden, und sie trug ein schwarzes Sweatshirt zu Jeans und Turnschuhen.

»Hallo«, sagte Felicitas, als die Wirtin auf sie zukam. »Haben Sie Latte macchiato?«

Die Frau kniff die Augen zusammen. »Ich bin die Rosemarie«, erklärte sie dann. »Deshalb sagen auch alle Roses Schänke. Und du willst sicher ein Bier.«

»Eigentlich will ich …« – Rosemarie stemmte die Hände in die Hüften und zog die Augenbrauen hoch – »… ein richtig leckeres Bier«, beendete Felicitas ihren Satz. Mit dieser Amazone legte sie sich besser nicht an.

Die Wirtin schien besänftigt, zumindest blickte sie wieder freundlich drein. »Gute Wahl«, sagte sie und drehte sich zu dem Regal mit den Gläsern hinter der Theke.

»Ich bin Fe… Lily.« Diese Frau machte sie nervös. »Lily«, korrigierte sie. »Alle sagen Lily zu mir.«

»Mmmh«, brummte Rosemarie, während sie den Zapfhahn bediente. Nicht unfreundlich, es war mehr eine Kenntnisnahme ohne weiteren Kommentar.

Felicitas spielte mit einem der Bierdeckel, die in einem kleinen Stapel vor ihr auf der Theke lagen, und überlegte, wie sie am besten ein Gespräch anfangen konnte.

Schwungvoll stellte Rosemarie das Bier vor ihr ab, sodass ein bisschen Schaum am Rand herunterlief und auf den Deckel tropfte.

Felicitas sah den Tropfen beim Hinunterlaufen zu, rieb mit dem Zeigefinger rechts neben den Bierdeckeln über die Theke. Klebrig. Der Schaum sackte leicht in sich zusammen.

Der Kopf des einzigen anderen Gastes schien immer schwerer zu werden – oder war es das Herz? Bonnie Tyler hatte ihren Helden wohl schon wieder verloren, denn sie sang gerade über Liebeskummer.

Aufgeschreckt wurde sie, als Rosemarie auf der anderen Seite der Theke ein Glas laut auf die Ablage knallte. Felicitas sah auf.

Die rundliche Wirtin lehnte sich nun an die Wand, verschränkte die Arme und fragte: »Was machst du hier?«

Biertrinken offensichtlich. Im Gegensatz zum Kaffee, den sie eigentlich hatte haben wollen. Felicitas kniff die Augen zusammen.

»In Wesebeck. Du bist nicht von hier.« Das wusste man in so kleinen Dörfern, das hätte sie sich denken können, vermutlich waren alle Einwohner Wesebecks irgendwie miteinander verwandt oder zumindest verschwägert.

»Ach so. Ich bin …« Felicitas suchte nach einer Erklärung. Himmel! Wie naiv konnte man sein? Da war sie zur Undercover-Observierung in ein Dorf im Münsterland gefahren, ohne sich eine Deckidentität zu überlegen. Sogar ihren Namen hatte sie auf die Schnelle improvisieren müssen. Einen offiziellen Zweck ihrer Reise hatte sie sich nicht überlegt. Gut, echte Undercover-Polizisten bekamen bei diesen Dingen Unterstützung. Dennoch, sie hätte sich vorbereiten müssen. Was für eine schlechte Polizistin sie doch war. »Ich arbeite als Location-Scout.« Puh – gerettet. Den Job als Location-Scout hatte Violetas letzter Verehrer gehabt, bevor Felicitas ihr Sebastian vorgestellt hatte.

»Aha.«

Felicitas zuckte vorsichtig mit den Schultern.

»Was macht man da?«

Tja. Wenn sie das so genau wüsste … »Ich suche nach geeigneten Orten für … für verschiedene Firmen.«

»Wo sie dann einen neuen Edeka hinstellen oder was?«

Keine Ahnung, dachte Felicitas, nickte aber. »Oder für Firmenveranstaltungen. Tagungen, Partys und … sowas.«

Rosemarie wischte mit einem Lappen über die Theke. »Bei mir nicht. Den Stress tu ich mir nicht an.«

Felicitas blickte sich in der verratzten Kneipe um. »Mmmh«, brummte sie zustimmend, dann nahm sie mit Bedacht einen kleinen Schluck von dem Bier. Das hatte sie sich schlimmer vorgestellt.

»Ostener Landbier, Brauerei gleich nebenan in Lengenhausen«, erklärte Rosemarie stolz.

Kühl und wie sagte man noch zu Bier? Süffig. »Schmeckt gut.« Felicitas wischte sich über den Mund.

Und weil Rosemarie so zufrieden dreinblickte und Felicitas das Gefühl hatte, gerade eine wunderbare Verbindung zur sonst wohl eher wortkargen Wirtin geschaffen zu haben, fragte sie gleich hinterher: »Sag mal, kennst du Kai Lemberg?«

Sofort zogen sich Rosemaries Augenbrauen wieder zusammen, und Felicitas hatte Angst, einen großen Fehler gemacht zu haben. Vielleicht war Kai Rosemaries Sohn. Überhaupt: Felicitas war hier die Außenseiterin, man beschützte doch die Seinen, und jetzt würde Kai erfahren, dass Felicitas sich nach ihm erkundigt hatte, er würde mit Sarah sprechen und …

»Lass bloß die Finger von dem«, sagte Rosemarie. »Da kannst du gar nicht so schnell ›Liebeskummer‹ sagen, bis du wieder geschieden bist.« Sie deutete mit dem Finger auf die Stereoanlage, aus der Bonnie immer noch röhrte. »Pass da gut auf dich auf.«

Aha! Ihr Bauchgefühl hatte sie also nicht getrogen.

»Oh nein«, antwortete Felicitas. »Ich will ihn nicht heiraten, ich will …« – *ihn vom Heiraten abhalten* – »… aus beruflichen Gründen mit ihm sprechen.«

»Ob der eine Location hat?« Gleichmütig zuckte Rosemarie mit den Schultern. »Vielleicht seine Scheune.«

»Scheunen sind sehr beliebt.« Felicitas nickte. Für Großstadtfirmen waren Scheunen exotisch. Die Landbevölkerung hatte wohl, wie Rosemarie jetzt, nur ein verächtliches Schnauben dafür übrig.

»Warum meintest du, ich soll die Finger von dem lassen? Wie ist der denn so? Der Kai?«, startete Felicitas zwei Minuten später einen neuen Versuch.

Erneutes Schulterzucken. Felicitas fühlte sich an Violeta und deren nonverbale Augenbrauen-Kommunikation erinnert. »Wart noch eine halbe Stunde«, sagte Rosemarie schließlich. »Dann kommt Helena.«

Als sie nichts weiter dazu erläuterte, sondern nur dem Gast am anderen Ende des Tresens ein neues Bier zapfte, fragte Felicitas erneut: »Helena?«

Rosemarie stellte dem Mann, der mittlerweile beide Ellenbogen auf die Theke und den Kopf in die Hände gestützt hatte, das Bier hin, dann kam sie zurück zu Felicitas.

»Geht's ihm gut?«, schob die nun als Frage dazwischen und nickte in Richtung des einsamen Mannes.

Rosemarie zuckte, wie zu erwarten war, mit den Schultern. »Stress zu Hause.«

»Oh nein.« Felicitas warf ihm einen erneuten Blick zu. »Warum?«

»Säuft zu viel.«

Felicitas öffnete den Mund, blinzelte und schloss ihn wieder. Dann schüttelte sie den Kopf und nahm einen Schluck von ihrem eigenen Bier. »Also Helena«, brachte sie das Thema wieder auf ihr eigentliches Ansinnen zurück. »Helena kennt Kai gut?«

»Seine Exfrau.«

Na, wenn das keine Quelle unerschöpflicher Gerüchte war. »Super.« Zufrieden trank Felicitas ihr Bier und wartete.

Rosemarie tauschte Bonnie Tyler, die gerade erneut auf der Suche nach einem Helden war, gegen die Dire Straits aus und drehte die Musik lauter. Mit einem Flüstern informierte sie Felicitas, dass das für den Gast – Roman – am Ende des Tresens war. Der mochte die *Brothers in Arms* so sehr.

Felicitas nickte verständnisvoll, dann holte sie ihr Smartphone aus der Handtasche, die auf dem Barhocker neben ihr lag. Es gab keine Haken unter der Bar, an die sie sie hätte hängen können, und weder die Thekenfläche selbst noch, Gott bewahre, der Fußboden sahen so vertrauenerweckend aus, dass Felicitas sich getraut hätte, die Handtasche dort abzustellen.

»Läuft super!«, textete sie Violeta, die drei Minuten später mit einem Emoji antwortete, das eine Augenbraue hochzog. Hmpf. Felicitas steckte das Handy zurück in die Tasche. Ein weiteres Update würde Violeta nach dem Gespräch mit Kais Ex bekommen.

Helena kam knapp zwanzig Minuten später durch die Tür: eine hübsche Blondine, groß und sehr schlank, in einem leichten Sommerkleid, das so gar nicht zur Kneipe passen wollte. Als Erstes begrüßte sie Rosemarie, die die Umarmung ohne sich zu rühren über sich ergehen ließ, dann klapperte sie in der Küche und brachte anschließend – eine Schürze um die Hüften gebunden – ein Tablett mit Gläsern nach vorn. Helena arbeitete also hier.

»Ich bin Lily«, stellte Felicitas sich vor. Bevor Rosemarie das kommentieren konnte, fügte sie schnell hinzu: »Also, alle sagen Lily zu mir.«

»Ich bin Helena.« Die hübsche Blondine lächelte. Du liebe Zeit, was hatte sie für schöne glatte Haare! Und diese Figur … Felicitas war mehr als nur ein bisschen neidisch.

»Und alle sagen Helena zu ihr«, warf Rosemarie ein.

Felicitas kniff die Augen zusammen. Sie war sich noch nicht ganz sicher, ob die Wirtin sie nicht leiden konnte oder ob sie einfach nur sehr eigenartig war. Aber unfreundlich blickte sie nicht. »Zu mir sagen übrigens alle Rose«, sagte die Wirtin jetzt. »Deshalb sagen hier auch alle ›Ich geh zu Rose‹ und nicht ›Ich geh in die Marktschänke‹.«

Erneut machte sich leichte Verunsicherung in Felicitas breit.

»Und wenn wir dann Formalitäten erledigt haben«, Rose deutete mit einer ausladenden Geste auf Felicitas, blickte aber Helena an, »die junge Dame möchte was über deinen Exmann wissen.«

»Ach du gute Güte!« Helena lachte, es klang jedoch leicht gekünstelt.

»Ich will gar nicht …«

»Lily ist Location-Scout und sehr neugierig«, ergänzte Rose. »Sie interessiert sich für die Scheune der Lembergs. Also erzähl ihr einfach ein bisschen.«

Dann stellte sie der überraschten Felicitas unaufgefordert ein zweites Glas Bier hin.

»Eigentlich muss ich noch fahren«, sagte Felicitas schüchtern.

»Fahr halt nach sechs nach Hause, da arbeitet der Rudi nicht mehr.«

Felicitas nickte leicht skeptisch.

»Oh, die Scheune!« Jetzt wirkte Helenas Lächeln echt. »Die Lembergs sind wirklich unheimlich nette Leute.« Sie erzählte von ihren ehemaligen Schwiegereltern, mit denen sie offenbar immer noch ein gutes Verhältnis verband. »Sonntags laden sie mich dauernd zum Essen ein. Ich wäre viel zu dünn.« Sie lachte.

Felicitas nickte. »Ist was dran.« Wenn sie Helenas Figur mit ihrer eigenen verglich …

Helena lachte. »Ich wäre froh um etwas weiblichere Formen.«

Und sofort waren sie in ein Gespräch über Figuren, Diäten und das persönliche Selbstbewusstsein angesichts eines kleinen Bäuchleins und Cellulite verwickelt.

»Also, wenn ihr mich fragt«, sagte Rose. »Ist das alles Quatsch. Lasst euch nichts einreden. Es gibt Männer, die stehen auf Hungerhaken, es gibt Männer, die stehen auf Rundungen.« Sie hob die Augenbrauen. »Es gibt sogar Männer, die stehen auf diesen Prachtkörper.« Sie deutete mit beiden Händen auf ihre Mitte.

»Opa Schulte«, sagte Helena im Versuch zu flüstern. Wahrscheinlich hatte Roman am anderen Ende der Theke sie jedoch noch gehört.

Rose warf ein Handtuch nach ihr.

Felicitas kicherte.

»Die Skatrunde«, erklärte Helena ihr. »Opa Schulte, Klaus und Tante Inge. Jeden Mittwoch und Samstag.« Plötzlich wurde sie ernst und sah Rose an. »Andi hat mich gefragt, ob ich nicht im Vereinsheim aushelfen kann.«

»Nein.« Rose verschränkte die Arme vor der Brust.

»Mittwochs und am Wochenende, wenn Spiele sind. Er sucht schon seit Wochen und findet keine Aushilfe.«

»Nein.« Rose bewegte sich kein Stück.

»Michaelas Hüfte ist doch nicht mehr die beste, und seit Hannahs Kündigung …« Helena zuckte mit den Schultern.

Rose schwieg.

Felicitas sah neugierig von einer zur anderen.

»Ich meine, du brauchst mich ja auch nicht sooo unbedingt jeden Tag.« Helena sah sich in der leeren Marktschänke um.

Aus irgendeinem Grund hatte Felicitas das Gefühl, etwas sagen zu müssen. »Ich hätte gern eine Apfelschorle. Und unser trauriger Freund da hinten«, sie deutete mit dem Daumen auf Roman, »sitzt auch schon länger auf dem Trockenen.«

Rose grinste.

»Dire Straits könnte auch mal wieder gewechselt werden. Vielleicht Tina Turner oder Chris Rea«, fuhr Felicitas fort.

Helena stieß hörbar Luft durch die Nase aus, dann sagte sie: »Überredet. Ich bleib hier.« Sie stand schwungvoll auf, um Roman ein Bier zu zapfen – Felicitas' Wunsch nach einer Apfelschorle wurde offensichtlich auch von ihr überhört – und die CDs zu tauschen.

»Na, das ging ja einfach«, murmelte Felicitas.

Rose zuckte mit den Schultern. »Kai spielt in der ersten Mannschaft. Das muss das Mädel sich wirklich nicht antun.«

Da fiel Felicitas ein, dass sie nicht gefragt hatte, ob Helena jemanden Neues an ihrer Seite hatte. Zwar verstand sie Roses Weigerung, ihrer Kellnerin freizugeben, aber wieso hatte Helena den Job dann überhaupt erwogen?

»Nie kann sie Nein sagen.« Rose seufzte und beantwortete damit auch Felicitas Frage.

»Warum ist sie eigentlich Kais Exfrau?« Felicitas versuchte, das so beiläufig wie möglich klingen zu lassen. »Ich meine, sie sind ja eigentlich beide noch sehr jung, so lange können sie ja nicht verheiratet gewesen sein, dass die Luft schon raus war?« *Hat er sie zufälligerweise betrogen?*, ergänzte Felicitas nur in Gedanken.

Rose zuckte mit den Schultern. »Ich glaube, die Hochzeit war einfach ein bisschen überstürzt. Die Trennung von Conny war noch nicht lange her.«

Überstürztes Handeln schien wohl Kais Markenzeichen zu sein, dachte Felicitas und hob ihr Glas. Nun drang auch der Rest des Gesprächs zu ihr durch: Kai war in der ersten Mannschaft. In der Mannschaft, dessen Vereinsheimbetreiber eine neue Kellnerin suchte.

Sie trank einen großen Schluck Bier und hatte plötzlich

eine wunderbare Agenda für den nächsten Tag. »Wo ist denn das Vereinsheim?«, fragte sie Rose.

Es war kurz nach sieben, als Felicitas in die Pension kam. Benjamin war nirgendwo zu sehen, aber ihr Magen knurrte. Das Bier hatte sie leicht schläfrig werden lassen, weshalb sie ihr Auto neben der Marienkirche gelassen hatte und die drei Kilometer zurück zur Pension zu Fuß gelaufen war. Der Spaziergang in der Abendsonne hatte sie wieder aufgeweckt, aber nun verspürte sie ziemlichen Hunger.

TripAdvisor hatte ihr Roses Schänke sowie die Schmiede als einzige Restaurants in Wesebeck angezeigt, wobei »Restaurant« für Roses Etablissement vielleicht nicht der passende Begriff war. Gut, Pommes hätte sie dort auch bekommen.

Felicitas betrat das Café, das mit seiner Terrasse auch als Frühstücksraum diente. Immer noch war von Benjamin keine Spur zu sehen. Nach Abendessen sah es ebenfalls nicht aus, aber das hatte er ihr ja schon mitgeteilt. Weder schien es eine Küche zu geben – sie spickte vorsichtig in jede Tür, die vom Café wegführte –, noch hörte sie irgendwo Geschirr klappern.

Sie räusperte sich.

»Komme!«, rief Benjamin in diesem Augenblick vom Flur aus.

Mit einem Karton Saftflaschen, mehrerer Packungen Milch und Apfelschorle betrat er den Raum. Offenbar war er einkaufen gewesen, wo genau, wusste Felicitas nicht, bisher hatte sie noch keinen Supermarkt im Ort entdeckt. Das musste sie später auch unbedingt noch googeln.

Er stellte den Karton auf der Theke ab, dann wandte er sich Felicitas zu. »Wie kann ich dir helfen?«

»Ich wollte fragen, ob ich hier irgendwo in der Nähe zu Abend essen kann?« Große Hoffnung hegte sie zwar nicht, dass er einen Geheimtipp kannte, den TripAdvisor übersehen hatte, aber fragen konnte ja nicht schaden.

»Oh.« Verlegen fuhr er sich durch die Haare im Nacken. »Wir sind hier nicht so der gastronomische Hotspot in Wesebeck.«

Felicitas seufzte, sie hatte so etwas geahnt. »Dafür habt ihr einen wunderschönen See.« Sie sah auf die Oberfläche, die in der untergehenden Sonne glitzerte. Jetzt mit einem Glas Wein und etwas zu essen auf dieser Terrasse sitzen …

Vielleicht gab Rose ihre Pommes to go aus.

»Wie schon gesagt, also, wenn du magst, kannst du gern bei mir mitessen«, riss Benjamins Stimme sie aus ihren Überlegungen. »Wir haben ohnehin eine Zeitlang mal Abendessen für unsere Gäste angeboten. Es ist ja hier sonst nichts zu finden.« Entschuldigend zuckte er mit den Schultern.

Ach, das hatte er ihr zu sagen versucht! Sie hatte nicht gleich geschaltet. Aber welch ein Segen.

»Gerne.« Felicitas lächelte ihn an. »Wäre es möglich …?« Sie deutete zur Seeterrasse.

»Bin in einer halben Stunde wieder da. Es gibt …«, er sah auf den Karton, in dem nur Getränke waren, und verzog den Mund. »Es gibt das, was ich noch im Kühlschrank habe.«

Felicitas lachte. »Ich hatte mich auf Pommes eingestellt, mir ist alles recht.«

Benjamin bot ihr in der Zwischenzeit ein Glas Aperol Spritz an, und sie setzte sich mit dem Getränk und ihrem Handy auf die Terrasse. Keine Nachricht.

Sie wartete nicht mehr aktiv darauf, dass Matthias ihr schrieb oder sie anrief. Was sollte er ihr auch mitteilen? »Felicitas, ich verlasse meine Frau. Ich liebe dich, lass uns neu anfangen?« Wäre schön, aber mehr als unrealistisch.

Sie atmete tief ein und aus. Der Wesebecker See lag friedlich vor ihr. Was für eine Idylle. Gedanken an Matthias hatten hier überhaupt nichts zu suchen.

Mit der Kamera ihres Smartphones nahm sie ein Foto für Violeta auf, dann rief sie die Freundin an.

»Gott, ist das schön hier«, schwärmte Felicitas ihr vor.

»Na, wie gut, dass Sarah bald dort einheiratet. Dann kannst du sie besuchen.«

Gut war anders, und so erzählte sie Violeta, was sie bisher in Erfahrung gebracht hatte.

»Also nichts«, fasste die das Gesagte zusammen.

»Überhaupt nicht nichts!«, protestierte Felicitas. »Ich erarbeite mir das Vertrauen der Dorfbewohner, habe mit Helena eine echt heiße Quelle entdeckt, und leiste fantastische Arbeit.« Wäre sie als Drogenfahnderin undercover unterwegs, wie sie Rudi hatte glauben lassen, hätte sie sich eine Eins mit Sternchen verdient. Abgesehen natürlich davon, dass sie nichts über Drogen herausgefunden hatte.

»Hm.« Felicitas konnte Violetas hochgezogene Augenbraue praktisch hören. »Hast du diesen Kai schon kennengelernt?«

»Morgen hoffentlich.«

Es klopfte auf der anderen Leitung an, und sie

verabschiedete sich schnell von Violeta – die hatte ja ohnehin nichts Produktives zu sagen.

»Feeeeeli!«, schrie ihr Bruder ihr nun ins Ohr.

»Alles klar bei dir?« Was war mit dem los?

»Besteeeeens!«

»Hast du … bist du auf Drogen oder sowas?«, fragte Felicitas entsetzt.

»Eine Droge namens Liebe«, antwortete Lukas kichernd.

Das war doch nicht normal. Ihr Steuerberater-Bruder hatte noch nie im Leben solche albernen Sätze gesagt, geschweige denn dazu gekichert. Musste sie nach der Mission Wesebeck auch noch nach Bali fliegen, damit auch Lukas wieder zur Vernunft kam. (Und schlussendlich seine wahre Bestimmung in Sarah fand!)

»Okay, okay, schon gut«, lenkte er mit etwas normalerer Stimme ein. »Aber echt jetzt. Jasmin und ich und Bali. Ich bin im Paradies.«

»Das freut mich wirklich sehr.« Hoffentlich hörte er nicht, wie wenig sie das freute. Aber er schien irgendwo im siebten Himmel zu schweben. Zumindest wusste sie jetzt, wie die Frau seiner Träume hieß.

»Und deshalb habe ich gekündigt.«

»Du hast was?« Jetzt waren sie alle komplett übergeschnappt. Erst Sarah, dann Lukas. Felicitas fuhr hoch. »Hast du geheiratet?«

»Was?« Er lachte. »Nein, sowas Spießiges ist nichts für uns.«

»Du lebst schon total die Aussteiger-Mentalität, hm?«

»Du hast doch immer gesagt, mein Job ist langweilig!«

Langweilig, ja, da konnte man bei Steuerberatung

nichts beschönigen. Aber es war auch … »Wovon willst du denn jetzt leben?« Die Ironie, dass ausgerechnet sie diese Frage stellte, war ihr durchaus bewusst.

»Vielleicht werden wir Tauchlehrer auf den Philippen. Oder eröffnen eine Surfschule in der Karibik. Ein Café am Strand von Adelaide. Es gibt so viele Möglichkeiten!«

Er konnte weder tauchen noch surfen oder einen Kuchen backen, aber es hörte sich so an, als wäre er seiner Sache sehr sicher. »Dann kommst du wohl nicht so bald zurück?«

»Du musst uns unbedingt besuchen!«

Das würde sie. Vielleicht nicht so, wie er es meinte, und Glückwünsche würde es eher nicht beinhalten.

Felicitas strich sich eine Haarsträhne aus dem Gesicht. »Hast du Mama schon Bescheid gesagt?«

»Ach, Mama«, druckste er etwas herum. »Du weißt ja, wie sie ist. Deshalb rufe ich an. Ich dachte, vielleicht könntest du …?«

Felicitas seufzte.

»Ich muss jetzt auch wieder los«, sagte Lukas, »und die Verbindung ist so schlecht. Aber grüß Mama und …« Er unterbrach sich und flüsterte jemandem in seiner Nähe etwas zu, vermutlich Jasmin, denn er kicherte dabei. Lukas kicherte schon wieder.

Kopfschüttelnd versprach Felicitas ihm, Mama anzurufen – irgendwann – und unterbrach die Verbindung.

Ihr Bruder, der Abenteurer. Das hätte sie sich auch nicht träumen lassen.

»Schlechte Nachrichten?«, fragte Benjamin, als er zwei Minuten später mit einer Schüssel und zwei Tellern zu ihr auf die Terrasse trat.

Ihr Gesichtsausdruck sprach also Bände. Sie fuhr sich mit der Zunge über die Unterlippe. »Sagen wir mal so: Entgegen allen Erwartungen besteht derzeit tatsächlich noch Hoffnung, dass ich zum Lieblingskind aufsteigen kann.«

Das Abendessen war hervorragend. Benjamin hatte maßlos übertrieben. Wenn sie an ihren WG-Kühlschrank und den Vorratsschrank daneben dachte, die oft durch Leere glänzten, war Benjamin praktisch auf Gäste ausgerichtet: Es gab ein wunderbares Pilzrisotto mit frischer Petersilie, dazu Weißwein. So ein gutes Risotto hatte sie selten gegessen, auch wenn er sich mindestens dreimal entschuldigte, dass er für die Zubereitung nicht mehr genug Parmesan gehabt hätte.

»Es ist unglaublich lecker.« Felicitas versuchte, sich den Mund nicht zu vollzustopfen.

Benjamin lächelte und fragte sie schließlich nach ihrem ersten Tag in Wesebeck.

»Schöne Locations hier«, sagte Felicitas, nachdem sie das aufgegriffen hatte, was sie schon Rose über den Grund ihres Aufenthalts erzählt hatte. »Vor allem Scheunen kommen bei Großstadt-Firmen immer gut an.«

»Für Firmenfeiern?«

»Zum Beispiel.« Sie hatte doch keine Ahnung, was so ein Location-Scout tat. »Ich hab auch schon mit meinem Chef telefoniert und ihm Bilder geschickt. Er ist von der idyllischen Landschaft begeistert.« Ging sie nun zu weit? Einen imaginären Chef erfinden? Vielleicht sollte sie einfach so vage wie möglich bleiben und nur immer »Mmmh« und »Ja« sagen, wenn man sie etwas zu ihrem »Job« fragte.

»Wenn das Wetter so bleibt, musst du unbedingt im See baden«, sagte Benjamin. »Es gibt auf der anderen Seite das Strandbad, aber wenn du hier ungefähr zweihundert Meter nach links gehst, kommst du an eine wunderschöne Grasfläche.«

»Geheime Badestelle?«

»Eher Wesebecker Badestelle. Wir kennen sie alle. Aber es gibt genug Platz und ist trotzdem schön. Der einzige Nachteil: keine Pommesbude.«

Felicitas lachte. »Wo ich mich heute Abend doch schon auf Pommes gefreut hatte!«

»Wenn du darauf bestehst, ich kann nochmal in der Tiefkühltruhe nachschauen, vielleicht …«

»Untersteh dich!« Felicitas warf spielerisch ihre Serviette nach ihm. *Flirte ich etwa?*, schoss es ihr plötzlich durch den Kopf. Oh nein, das konnte nicht gutgehen, würde nicht gutgehen. Schnell bückte sie sich nach der Serviette, damit Benjamin ihren roten Kopf nicht bemerkte.

»Sag mal, kennst du eigentlich Kai?«, wechselte sie anschließend das Thema.

»Kai Lemberg?« Benjamin zuckte mit den Schultern. »War in der Schule eine Klasse über mir. Im Schulbus war er jedenfalls der Coolste.« Er grinste. »Ich hab meine erste Zigarette von ihm bekommen.«

»Deine erste? Du rauchst?«

»Nicht mehr. Und auch früher nur auf Scheunenfesten.«

Felicitas sah ihn interessiert an, und er erzählte ihr von seiner Jugend auf dem Dorf. Das Highlight, als er mit sechzehn endlich den Roller, auf den er so lange gespart hatte, kaufen konnte. »Damit war *ich* dann der Coolste.« Er grinste. »Alle anderen waren auf den Bus angewiesen.«

Und dessen Fahrplan hatte Felicitas im Vorbeigehen gesehen, die Liste mit den Fahrtzeiten war nicht besonders lang gewesen. Sie musste lachen. »Wow. Ich bin immer mit dem Fahrrad gefahren.«

»Das sind wir auch manchmal. Wenn ich Alkohol trinken wollte, ging das mit dem Roller ja schlecht.«

»Und dann seid ihr wie weit gefahren?«

»Zehn, manchmal zwanzig Kilometer.« Er hob theatralisch die Hände. »Was blieb uns denn übrig?«

Felicitas lachte erneut und stellte fest, dass ihr die Dorfgeschichten gefielen. Dass ihr das Gespräch mit Benjamin gefiel. Er war ein wirklich netter Mann, noch dazu gutaussehend. Zu schade, dass er verheiratet war.

Sie fragte ihn noch ein bisschen über die Mode in seiner Jugend aus. Benjamin behauptete, dass sie mit zwei Jahren Verspätung von Berlin nach Dortmund gekommen war, nur um dann wiederum zwei weitere Jahre bis Wesebeck zu brauchen. Sie sprach über ihre Erlebnisse als Großstadtkind. »Ich musste statt vor Kühen halt vor wild gewordenen Autofahrern Angst haben«, sagte sie. »Und apropos Kühe …« Sie hatte mal von einer Freizeitbeschäftigung namens Küheschubsen gehört.

»Jap.« Benjamin nickte. »Ist genau das, was du dir unter dem Wort vorstellst. Und ebenfalls jap, muss jeder Dorfjunge mindestens einmal gemacht haben.«

»Der Wesebecker Initiationsritus.« Felicitas grinste. »Wer ein echter Mann sein will …«

»Man hat's nicht leicht.« Er prostete ihr zu, und trotz der Kühle der beginnenden Nacht breitete sich Wärme in ihr aus.

Die sie schnell wieder zu verdrängen versuchte. Ein verheirateter Mann war weiß Gott genug in ihrem Leben.

Als sie sich eine halbe Stunde später ins Bett verabschiedete, fragte sie sich, wo seine Frau eigentlich steckte.

Mittwoch

Felicitas hatte sich den Wecker auf halb acht gestellt. Zum Vereinsheim wollte sie erst am Nachmittag, das war am Vormittag garantiert noch geschlossen. Aber sie durfte keine Chance verpassen, ihrem Ziel näher zu kommen und etwas über Kai herauszufinden.

Benjamin deckte gerade einen Frühstückstisch, als sie um acht die Treppe herunterkam, und begrüßte sie fröhlich. Sie bestellte einen Milchkaffee, den er ihr in einer großen Schale brachte.

»Eier?«, fragte er.

Sie schüttelte den Kopf. Dann fiel ihr ein, dass es in Wesebeck außer Pommes bei Rose eher keine Möglichkeit gab, etwas zu essen zu bekommen, und nun nickte sie doch. Okay, dann schaufelte sie eben jetzt genug Kalorien in sich rein, um bis zum Abend durchzuhalten. Wo sie vielleicht Benjamin wieder überreden konnte …?

Während er sich um die Eier kümmerte, machte sie sich über den Milchkaffee her. Der See glitzerte in der Sonne, und als sie ein Croissant aus dem Brotkorb in ihre Kaffeeschale tunkte, musste sie wieder an die französische Riviera denken. So anders, und doch gefiel es ihr in Wesebeck unglaublich gut.

Er kam mit zwei Spiegeleiern zurück – liebevoll mit einem Sträußchen Petersilie und einer aufgeschnittenen

Cocktailtomate dekoriert –, setzte sich mit einer Tasse Kaffee neben sie und leistete ihr Gesellschaft. Heute Morgen redeten sie beide nicht viel, aber es war nett, nicht allein frühstücken zu müssen.

Anschließend packte sie eine Tasche mit den wichtigsten Dingen, um sich in jemand anderes zu verwandeln. Sie konnte nicht als Felicitas/Lily ins Vereinsheim. Kai spielte Fußball, das hatte schon Sarah gesagt und Helena gestern bestätigt. Auch wenn es unwahrscheinlich war, bestand doch die Möglichkeit, dass Kai Sarah von der neuen Aushilfe erzählte – sie hatte fest vor, die Stelle zu ergattern. Nicht, dass seine Beschreibung sie misstrauisch machte.

Sie überlegte, das Telefonat mit ihrer Mutter hinter sich zu bringen. Dann dachte sie daran, wie ihr letztes Gespräch verlaufen war, und verschob es auf den nächsten Tag. Oder den übernächsten. Vielleicht überlegte Lukas es sich mit seiner Jasmin auch noch anders? Dann hätte Felicitas ihre Mutter umsonst aufgeschreckt.

Sie warf die Tasche auf den Rücksitz und startete den Wagen. Auf der Ortseingangsstraße blickte sie noch einmal kurz auf den Tacho. Verdammt, schon wieder ein Stück über fünfzig.

Ein Polizeiauto kam ihr entgegengefahren und blendete auf.

Felicitas blieb stehen, weshalb lernte sie es auch nicht? Sie fuhr nie dramatisch zu schnell, aber diese dämlichen zehn Stundenkilometer zu viel … die waren hier einfach nicht gern gesehen.

»Lily!« Rudi war sichtlich erfreut, sie wiederzutreffen.

Da er nicht einmal ansatzweise Anstalten machte, irgendetwas über ihre Geschwindigkeit zu sagen, nahm sie an, dass er schon am Auto erkannt hatte, wer ihm da entgegenfuhr.

»Heute schon wen hinter Gittern gebracht?«, fragte sie lächelnd durchs Fenster.

»Du wirst es nicht glauben.« Er blickte sich um, beugte sich vor und flüsterte ihr zu: »Ich hab deinen Rat beherzigt.«

Das sollten viel mehr Menschen tun, ihren Rat beherzigen. Allen voran Sarah. Felicitas sah ihn neugierig an.

»Ich hab gestern kurz vor Feierabend einen mit Frankfurter Kennzeichen angehalten, der haargenau 50 gefahren ist. Du wirst es nicht glauben.« Erneut blickte Rudi sich um.

»Nun mach's nicht so spannend«, drängelte Felicitas. Drogen? Waffen? Eine Leiche?

»Der ist tatsächlich ohne Warndreieck im Auto unterwegs gewesen.«

Das war nicht die Pointe, die Felicitas erwartet hatte. Trotzdem sagte sie: »Wow«, klang jedoch nur halb überzeugend.

Rudi schien das nicht zu stören. Er wirkte so stolz, als hätte er eigenhändig den Kopf einer Mafiabande dingfest gemacht. »Man mag sich gar nicht vorstellen, was durch so eine Fahrlässigkeit alles passieren kann.« Er schüttelte den Kopf, einen Augenblick später leuchteten seine Augen jedoch wieder: »Und wie läuft's bei dir? Schon jemanden … na du weißt schon? *Gescouted?*« Er zwinkerte ihr zu. »Super Tarnung übrigens.«

Das wusste er also auch schon. Na gut, in einem Dorf verbreiteten sich Neuigkeiten mindestens genauso schnell wie unter Rentnern in einem Dortmunder Mietshaus.

»Noch nichts Konkretes«, antwortete Felicitas. »Aber ein paar Hinweise habe ich schon, denen ich in den nächsten Tagen nachgehen werde.« Zum Beispiel auf dem Fußballplatz. »Kennst du eigentlich Kai Lemberg?«, fragte sie dann so beiläufig wie möglich.

Rudi riss die Augen auf.

»Nein, keine Sorge, er steht nicht unter Verdacht«, setzte Felicitas schnell hinzu.

Er lächelte wissend. »Er hat dich also auch mit seinem Charme bezirzt.«

»Was? Nein!« Sie hatte ihn noch nicht einmal gesehen, nur auf einem Foto, das Sarah ihr kurz hingehalten hatte, und okay, schlecht sah er nicht aus. Aber wenn sie ihn mit Matthias oder Benjamin verglich …

»Wie er das immer schafft bei euch Frauen?« Jetzt blickte Rudi beinahe wehmütig drein.

»Nein. Wirklich. Mensch, Rudi, du bist zweimal mehr ein Kerl als dieser Kai!« Ein bisschen Honig ums Maul schmieren, funktionierte hoffentlich auch bei Rudi. Und das bisschen Flunkerei machte auf ihrem Lügen-Konto jetzt auch nichts mehr aus.

»Echt?« Erfreut wurde er zwei Zentimeter größer.

»Klar.« Felicitas nickte nachdrücklich. »Was kannst du mir über ihn erzählen?«

»Was willst du denn wissen?«

»Seine Eltern besitzen einen Bauernhof? Roses Kellnerin Helena hat ziemlich davon geschwärmt.«

Rudi nickte und deutete in die Richtung, in der der Bauernhof vermutlich lag. »Kai arbeitet eigentlich in der Stadtverwaltung, aber er hilft natürlich auf dem Hof, so gut er kann. Helena hatte ein Händchen für die Pferde, Conny hatte damals keine Lust auf die Landwirtschaft. Deshalb ist Helena auch die Lieblingsschwiegertochter.«

»Exschwiegertochter.«

»Stimmt, da gibt's ja bald eine Neue.« Rudi kratzte sich am Kopf.

Sarah würde auf einen Bauernhof ziehen? Ihre Sarah, die nur in absoluten Notfällen ohne Make-up das Haus verließ?

»Und sonst so?«, fragte Felicitas. »Kannst du mir noch was … na, du weißt schon erzählen?« Sie zwinkerte ihm zu.

Er lächelte verschwörerisch. »Aber klar, Kollegin. Opa Scholz, der hat mich damals eingearbeitet bei der Polizei, hat mir über jeden haargenau alles erzählt. Kai hat ein paar kleinere Verkehrsdelikte auf dem Kerbholz, und als Jugendlicher hat er mal eine Zeitung geklaut.« Rudi kicherte verlegen, und Felicitas konnte sich vorstellen, was das für eine »Zeitung« gewesen war, und weshalb Kai sie geklaut und nicht bezahlt hatte. »Sonst damals hin und wieder Beschwerden, ein Unruhestifter zu sein. Aber das hören wir von der Polizei über alle jungen Männer. Da gab es sogar mal eine Beschwerde über mich.« Er wirkte entrüstet, und Felicitas schüttelte ungläubig den Kopf.

»Ja, unglaublich, oder? Dabei habe ich mich nicht einmal betrunken, so wie die anderen, die dann mal einen Blumentopf umwerfen oder in einen Vorgarten pinkeln. Typisch Landjugend.«

Na, viel anders war es in der Stadt auch nicht, dachte

Felicitas. Wenn sie sich an Lukas und seine Freunde erinnerte … »Benjamin hat mir gestern ein paar Geschichten erzählt«, sagte sie.

»Ach, Benjamin.« Wieder wurde Rudis Blick so wehmütig, und sie fragte sich, warum. Vielleicht eine Freundschaft, die in die Brüche gegangen war? Rudi und er mussten ungefähr im gleichen Alter sein.

»Was ist mit Benjamin?«, fragte sie neugierig.

Aber Rudi winkte ab. »Ich will dich auch gar nicht länger aufhalten. Du hast sicher unheimlich viel zu tun.«

Felicitas nickte ein wenig wichtigtuerisch, bevor sie erwiderte: »Na, du doch bestimmt auch.«

Er grinste stolz, klopfte mit der rechten Hand gegen ihre Fahrertür und tippte sich dann zum Gruß mit zwei Fingern an die Stirn.

Der Hof der Lembergs war nicht schwer zu finden, weder über Google noch anschließend mit dem Auto. Es war ein großer Bauernhof am Rande von Wesebeck: Auf der einen Seite erstreckten sich unzählige Felder, auf der anderen begann gleich der Wald, durch den die Landstraße Richtung Münster führte.

Um nicht aufzufallen, parkte Felicitas etwa zweihundert Meter entfernt in einer kleinen Einbuchtung am Straßenrand, die von einer blühenden Wiese umfasst wurde. Ein Zaun war um die Weide gespannt, aber Felicitas konnte keine Tiere entdecken. Die Luft roch sommerlich-süß nach den Wildblumen, die am Wegesrand blühten. Hin und wieder fuhr ein Auto die Landstraße entlang, ansonsten konnte Felicitas nur die Bienen und andere Insekten summen hören.

Je näher sie dem Bauernhof kam, desto schwerer wurde der Geruch in der Luft, und schließlich war es nicht mehr zu überriechen, dass die Lembergs Tiere hielten. In einem langgezogenen Stallgebäude, das rechts vor dem Wohnhaus platziert war, grunzten Schweine.

Direkt hinter dem Bauernhof begann der Wald, die Landstraße wurde nun von dichter werdenden Büschen gesäumt. Kurz überlegte Felicitas, ihr Auto hierhin umzuparken, aber eigentlich war es doch weiter weg auch nicht auffällig.

Eine kleine Zufahrt führte von der Straße links neben dem Stall her in den ungepflasterten Innenhof zwischen Wohnhaus, Stall und Scheune.

Wie sah der Plan nun aus? Sie wollte etwas über Kai herausfinden, eine Observierung bot eine Möglichkeit. Doch besser war es wahrscheinlich, unter einem Vorwand mit den Lembergs ins Gespräch zu kommen und sie unauffällig auszufragen. Aber hatte sie dafür schon eine Tarnidentität? Lily, der Location-Scout, wollte sich die Scheune angucken?

Sie musste gestehen, dass sie keine Ahnung hatte, wie ein Undercover-Polizist seine Arbeit erledigte. Natürlich guckte sie *Tatort*, und sie hatte Matthias über seine Arbeit ausgefragt – so oft sogar, dass er schon leicht genervt gewesen war. Aber sowohl Ersteres als auch der Letztere stellten Polizeiarbeit nicht hundertprozentig realistisch dar. Vor allem Matthias präsentierte sich gern als Actionheld. Sie trug heute zwar Turnschuhe, mit ihrer Sportlichkeit war das aber so eine Sache.

Als Erstes knipste sie mal ein Foto vom Bauernhof, das konnte ja nicht schaden.

Dann machte sie ein paar Schritte die Zufahrt entlang. Ein Hund schlug an, und sie zögerte. Irgendwo hörte sie eine Tür knallen, kurz darauf stapfte ein Mann in fleckiger Jeans über den Hof. Er trug einen ziemlichen Bauch vor sich her sowie kurzgeschorene Haare, womit er vermutlich seine beginnende Glatze zu kaschieren versuchte. Er warf Felicitas einen kurzen Blick zu, und sie trat automatisch zwei Schritte zurück.

Mist. Sie hätte ihn einfach ansprechen sollen und über die Scheune ausfragen. Aber ob ihm das gefiel? Eine Städterin, die seinen Lebensunterhalt »putzig« fand und als Kulisse für eine Firmenveranstaltung sah? Das konnte unter Umständen richtig schiefgehen. Sie zog sich zurück zur Landstraße. Hinter einigen hochaufragenden Sträuchern befand sich eine kleine, asphaltierte Straße, die nach links abbog. Ein Schild zeigte »Lengenhausen 8 km« an.

Hier war das Gegrunze der Schweine noch lauter, und sie fragte sich, wie viele Tiere die Lembergs wohl besaßen. Nach Massentierhaltung sah es nicht aus, das war schon mal positiv. Vielleicht durften die Schweine ins Freie auf die Weide? Hielt man Schweine überhaupt auf Weiden? Freuten die sich nicht eher über Matsch? Felicitas war durch und durch Stadtkind.

Gerade, als sie von der Straße neben dem Stall aus auf den Innenhof spähte, marschierte schon wieder der Bauer über den Hof. Diesmal blieb er stehen, als er Felicitas sah, und schirmte die Augen mit der Hand ab.

Schnell zog sie sich zurück. Ob sie »aufgeflogen« war? Oder es in Ordnung ging, dass er sie gesehen hatte? Sonst musste sie doch die Rolle des Location-Scouts spielen.

Als sie einen Motor starten hörte, legte sie sich vorsichtshalber flach auf den Boden. Ein Golf bog nach rechts ab, Richtung Wesebeck. Am Steuer saß der Bauer, und Felicitas atmete auf.

Doch ihr Problem blieb bestehen: Als was konnte sie sich gegenüber einer Bauersfamilie ausgeben? Als Touristin, die sich auf dem Land erholen wollte? Das war doch eine Möglichkeit. Sie stand auf, und noch während sie überlegte, einen neuen Versuch zu starten, kam ihr von der Zufahrt eine Frau mit Hund entgegen. Felicitas schätzte sie auf knapp über fünfzig. Wenn der Bauer Kais Vater war, musste das Kais Mutter sein. Sie hatte kurze, dunkelblonde Haare, wie ihr Mann ein paar Kilo zu viel auf den Rippen und trug Croqs zu einer Dreiviertelhose. Der Hund, ein schwarz-weißer Mischling, dessen lange Leine sie locker in der Hand hielt, lief aufgeregt um ihre Beine herum.

Die würde sie jetzt ansprechen. Undercover-Felicitas mit Touristen-Tarnidentität. Sie merkte, dass sie schon zu lange am Anfang der Hofauffahrt gestanden hatte, um noch unauffällig zu wirken. Kais Mutter warf ihr einen misstrauischen Blick zu und zog die Leine etwas straffer.

Das tat dem Enthusiasmus des Mischlings jedoch keinen Abbruch, als er, freudig mit dem Schwanz wedelnd, auf Felicitas zulief.

»Fritz!«, rief die Bäuerin.

»Alles in Ordnung«, antwortete Felicitas fröhlich und streichelte dem Hund über den Rücken. Er schnüffelte an ihr, wedelte noch aufgeregter mit dem Schwanz und japste vor Begeisterung.

»Haben Sie sich verlaufen?«, fragte Frau Lemberg nun.

Felicitas musste unbedingt einen guten Eindruck machen.

»Ich bin gerade auf einer kleinen Wanderung«, antwortete sie. Zwar trug sie einen Rock, aber mit ihren Turnschuhen konnte das durchaus als Wanderoutfit einer Städterin durchgehen. Als sie einen Schritt auf die Frau zu machte, verhedderte sich Felicitas dummerweise in der straff gespannten Leine und stürzte der Länge nach hin.

Fritz japste und leckte ihr übers Gesicht.

»Ach je, das tut mir leid.« Die Bäuerin hielt Felicitas ihre Hand hin, damit sie leichter aufstehen konnte. »Haben Sie sich was getan?«

»Hab schon Schlimmeres überlebt.« Felicitas lachte und klopfte sich den Staub von der Hose. Angesichts Fritz, der Felicitas immer wieder mit seiner feuchten Nase anstupste, musste Frau Lemberg lächeln.

Sie schien einen Moment zu überlegen, dann überwog offenbar das schlechte Gewissen. »Kann ich Ihnen irgendwie helfen? Mit einer Wegbeschreibung? Oder einem Glas Wasser?«

»Ein Glas Wasser wäre wirklich sehr nett.« Wenn das nicht die perfekte Gelegenheit war. »Ich bin Lily.« Felicitas hielt der Bäuerin ihre Hand hin.

»Simone«, sagte die Frau, dann beugte sie sich herunter, um Fritz gegen die Flanke zu klopfen. »Wir müssen nochmal kurz zurück, Schätzchen. Gleich geht's los.«

Sie marschierte voran und führte Felicitas ins Haus in eine aufgeräumte Küche. Felicitas nahm am Tisch Platz, auf dem eine Vase mit drei rot-gelben Tulpen stand, und plauderte mit Simone ein bisschen über Hunde. Fritz war wirklich ein ganz Lieber, befand Felicitas, was bei Simone außerordentlich gut ankam. »Mein Mann meckert immer, dass er nicht hört. Dabei hörst du hervorragend, nicht wahr, Fritz? Zumindest meistens«, fügte sie grinsend hinzu. »In zwei Dritteln der Fälle.«

»Ist doch häufiger als bei den eigenen Kindern«, kommentierte Felicitas, und erntete dafür ein Lachen. Sie fühlte sich ein bisschen unwohl damit, diese nette und arglose Frau auszuhorchen, aber das war eben Polizeiarbeit. Sie erledigte hier gerade Undercover-Polizeiarbeit. Wie aufregend.

»Sehr hübsch haben Sie es hier.« Felicitas wandte den Kopf von links nach rechts. Auf dem Fensterbrett wechselten sich Blumentöpfe mit Küchenkräutern ab, das helle Holz der Schränke, Stühle und des Tischs ließen den Raum luftig und freundlich wirken.

»Als die Kinder groß waren, hab ich mir als Erstes eine neue Küche gewünscht«, erzählte Frau Lemberg, stellte zwei Gläser und eine Karaffe Wasser mit Zitronenschnitzen und Minzblättern auf den Tisch und setzte sich dann ebenfalls. »Mit zwei Jungs bleibt wirklich nichts heile.«

Da waren sie ja schon beim Thema! Das klappte doch wunderbar. Felicitas nickte verständnisvoll. Noch ein bisschen Interesse zeigen, aber nicht zu viel, damit Frau Lemberg keinen Verdacht schöpfte. »Zwei Jungs. Oh ja, das stelle ich mir anstrengend vor«, stimmte sie ihr zu.

»Haben Sie Kinder?«

»Noch nicht, leider«, sagte Felicitas und schob jeden Gedanken an Matthias und seine Kinder zur Seite. Fritz legte sich unter den Tisch zwischen ihre Füße. Sein Schwanz wedelte immer noch hin und her und kitzelte sie am Schienbein. In der Höhle des Löwen, dachte sie ein bisschen aufgeregt, ein bisschen schmunzelnd. »Erzählen Sie doch mal«, forderte sie dann Simone Lemberg auf.

»Mein Ältester, Kai, heiratet bald.«

»Ach, wie schön.«

Frau Lemberg lächelte ein klein wenig gezwungen. »Ist nicht das erste Mal. Ich versteh bis heute nicht, warum er sich von Helena getrennt hat.« Sie unterbrach sich und zuckte mit den Schultern. »Aber was will man als Mutter schon machen? Reinreden lassen sie sich ja nicht.«

Jetzt wurde es interessant. »Würden Sie denn reinreden wollen?«, wagte Felicitas sich weiter vor.

Ein erneutes Schulterzucken. »Ich kenne seine Verlobte nicht. Die Sache kam mir etwas überstürzt vor, auch mein Mann hat gesagt: ›Junge, was soll die Eile?‹ Aber sie ist bestimmt ein nettes Mädchen.«

Das war Sarah, definitiv. Und überstürzt war die Hochzeit ebenfalls. Felicitas konnte Simone aus tiefster Überzeugung zustimmen.

»Meine beste Freundin heiratet auch bald jemanden, mit dem sie erst sehr kurz zusammen ist«, sagte sie. »Ein bisschen Sorgen macht man sich dann ja doch, ob es gutgehen wird.«

»Aller guten Dinge sind drei«, sagte Simone Lemberg. »Das sage ich mir bei unserem Kai immer.«

»Drei?« In gespieltem Erstaunen sah Felicitas Frau Lemberg an.

»Ach so, ja.« Sie lachte und fuhr sich durch die kurzen Haare. »Fragen Sie besser nicht.«

Aber genau deshalb war Felicitas da. Doch mehr war aus der Bäuerin nicht herauszukriegen, die deutlich zurückhaltender als Felicitas war. Wenn man bedachte, dass es der Sohn war, der eine ihm im Grunde völlig Fremde heiraten wollte …? Andererseits stand Sarahs erste Hochzeit bevor, bei der dritten hätte Felicitas vielleicht auch schon resigniert.

Sie sprachen noch ein bisschen über dies und das, das Wetter, Wesebeck und die Landwirtschaft.

»Die Ernte dieses Jahr ist gut. Wenn Sie möchten, geb ich Ihnen gern einen Salat oder ein paar Mohrrüben mit. Fürs Gemüse bin ich zuständig, müssen Sie wissen«, erzählte Simone, verließ kurz die Küche und kam auch schon wieder mit einem riesigen Salatkopf und einem Bund Möhren zurück. »Da reden mir weder mein Mann noch die Jungs rein.«

»Wow.« Felicitas zeigte sich beeindruckt von der Größe des Salatkopfs.

»Nicht wahr?« Frau Lemberg nickte stolz. »Ich beliefere unseren Tante-Emma-Laden mit Gemüse.«

Den musste sie auf ihre Liste setzen. Ein kleines Lebensmittelgeschäft war sicher Hauptumschlagsplatz der Gerüchteküche, wenn die Hausfrauen dort am Vormittag einkaufen gingen. Ein bisschen schäbig fand Felicitas ihre mit Vorurteilen getränkten Gedanken schon, aber dann dachte sie an Sarah, daran, dass sie zwar bald eine wundervolle Schwiegermutter besitzen, dafür aber einen Hallodri heiraten würde. Denn was konnte man von ihm erwarten, wenn schon die eigene Mutter die überstürzte Eheschließung skeptisch betrachtete?

»Tante-Emma-Laden, das ist ja toll. Die sind sicher froh, dass sie so eine gute Lieferantin haben«, lobte Felicitas. »Wo finde ich denn den?«

Simone Lemberg erklärte ihr etwas umständlich den Weg zum Rathausplatz, der knappe hundert Meter hinter dem Marktplatz lag.

Schließlich hielt Fritz es nicht mehr aus und sprang japsend unter dem Tisch hervor.

»Ich hab ihm ja noch das Gassigehen versprochen«, sagte Simone bedauernd.

Felicitas bedankte sich artig für die leckere Limonade und das Gemüse, das die Bäuerin ihr in eine Jutetüte gesteckt hatte.

»Wenn Sie mal wieder in der Gegend sind …«, sprach Simone Lemberg schließlich noch eine vage Einladung aus, die Felicitas freudig annahm.

Nachdem sie gemeinsam die Zufahrt zur Landstraße hinaufgegangen waren, winkte Felicitas Fritz mitsamt Frauchen noch einmal zu und machte sich dann auf den Weg zurück zu ihrem Auto. Sie hatte zwar kaum etwas herausgefunden, aber einen weiteren Anhaltspunkt: den Tante-Emma-Laden. Polizeiarbeit schien tatsächlich eine Art Schnitzeljagd zu sein, vielleicht lag der *Tatort* gar nicht so komplett falsch. Aber nun musste sie sich fertigmachen für ihre Bewerbung als Aushilfe im Vereinsheim.

Der FC Wesebeck trainierte und spielte auf einem Fußballplatz am anderen Ende der Ortschaft. Ein paar Häuserreihen lichteten sich nach und nach, gefolgt von Wiesen und einem kleinen Schotterweg zum Sportverein.

Felicitas parkte am Anfang des Feldwegs, ein Stück entfernt vom Fußballplatz. Als sie ihren Kofferraum geöffnet hatte, blickte sie sich noch einmal um. Niemand in der Nähe, kein Spaziergänger, kein Fußballspieler.

Sie tauschte ihre Turnschuhe gegen Pumps und band sich eine glitzernde Jeansjacke um die Hüften – das war zwar deutlich zu warm, gab ihrer Kleidung aber einen ganz neuen Stil. Dann entschied sie sich für die rothaarige Perücke. Beim nächsten Mal musste sie die Perücke unbedingt professioneller anbringen, aber für den Moment taten es ein paar schnell eingeschobene Haarklammern. Dichtes rötliches Haar wallte über ihren Rücken, rahmte ihr Gesicht ein, und Felicitas war beeindruckt, als sie sich im Seitenspiegel betrachtete. Sie zog ihre Lippen mit einem knallroten Lippenstift nach, den sie extra für ihre Undercover-Arbeit gekauft hatte. Seine ganz leichte pinkfarbene Note biss sich mit den roten Haaren, es tat ihrer Verwandlung jedoch keinen Abbruch, ganz im Gegenteil. So traten ihre Gesichtszüge hoffentlich in den Hintergrund. Noch eine Sonnenbrille auf die Nase geschoben, ein schwarzglänzendes Handtäschchen unter den Arm geklemmt, und sie war eine völlig andere Person.

Wie sollte sie sich nennen? Sie bewarb sich um einen Job – würde die Sache schwarz laufen oder mit Papieren?

»Mein Name ist Violeta«, murmelte Felicitas. Ihre Freundin konnte ihr den Perso notfalls zuschicken. Für heute hatte sie ihn einfach »vergessen«. Eine Kindheit in Serbien war zur Tarnung auch nicht schlecht; Violeta hatte ihr so viel über ihr Heimatland erzählt und sie im letzten Sommer einmal dorthin mitgenommen, dass sie sich mit ihrem Wissen über Serbien nicht blamieren würde. Hin und wieder ein serbischer Fluch gewispert und die Tarnung war perfekt: Niemand würde die rothaarige Felicitas-Violeta mit der eher unauffälligen Lily in Zusammenhang bringen.

Zufrieden schloss sie den Kofferraum und stöckelte los.

Doch bei der Entfernung hatte sie sich verschätzt, es waren mehr als bloß hundert Meter zum Stadion. Dass die Wesebecker diesen besseren Bolzplatz tatsächlich als ihr Stadion bezeichneten? Gab ja nicht mal eine Tribüne.

Ihre hochhackigen Schuhe waren viel zu unbequem, um es mehr als hundert Meter in ihnen auszuhalten, aber sie biss die Zähne zusammen, humpelte fluchend vorwärts und lief tapfer die letzten Meter. Sie spürte, wie sich schon auf der kurzen Strecke eine Blase gebildet hatte, die in der nächsten halben Stunde vermutlich größer als ihr Zeh selbst werden würde. Und ihre linke Ferse fühlte sich an, als ob sie mit jeder Bewegung an Schleifpapier scheuerte.

Das Vereinsheim war keine architektonische Meisterleistung: Im Gegensatz zum historischen Stadtkern war der graue Klotz vermutlich in den Sechzigern oder Siebzigern des letzten Jahrhunderts in die Landschaft gesetzt worden.

Aushilfe gesucht stand per Hand auf ein Blatt Papier geschrieben, das mit Tesafilm an die schwere Tür aus grauen Glasbausteinen geklebt worden war. Sie riss den Zettel ab und betrat das Vereinsheim.

Zunächst fand sie sich in einem schmalen Flur wieder, in dem ein gerahmtes Foto neben dem anderen hing:

Hier ein Gruppenfoto einer Jugendmannschaft, dort ein Schnappschuss vom Spiel, und vor allem viele, viele Fotos von Feiern im Vereinsheim, auf denen die Gäste in mehr oder weniger – eher mehr – betrunkenem Zustand in die Kamera grinsten. Rudi erkannte sie, auch Rose war einmal dabei, wenn auch, wie es schien, äußerst unwillig. Helena lächelte glücklich in die Kamera, die Arme um zwei Fußballer gelegt. Vermutlich war das Bild noch von früher, als sie mit Kai verheiratet gewesen war. Benjamin oder seine Frau konnte Felicitas nirgends entdecken, aber wer sportlich aussah, musste ja noch lange kein Fußballer oder Fan eines Provinzclubs wie dem FC Wesebeck sein.

Unschlüssig sah Felicitas den Flur entlang. Links führte eine Treppe hinunter, den Schildern nach zu urteilen zu den Toiletten und Umkleideräumen, allerdings war es dort stockdunkel, die Option fiel also aus. Rechts von ihr gingen drei Türen ab, eine davon mit dem Schild *Privat.*

Sie probierte es mit der ersten. Abgeschlossen. Mit der zweiten. Ebenfalls abgeschlossen. Bevor sie noch überlegen konnte, ob sie ganz umsonst gekommen war – sie hätte sich nach den Öffnungszeiten des Vereinsheims erkundigen sollen! –, hörte sie jemanden heranschlurfen.

»Komme!«, rief eine kräftige männliche Stimme. Und dann leiser: »Dass Michaela auch immer darauf besteht, alle Türen abzuschließen.«

Außer der Haustür, dachte Felicitas, beschloss aber dann, sich über diese eher seltsame Sicherheitsmaßnahme nicht weiter den Kopf zu zerbrechen.

Sie hörte Schlüsselklimpern, und dann stand ein Hüne um die fünfzig in einem kurzärmeligen Hemd vor ihr. Er besaß noch erstaunlich volles dunkles Haar und trug einen dichten Vollbart, was ihn wie einen Holzfäller wirken ließ. Das rot karierte Hemd spannte über einem beträchtlichen Bierbauch.

Bei ihrem Anblick schaute der Dicke erst verdutzt, fasste sich aber gleich wieder, trat einen Schritt zurück und grinste. »Ja, hallo!«, sagte er erfreut, was vermutlich Felicitas' Perücke zu verdanken war. Sie selbst bekam im Gegensatz zu Violeta eher selten ein »Ja, hallo!« zu hören.

»Ich komme wegen der Stelle«, erklärte Felicitas und hielt den abgerissenen Zettel hoch.

»Ach wirklich?« Nun war Erstaunen und Freude gleichzeitig auf seinem Gesicht zu lesen. »Ja, dann komm doch erstmal rein.« Er trat einen Schritt zurück und gab damit den Blick auf den Gastraum des Vereinsheims frei.

Wie sie schon auf den Fotos im Flur hatte erkennen können, dominierte dunkles Holz. Links von der Durchgangstür befand sich eine Theke, sonst prägten lange Tische mit Bänken und Stühlen das Bild. Am anderen Ende des Raumes befand sich eine weitere Tür, und durch eine breite Fensterfront konnte Felicitas nach draußen und auf den Fußballplatz sehen. Bierbänke standen zwischen dem Platz und dem Vereinshaus, ein großer Grill daneben. Trotz der Fensterfront drang allerdings nur wenig Licht ins Innere des Vereinsheims, da als Sonnenschutz eine breite Markise über die Bierbänke draußen gespannt war.

»Möchtest du was trinken?«, fragte der Dicke, und Felicitas schüttelte den Kopf. Wenn es hier auch nur Bier gab ... Aber als der Wirt sich selbst eine Cola einschenkte, änderte sie ihre Meinung und bat um eine Apfelschorle.

Anschließend setzten sie sich nach draußen auf die Bierbänke, und Felicitas war froh, dem stickigen Dunkel entflohen zu sein.

»Mittwochs ist Training.« Er sah auf die Uhr. »In einer halben Stunde kommen die ersten. Hast Glück, dass du jetzt da bist, später hätte ich keine Zeit mehr.«

»Okay.«

»Wichtig ist dann das Wochenende. Samstags oder sonntags, je nachdem, sind die Spiele. Die erste und zweite der Herren, und dann natürlich noch die beiden Jugendmannschaften. Die haben alle Durst.«

Felicitas nickte.

»Kannst du kellnern?«

Eine Kantine war doch so etwas Ähnliches wie eine Gaststätte. Gut, Felicitas musste dort nur kassieren, aber das war doch ein Bestandteil des Kellnerdaseins.

»Habe ich schon ein paar Jahre gemacht.«

Er fragte nach ihren Erfahrungen, und Felicitas plauderte ein bisschen aus dem Dortmunder Kneipen-Nähkästchen. Auch als Gast bekam man da so einiges mit.

Schließlich nickte der Dicke und fragte: »Wann kannst du anfangen? Jetzt gleich?«

Himmelherrgott, nicht in den Schuhen! Aber brav nickte sie. Irgendetwas würde ihr schon einfallen, denn die Chance durfte sie nicht verpassen. Nicht, dass sich noch eine andere auf die Stelle bewarb und der Dicke ihr den Vorzug gab.

Er grinste breit und streckte ihr eine Pranke hin. »Ich bin der Andi. Meine Frau, die Michaela, wirst du später auch noch kennenlernen.«

»Violeta.«

»Na, dann komm mal mit.« Andi griff nach den Gläsern und stand auf.

Als Felicitas sich erhob, spürte sie augenblicklich ihre Blasen wieder. Das Sitzen war solch eine Wohltat gewesen.

Steif stöckelte sie Andi hinterher, der ihr im Getränkelager neben der Küche eine Schürze gab.

»Während des Trainings ist noch nicht so viel zu tun, vielleicht zwei, drei Jungs, die nicht mitmachen dürfen, eine Freundin, die zuschaut. Richtig rund geht's erst im Anschluss.«

Das konnte Felicitas sich vorstellen, irgendwie musste man die verbrauchten Kalorien ja wieder hereinholen.

Wobei das nicht allzu viele Kalorien sein dürften, mutmaßte sie eine knappe Stunde später, während sie – mit beiden Händen auf die Ablage vor dem Zapfhahn gestützt, um ihre Füße zu entlasten – dem Training der Herrenmannschaft zusah.

Nun ja, es musste schließlich seinen Grund haben, dass man vom FC Wesebeck in den Bundes- oder Regionalligen noch nichts gehört hatte.

Zwei der Jungs waren einigermaßen gut, wie sich beim abschließenden Trainingsspielchen zeigte; der eine blond, der andere dunkelhaarig, dribbelten sie sich immer mal wieder durch und bekamen Pässe zustande, bei denen der Ball zumindest grob in Richtung des Mitspielers lief. Bei den übrigen musste man froh sein, wenn sie sich beim Abspiel nicht verletzten. Außerdem hielt sich die Hälfte der Mannschaft nach zwei Minuten die Seite und keuchte vor sich hin.

Bisher hatte Felicitas tatsächlich kaum zu tun gehabt, außer sich auf ihre schmerzenden Füße zu konzentrieren. Wenn es gleich »richtig rund« ging, würde sie auch ins Keuchen kommen.

Bis dahin musste sie aber noch eine Kleinigkeit erledigen.

Sie wählte Violetas Nummer, die allerdings nicht an ihr Smartphone ging. Also war sie wahrscheinlich im Salon, Felicitas probierte es auf der Geschäftsnummer.

»Friseurmeisterin Milic, wie kann ich Sie verschönern?«

Sie hatte es ja gewusst. »Violeta, ich brauch deinen Perso!«

»Bitte was?«

Felicitas hörte Musik im Hintergrund, Gespräche, einen Föhn. Sie atmete tief durch. »Folgendes.« Sie erklärte kurz die Situation. »Und ich bin mir jetzt nicht ganz sicher, ob Andi meine Unterlagen braucht. Aber wenn, muss ich deinen Perso abgeben.«

»Jetzt bist du komplett übergeschnappt.« Violeta klang nicht unfreundlich, nicht vorwurfsvoll, sie schien nur eine Tatsache zu konstatieren.

»Violeta, bitte!«

»Erst meine Perücken, dann meinen Personalausweis. Das wird sicherlich irgendwann mal verfilmt. *Die talentierte Miss Möller.*«

In diesem Augenblick hörte Felicitas Schritte hinter sich. »Ich muss Schluss machen«, sagte sie daher schnell und trennte die Verbindung. Sie würde Violeta gleich noch eine Nachricht mit vielen, vielen Herzchen und Küsschen und unzähligen »Bitte« schicken. Dann würde ihre Freundin hoffentlich nachgeben.

»Ah, du musst die neue Aushilfe sein!«, rief nun eine Frauenstimme hinter ihr.

Schnell ließ Felicitas ihr Smartphone in die Tasche der Schürze gleiten und drehte sich so vorsichtig wie möglich um.

Das Lächeln auf den Lippen der molligen Frau mit den dunklen kurzen Haaren erstarb. Das musste Michaela sein, Andis Frau, die Felicitas von oben bis unten musterte. Die rote Perücke, die Andi so viel Freude bereitet hatte, rief vermutlich Michaelas Ärger hervor.

Felicitas versuchte, ein fröhliches »Hallo« herauszubringen, aber es klang wohl eher, wie sie sich fühlte: nach einem gequälten Stöhnen. Wie konnte sie Michaelas Sympathie ergattern? Ein Bekenntnis à la *Keine Sorge, ich finde deinen Ehemann wirklich alles andere als attraktiv* ging vermutlich nach hinten los.

Im Augenblick hatte sie ohnehin dringendere Sorgen: Sie musste unbedingt an ein Pflaster kommen. Sonst würde sie sterben.

»Habt ihr einen Erste-Hilfe-Kasten?«, fragte sie.

»Wieso?«

Schnell steckte Felicitas sich den Zeigefinger in den Mund. »Geschnitten«, nuschelte sie. Die Freude über ihre aufgeriebenen Füße würde sie der eifersüchtigen Michaela nicht gönnen.

»Umkleide«, sagte Michaela. »Soll ich …«

»Bin sofort wieder da«, rief Felicitas schnell, bevor Michaela auf die Idee kam, sie verarzten zu wollen.

Umkleide, die war doch im Keller.

Als Felicitas sich langsam am Treppengeländer entlang nach unten hangelte, wurde ihr klar, dass das

Training mittlerweile beendet sein musste. Lautes Stimmengewirr und das prasselnde Geräusch von Wasser schlugen ihr aus dem nun beleuchteten Flur entgegen, unterbrochen von Rufen und Gelächter.

»Entschuldigung.« Felicitas klopfte an den Umkleideraum.

»Immer rein!«, rief es von drinnen, dann wieder Gelächter, nasse Schlappen auf Fliesen.

Lieber nicht, dachte Felicitas, wer wusste schon, wie viele der Männer da drin nackt herumliefen. Ganz sicher war der hübsche blonde Stürmer schon angezogen, während der fünfzigjährige Torwart sie über seinem bloßen Bauch angrinsen würde.

»Ich bräuchte mal den Verbandskasten.«

Die Tür wurde aufgerissen, und Felicitas schloss schnell die Augen. »Tut mir leid«, sagte sie. »Ich will gar nicht stören, ich will nur …«

»… den Verbandskasten«, vervollständigte jemand. Das Grinsen in seiner Stimme war nicht zu überhören. »Was ist denn passiert?«

Herrgott nochmal, konnte man sich in diesem verdammten Fußballclub nicht einmal ein Pflaster ausleihen, ohne vorher mindestens drei Leuten Rede und Antwort stehen zu müssen?

»Geschnitten.«

»Soll ich …«

»Danke, schaff ich schon allein.« Jetzt öffnete Felicitas doch genervt ihre Augen.

Und blickte in blaue Augen, die sie schalkhaft anblitzten. Blonde wuschelige Haare und ein nackter Oberkörper, mit dem Felicitas sich besser nicht länger beschäftigte – also zumindest jetzt im Augenblick nicht, sie war schließlich bei der Arbeit. Er hatte ein Handtuch um die Hüften gewickelt, das er mit einer Hand festhielt, während er sich mit der anderen am Türrahmen abstützte.

Sie schätzte ihn ein paar Jahre jünger ein als sich selbst. Und da fiel ihr wieder Violeta ein – kein Wunder, in diesem Augenblick war sie ja Violeta. Hatte ihre Freundin nicht ein Date mit einem Mann zwischen zwanzig und vierzig gefordert? Eine bessere Gelegenheit kam vermutlich nicht mehr.

»Bist du Single?«

Sein Grinsen wurde noch breiter, als es ursprünglich war. »Für dich immer.«

Jetzt wusste Felicitas nicht mehr weiter. »Lust auf ein Date?«, fiel sie dann einfach mit der Tür ins Haus.

»Vielleicht erstmal den Verbandskasten?«, fragte er zurück.

In diesem Augenblick meldeten sich ihre Füße zurück, und sie nickte dankbar.

Der gutaussehende Blonde verschwand in der Umkleidekabine, um kurz darauf mit dem Verbandskasten sowie seinem Handy zurückzukommen. »Pflaster gegen Telefonnummer«, sagte er. »Dann können wir das mit dem Date ausmachen. Wie heißt du eigentlich?«

Herrje, was hatte sie da schon wieder angestellt?

»Violeta«, sagte Felicitas, nahm den Verbandskasten entgegen und rasselte ihre Handynummer herunter. Immerhin schien ihr Gehirn noch so halbwegs zu funktionieren.

»Ich bin der Tobi.«

»Tür zu, es zieht!«, rief in dem Augenblick jemand von hinten. Unwillkürlich wanderten Felicitas' Augen zum nächsten halbnackten Mann, der zwar nicht ganz so einen umwerfenden Körperbau hatte wie Tobi, aber dennoch sehr ansehnlich war. Nasse Locken fielen ihm ins Gesicht.

»Bist ja nur neidisch, weil die besten Frauen auf mich stehen und nicht auf dich«, rief Tobi über die Schulter nach hinten und zwinkerte ihr zu.

»Also ...«, wollte Felicitas ihn korrigieren. Wer hatte hier behauptet, dass sie auf den Jungspund stand? Zugegeben, die Haare luden direkt zum Durchwuscheln ein, und die Brustmuskeln waren nicht von schlechten Eltern, aber ...

Jetzt kam der Lockige nach vorn und boxte Tobi leicht in die Seite, der sich daraufhin mit einem gestöhnten »Kai!« abwandte.

»Du bist Kai!?« Sie hätte ihn vom Foto, das Sarah ihr gezeigt hatte, nicht wiedererkannt, denn seine Haare waren inzwischen ein ganzes Stück länger.

Beide hielten in der Bewegung inne und starrten Felicitas an.

»Äh ... ich ... nur weil ... also ... herzlichen Glückwunsch!« Sie versuchte so strahlend wie möglich zu lächeln. »Ich hab davon ...gehört«, sagte sie schließlich lahm.

»Oh.« Kai straffte sich und fuhr sich durch die Haare. »Danke. Es kam ... überraschend.« Er lächelte währenddessen, und Felicitas versuchte herauszubekommen, ob es echt war.

Dabei musste sie ihn wohl etwas zu auffällig angestarrt haben, denn Tobi fragte nun: »Alles okay?«

»Klar. Ich …« Der Verbandskasten fiel ihr wieder ein. »Ich muss mich verarzten.«

Mit einem schiefen Grinsen verschwand sie humpelnd zur Toilette, wo sie erst einmal die Augen schloss und tief durchatmete. Verdammt, sie musste besser werden. Was war das denn für eine Anfängerdarbietung gewesen? Da hätte sie ja selbst ihre Grundschullehrerin ausgelacht, die ihr damals immerhin die Hauptrolle im Theaterstück gegeben hatte. Eine echte Polizistin hätte die Situation mit links gemeistert, während sie sich durch dieses schlechte Schauspiel gestottert hatte.

Sie klappte den Deckel der Toilette hinunter und verpflasterte sich ausgiebig. Wenn die immer so bräsig Fußball spielten, brauchte man den Inhalt des Verbandskastens in nächster Zeit eher nicht.

Anschließend wieder in die Schuhe zu steigen, war immer noch nicht angenehm, aber kein Vergleich mehr zu vorher. Dennoch würde sie drei Kreuze machen, wenn der Abend vorbei war.

Sie wollte gerade das WC verlassen, da fiel ihr siedend heiß ihre Ausrede ein. Sie klebte schnell ein weiteres Pflaster auf den linken Zeigefinger, dann machte sie sich auf den Weg nach oben. Den Verbandskasten ließ sie auf der Ablage neben dem Waschbecken liegen.

Zurück in der Gaststube rollte Michaela mit den Augen. »Meine Güte, du warst ja ewig weg«, stöhnte sie. »Hast du dir den Finger amputiert oder gleich am offenen Herzen operiert? Jeden Moment geht's hier rund, also stell dich drauf ein.«

Felicitas unterdrückte den Impuls zu salutieren und nickte nur fügsam. Das kannte sie von Frau Haase.

Keine zehn Minuten später ging es tatsächlich »rund«: Zehn Fußballer betraten gleichzeitig den Raum, und dann kamen auf einmal Freunde, Kollegen, Frauen, Schwestern und Freundinnen. Über dreißig Leute zählte Felicitas, denen sie Bier zapfen oder Pommes, Schnitzel und Currywurst bringen musste (hin und wieder auch eine Cola). Dabei durfte sie möglichst nicht an ihre lädierten Füße denken, musste aber Kai im Blick behalten, den eigentlichen Grund für ihren neuen Job. Mehrere der anwesenden Frauen schienen nämlich Singles zu sein, und einige unter ihnen waren ziemlich hübsch.

Irgendwann wurde laut Kais Name gerufen und der ganze Tisch lachte. Irgendein Insiderwitz, Kai war offenbar für irgendetwas bekannt – wahrscheinlich für Hochzeiten, dachte Felicitas und goss sich eine Apfelschorle ein. Dummerweise hatte sie den Grund des Scherzes nicht mitbekommen, und auf ihre Nachfrage hin schüttelte Michaela nur unwillig den Kopf und schickte sie in den Keller, um eine Kiste Weizenbier heraufzuholen.

Mittlerweile war es acht Uhr, und das Vereinsheim gerammelt voll. Eine Blondine quetschte sich zwischen Kai und den etwas stabileren Kerl mit Glatze neben ihm. Sie beugte sich über den Tisch, wobei ihr ausgesprochen gutausgestattetes Dekolleté hervorragend zur Geltung kam. Ob das Absicht war oder sie sich einfach intuitiv so vorteilhaft in Szene setzte, auf jeden Fall musste Felicitas jetzt aufpassen.

»Hast du nicht auch mal Pause?« Tobi schob sich in ihr Blickfeld.

»Eigentlich …« Sie versuchte, schräg über seine Schulter zu schauen, aber bis auf blonde lange Haare, die gerade von einem schmalen Hals zurückgeworfen wurden, konnte sie nichts erkennen.

»Zwei Minuten verschnaufen.« Tobi lächelte sie charmant an. »Draußen ist eine wunderbare sternenklare Nacht.«

Ja, aber hier drinnen ging die Action los.

»Wenn du möchtest, kannst du dir ein paar Minuten gönnen«, rief Michaela ihr überraschenderweise zu, die gerade vier Teller mit Pommes und Schnitzel gleichzeitig balancierte.

Eine schlanke Hand legte sich auf Kais Schulter.

»Auf keinen Fall!« Felicitas schob Tobi zur Seite. »Mein erster Tag im neuen Job, weißt du? Da darf ich keinen schlechten Eindruck machen und gleich in Pausen verschwinden.« Sie warf ihm einen flüchtigen Blick zu, von dem sie hoffte, dass er entschuldigend wirkte, und registrierte aus dem Augenwinkel Michaelas Gesichtsausdruck, den sie allerdings nicht deuten konnte.

Dann steuerte sie auf den Fußballertisch zu.

Das Smartphone hatte sie tief in ihrer Schürze vergraben. Sie fragte sich, ob man wirklich Kugelschreiber mit eingebauten Kameras kaufen konnte. Das wäre es jetzt. Sie musste unbedingt mal bei Amazon danach suchen, da gab es ja eigentlich alles.

Gerade als Felicitas mit einem Lächeln an den Tisch trat, um eine Runde Bierbestellungen aufzunehmen, legte Kai leicht seine eigene Hand auf die der Blondine. Ihr Smartphone hinter dem winzigen Bestellblock notdürftig versteckt, schaltete Felicitas die Kamera ein.

Kai hob die Hand der Blondine an, Felicitas drückte auf den Auslöser und … fing den Moment ein, in dem er die Hand der Blondine zurück auf den Tisch legte. Was er sagte, konnte sie nicht verstehen, da gerade drei Männer links neben ihr in lautstarken Jubel ausbrachen, weil Andi ihnen ihre Schnitzel servierte. Aber die Enttäuschung auf dem Gesicht der Blondine war nicht zu übersehen.

Kai, dieser Schwerenöter, war zumindest vor Zeugen ein Gentleman.

Felicitas schob den Unterkiefer vor und ging zurück zur Theke. Wahrscheinlich stand er einfach nicht auf Blondinen, Sarah war schließlich brünett. Helena allerdings … Felicitas beschloss, die Blondine und Kai weiterhin im Auge zu behalten.

»Und? Wie viel Bier?«, fragte Michaela, die schon wieder am Zapfhahn stand.

Felicitas sah auf ihren leeren Block. »Äh …« Sie sah zurück zum Tisch und versuchte, die leeren Biergläser zu zählen. Dann zuckte sie mit den Schultern. »Nochmal 'ne Runde.«

Gegen neun wurde es ruhiger, Felicitas allerdings auch müder, und um kurz nach zehn wünschte sie sich, dass die letzten fünf Gäste einfach nur nach Hause gingen.

Während Michaela und Andi in der Küche aufräumten, wischte Felicitas die Theke ab, stellte die Kaffeemaschine aus – es hatte ohnehin niemand einen Kaffee bestellt – und räumte die gespülten Gläser aus der Maschine ins Regal.

Wann hatte sie selbst eigentlich das letzte Mal etwas getrunken? Erst jetzt bemerkte sie ihren trockenen

Mund. Felicitas stellte das letzte Glas auf der Theke ab, nahm sich eine Flasche Wasser aus der Kühlung und goss großzügig ein.

»Du hast dich gut geschlagen«, sagte Michaela, die sich in diesem Augenblick neben Felicitas stellte und ein paar Geldscheine auf den Tisch legte.

Felicitas schob eine widerspenstige rote Strähne hinter das Ohr. »Na ja, ich …«

»Für jemanden ohne Gastro-Erfahrung. War nicht zu übersehen.« Michaela zuckte mit den Schultern. »Aber das passt schon. Du bist eh die Einzige, die sich auf unseren Aushang gemeldet hat.«

Na, wenn das nicht uneingeschränkte Begeisterung war. »Tut mir leid«, sagte Felicitas.

»Schon in Ordnung. Fünfeinhalb Stunden Arbeit, zehn Euro hattest du mit Andi ausgemacht, richtig?« Michaela drückte ihr sechzig Euro in die Hand. Felicitas verließ sich beim Kassieren zwar immer auf die automatische Rechnung der Kasse, aber dass Michaela ihr da gerade mehr ausbezahlt hatte, fiel auch ihr auf. »Stimmt schon so.« Vielleicht konnte Felicitas sich ja doch mit ihr als neuer Chefin anfreunden.

»Nächstes Mal darfst du auch eine Pause machen«, fuhr Michaela fort, »fünf Minuten können die auch mal auf ihr Bier warten. Und jetzt …« Sie drehte sich um und ging zur Küche, aus der sie sofort wieder mit zwei Tellern herauskam. Currywurst Pommes.

Sie stellte die beiden Teller auf den Tresen, schob zwei Barhocker zurecht und setzte sich. »Na komm, sag nicht, du hast keinen Hunger!«

Das schon. Aber um diese Uhrzeit? So ein fettiges

Essen? Mit schlechtem Gewissen dachte Felicitas an die kleinen Röllchen am Bauch, dann zuckte sie mit den Schultern. Schien Tobi, den Adonis, nicht gestört zu haben. Abgesehen davon hatte sie bei der ganzen Rennerei sicherlich mehr Kalorien verbraucht als sämtliche Fußballer zusammen.

Sie setzte sich neben Michaela und griff nach der Mayonnaise.

»Tobi schien ja Gefallen an dir zu finden«, sagte Michaela mit einem breiten Grinsen.

Ach deshalb. Ihr Andi war nun sicher, daher die plötzliche Freundlichkeit. Es lag nicht nur an ihrer Einsatzbereitschaft, ohne Pause durchzuarbeiten.

Betont gleichgültig antwortete sie: »Der ist ganz nett. Vielleicht ein bisschen jung.«

Michaela lachte. »Pass bloß auf, wenn der sich so entwickelt wie sein Bruder, dann gute Nacht.«

Felicitas hielt mit den Pommes auf halbem Weg zum Mund inne. »Was ist mit seinem Bruder?«

»Ach, das kannst du ja nicht wissen, du bist ja nicht von hier. Kai heiratet in drei Wochen zum dritten Mal.«

Kais Bruder. Tobi war Kais Bruder. Die vermaledeiten Schuhe in der Hand lief Felicitas barfuß zurück zum Auto. Welch eine Wohltat. Und was für ein Glück, mit Tobi auch direkt noch die beste Quelle für ihre Mission an der Hand zu haben! Jetzt ergab das Date sogar einen richtigen Sinn, nicht nur den, Violeta zufriedenzustellen.

Bevor sie ins Auto stieg, vergewisserte sie sich, dass auch niemand zusah, nahm die Perücke ab und verstaute sie gemeinsam mit den Schuhen im Kofferraum.

Wohlig seufzend schlüpfte sie in ihre bequemen Turnschuhe, die sie zwischenzeitlich unter dem Beifahrersitz verstaut hatte, und wischte sich mit einem Taschentuch über den Mund. Der knallrote Lippenstift war schon ziemlich verschmiert, außerdem mehr als nur ein bisschen auffällig, den erkannte man sicher noch im Dunkeln von der Straße aus. Noch einmal wischte sie sich über die Lippen, dann startete sie den Motor.

Müde, aber beschwingt, fuhr sie zurück in die Pension. Hoffentlich entfaltete die rote Perücke ihre Wirkung und Tobi meldete sich bald. Dieses Date musste unbedingt zustande kommen, dann konnte sie Tobi ausquetschen und mit den Informationen Kai festnageln.

Sein Bruder lieferte Felicitas mit Sicherheit brühwarm die besten Geschichten.

Als sie an der Pension ankam, war es kurz nach elf und es brannte noch Licht.

Benjamin saß hinter der Theke und arbeitete konzentriert am Computer. Als er Felicitas sah, blickte er auf.

»Hey!« Sein Lächeln wirkte wie üblich herzlich und kein Stück wie die rein professionelle Freundlichkeit eines Gastwirtes. »Kann ich dir noch etwas zu essen anbieten?«

»Oh danke, aber ich hab schon im …« Konnte sie ihm verraten, dass sie im Vereinsheim gewesen war? Was, wenn er mit jemandem sprach? Würde man ihm sagen, dass da gar keine Felicitas zu sehen gewesen war? Nur eine rothaarige Violeta? Würde er eins und eins zusammenzählen? Gab es überhaupt ein eins und eins hier? Benjamin ging doch nicht davon aus, dass sie ihn belog. Und warum tat sie das überhaupt? Er war so nett, und sie hätte ihm so gern die Wahrheit gesagt, aber … Felicitas bemerkte, dass sie etwas zu lange geschwiegen hatte. »Entschuldigung, ich bin völlig erledigt«, sagte sie dann, was nicht einmal ein winziges bisschen gelogen war. Sie beschloss, doch bei den Fakten zu bleiben. »Ich habe Pommes im Vereinsheim gegessen.«

»Ah, hast du dort gearbeitet?«

»Was?« Entsetzt sah sie ihn an.

»Na …« Er kratzte sich am Kopf. »Vereinsheim, Location, Location-Scout. Ich dachte …?«

Felicitas atmete erleichtert aus, dann fing sie nervös an zu kichern. »Location, natürlich. Natürlich. Ich … nein. Ich hab dort nur …«

»Pommes gegessen«, ergänzte Benjamin, als sie weiter um Worte rang. Sein Lächeln bekam eine leicht mitleidige Note. »Du solltest vielleicht wirklich ins Bett. Du scheinst dich kaum noch auf den Beinen halten zu können.«

Und entsprach das nicht der Wahrheit! Ob ihre Füße jemals wieder verheilen würden … Felicitas musste gähnen, dann nickte sie leicht enttäuscht. Viel lieber hätte sie noch ein wenig mit Benjamin gesprochen, aber in ihrem Zustand würde sie sicher irgendetwas Dummes sagen.

»Ich hab noch Möhren!« Und da war es auch schon. Immerhin, nicht ganz so schlimm, wie ihm den wahren Grund ihres Aufenthaltes zu verraten oder ihm zu sagen, dass seine Haare so schön weich aussahen, ob sie sich auch so anfühlten und sie vielleicht einmal, nur ganz kurz, mit den Fingern hindurchfahren dürfte …

»Bitte?«

Aber beinahe so dumm.

»Ich hab Möhren im Auto. Und Salat. Von Frau Lemberg … na, ist ja auch egal. Jedenfalls …« Sie hob etwas hilflos die Schultern.

Er schien ein Lachen unterdrücken zu müssen, als er ihr nach draußen zum Auto folgte, wo sie das Gemüse auf den Rücksitz gelegt hatte. »Ich mein, ich kann's auch in den Kühlschrank der Minibar tun«, begann Felicitas. »Aber da gibt's auch kein Dressing.«

Nun musste Benjamin wirklich lachen. »Nein, wirklich. Ich freu mich. Salat. Und Möhren. Vielen Dank. So ein schönes Mitbringsel habe ich schon lange nicht mehr bekommen.« Sie sah ihn an, wie er sie grinsend anzwinkerte. In seinen grünen Augen blitzte es, und … Sie musste ins Bett, ganz dringend ins Bett.

»Gute Nacht«, rief er ihr hinterher, als sie die Treppe hochstieg.

Und mit diesem »Gute Nacht« im Ohr war sie eingeschlafen, sobald ihr Kopf das Kissen berührt hatte.

Donnerstag

Strahlender Sonnenschein kitzelte Felicitas in der Nase, als sie erwachte. Ein schneller Blick aufs Handy zeigte ihr, dass es schon kurz nach neun war. Sie hatte ihren Wecker nicht gehört. Sie gähnte, reckte die Arme über den Kopf und streckte die Beine. Muskelkater von gestern hatte sie, der würde wohl noch etwas schlimmer werden. Das Gehen in den hohen Schuhen war ungewohnt und hatte ihre Waden ziemlich beansprucht.

Gut, dass immer noch die Sonne schien und es angenehme fünfundzwanzig Grad waren. Da konnte Felicitas den ganzen Tag Flip-Flops tragen und ihre Blasen verheilen lassen.

Nachdem sie geduscht und sich hübsch gemacht hatte – natürlich hatte das nichts mit dem bereits vergebenen Benjamin zu tun, er war ja verheiratet, sie konnte damit leben –, nahm sie die Treppe zum Frühstücksraum, in dem schon ein gedeckter Tisch auf sie wartete.

»Guten Morgen, Murmeltier«, begrüßte Benjamin sie lächelnd.

»Oh, ich habe gestern soviel zu tun gehabt«, gab Felicitas zurück und hielt die Hand vor den Mund, um ihr Gähnen zu verstecken.

Er brachte ihr einen Milchkaffee – ihre Vorliebe hatte

er sich von gestern also gemerkt –, bevor er sich erneut neben sie setzte.

Warum waren die Guten nur immer verheiratet?

Als sie nach einem zweiten Milchkaffee auf die Uhr blickte, war es schon beinahe elf. Sie musste dringend los, die Zeit drängte: Die Hausfrauen mussten mit der Zubereitung des Mittagessens beginnen. Jetzt würden sich die interessanten Informantinnen im Tante-Emma-Laden einfinden.

Sie wünschte Benjamin einen schönen Tag und beeilte sich, ihre Sachen zusammenzupacken und in die Stadt zu kommen.

Der Tante-Emma-Laden, von dem Simone Lemberg ihr erzählt hatte, hieß eigentlich »Ännes Lädchen« und war höchstens fünfzehn Quadratmeter groß. Überall stieß Felicitas irgendwo an, sie fragte sich, wie es einer größeren Person wohl ergehen würde. Die nahmen vermutlich gleich das Auto zum nächstgelegenen Edeka.

Nachdem sie schon dreimal im Kreis um die Regale geschlendert und von Änne, einer älteren Dame mit Goldbrille und grauen Löckchen, dabei scharf beobachtet worden war, beschloss sie, die Waren in der Gemüseabteilung mehr oder weniger ausgiebig zu studieren.

Hier konnte sie immer mal wieder eine Tomate in die Hand nehmen, als prüfe sie kritisch die Qualität. In ihrer geblümten Bluse und mit der etwas zu großen Nase erinnerte Änne Felicitas ein bisschen an ihre Oma. Sie saß hinter der Kasse, ein Frauenmagazin auf die Theke gelegt, das sie aber nun aufgrund von Felicitas' Anwesenheit ignorierte.

»Und die Hochzeit schon so bald«, hörte Felicitas in diesem Augenblick hinter sich. Gleichzeitig bimmelte ein Türglöckchen, und sie drehte sich um.

Zwei Frauen Mitte dreißig betraten Ännes Lädchen. Die eine schob einen Kinderwagen vor sich her, den sie an der Kasse stehenlassen musste, weil er es niemals durch die schmalen Gänge schaffen würde; die andere trug ihr Baby im Tragetuch vor dem Bauch.

Die sprachen doch von Kai, eindeutig.

Ausgerechnet in diesem Augenblick klingelte ihr Telefon. Die Nummer war ihr unbekannt, möglicherweise war es Tobi. Das Date war wichtig, aber sie konnte ihn später zurückrufen. Sie drückte den Anruf weg.

»Ich hab seine Verlobte neulich gesehen«, sagte die Frau mit Tragetuch. Sie hatte rot gefärbte Haare und war eher alternativ gekleidet, während ihre blonde Freundin eher die Fraktion »sportive Mütter« verkörperte und eine Leggings zum Adidas-Shirt trug.

»Echt? Die kennt ja sonst kaum wer«, antwortete die Blonde.

»Sie wirkt auch nicht so, als passt sie hierhin.«

Das hätte Felicitas selbst zwar auch gesagt, aber aus dem Mund der Alternativen klang das beinahe wie eine Beleidigung. Felicitas runzelte die Stirn, aber bevor sie weiter darüber nachdenken konnte, bimmelte das Glöckchen erneut, und eine ältere Dame kam in den Laden. Trotz des warmen Sommerwetters trug sie einen beigefarbenen Pullover über ihrem weinroten Rock. Sie zog ein Handwägelchen hinter sich her, das sie im Türbereich stehenließ.

Felicitas versuchte, sich wieder auf das Gespräch zu konzentrieren.

»Versteh ich gar nicht, was der hat, dass die Frauen so auf ihn fliegen«, merkte die Sportliche gerade an.

»Mir tut er zu cool.« Die Alternative zuckte abfällig mit den Schultern.

»Also Hannah aus der Stadtverwaltung, weißt du, seine Kollegin, mit der ich im Zumbakurs war, hat erzählt …« Jetzt beugte sich die Sportliche vor und wisperte ihrer Freundin etwas ins Ohr, was Felicitas nicht mehr verstehen konnte.

Ihr Blick fiel auf die ältere Dame, die sich gerade eine Packung Kekse unter den Pullover schob. Bevor sie verdutzt etwas sagen konnte, rief die Alternative aus: »Is nich wahr!«

Was immer die Sportliche ihr erzählt hatte, Felicitas wollte es auch wissen. Sie ließ Ladendiebin Ladendiebin sein, schnappte sich einen Beutel Zwiebeln und rückte näher an die beiden jungen Mütter heran.

Die Sportliche sah irritiert zu ihr hinüber und fuhr ihrer Freundin, die gerade einen Satz mit »Ich glaube …« begonnen hatte, über den Mund. »Barilla oder Tress?«, fragte sie laut und hielt zwei Nudelpackungen in die Höhe.

Mist. Felicitas musste sich also noch unauffälliger verhalten. Beim nächsten Mal würde sie sich Kopfhörer in die Ohren stecken. *Man lebt und lernt,* dachte sie. Sie legte die Zwiebeln zur Seite und dann den Kopf schräg, als die alte Frau einen Marsriegel in ihrem Pulloverärmel verschwinden ließ.

Dann begab sie sich, misstrauisch beäugt von Änne, zu den Tütensuppen, um dort die Inhaltsangaben eingehend zu studieren.

Erleichtert stellte sie fest, dass die beiden Mütter das Getuschel über Kai fortsetzten.

»Also, auf dem Amt scheint er echt beliebt zu sein«, sagte die Sportliche gerade. »Ich versteh's auch nicht. *Ich* möchte den Kerl nicht geschenkt.«

»Den könnten sie mir nackt auf den Bauch binden, und es wär nix«, stimmte die Alternative ein.

Felicitas musste grinsen. Der übertriebene Protest der beiden offenbar verheirateten Frauen ließ sie den gegenteiligen Schluss aus ihren Aussagen ziehen: Anscheinend fanden sie Kai ziemlich heiß. Felicitas jedenfalls hatte es nicht nötig gehabt, vor Violeta oder Sarah lautstark zu bekräftigen, wie unsexy sie ChrisdenBanker gefunden hatte.

Die ältere Dame schob sich eine Kirsche in den Mund, nahm ein Paket Zwieback aus dem Regal und schlurfte zu Änne nach vorn.

»Das ist alles«, sagte sie und legte den Zwieback auf die Theke.

Änne klingelte mit der Kasse und warf Felicitas erneut einen scharfen Blick über den Rand ihrer Brille zu. Das Misstrauen war völlig deplatziert, dachte Felicitas beleidigt. Sie überlegte kurz, Änne auf die eigentliche Übeltäterin hinzuweisen, aber die alte Dame sah so freundlich aus, und Felicitas hatte neulich etwas über kleine Renten und Altersarmut gelesen. Außerdem schielte Änne schon wieder böse zu ihr rüber, und so hielt Felicitas den Mund, als die alte Frau den Laden verließ.

»Ach, Thomas wartet auch schon längst«, sagte nun die Sportliche, als sie auf ihre SmartWatch sah.

Nachdem auch die beiden bezahlt und den Laden verlassen hatten, wollte Felicitas ebenfalls nach draußen schlendern, doch da rief Änne sehr bestimmt: »Halt, junge Frau!«

Felicitas tat, wie befohlen.

Mit in die Höhe gerecktem Kinn blickte Änne sie an. »Wollen wir nicht etwas bezahlen?«

»Ich bin leider nicht fündig geworden.« Felicitas hob entschuldigend die Schultern.

Doch Änne ließ sich nicht beirren. Sie kniff die Augen zusammen. »Seit Monaten wird in meinem Geschäft geklaut, was das Zeug hält.«

Ja, und Felicitas wusste auch, von wem. Und wenn Änne ihr, der armen unschuldigen Undercover-Spionin, nicht so argwöhnisch begegnet wäre, dann wüsste sie es mittlerweile ebenfalls.

»Das tut mir leid«, versuchte Felicitas es zunächst.

Änne funkelte sie an. »Wenn ich jetzt gleich durch die Reihen gehe und Inventur mache … Sagen Sie mir, dass nichts fehlt.« Tatsächlich stand sie auf, blinzelte ein wenig, und plötzlich wurden ihre Augen groß. »Das waren heute Früh noch drei Packungen Kekse!« Wenn die gute Frau eins hatte, dann ihr Sortiment im Griff.

Felicitas seufzte. »Das hat die Dame vorher … Ach, vergessen Sie's, das glauben Sie mir ja eh nicht.« Sie schüttete den Inhalt ihrer Handtasche auf die Theke: ihr Smartphone, Taschentücher, Wimperntusche, ein Kugelschreiber, ihr Portemonnaie und eine angebrochene Packung Kaugummis. »Und dass ich die Kekse nicht am Leib trage, können Sie ja wohl sehen.« Felicitas drehte sich einmal um ihre eigene Achse. Sie trug ein Spaghettiträgertop zu einem gepunkteten Rock und hatte wirklich keine Möglichkeit, dort irgendetwas zu verbergen.

Aber auch das fruchtete nicht. »Sie bleiben jetzt da!«, befahl Änne und griff zum Telefonhörer. »Das können Sie alles der Polizei erklären.«

Für einen Augenblick überlegte Felicitas, einfach abzuhauen. Auch wenn sie das Bronzene Sportabzeichen noch nicht geschafft hatte, die Alte würde sie sicher abhängen. Leider Gottes überwog der gesetzestreue Teil in ihr, nicht umsonst wollte sie so unbedingt zur Polizei, und sie blieb brav stehen, bis etwa zehn Minuten später die Tür aufging und Rudi hereinkam.

»Guten Tag, die Damen«, grüßte er freundlich und sah sie beide erwartungsvoll an.

Änne hielt anklagend den Zeigefinger auf Felicitas gerichtet. »Die junge Frau da, die habe ich gerade beim Klauen erwischt.«

»Das haben Sie nicht«, korrigierte Felicitas.

»Eine Packung Kekse fehlt.«

»Die habe ich aber nicht geklaut.« Aus Prinzip würde sie Änne nun nicht mehr sagen, wer die eigentliche Schuldige war. Hoffentlich klaute die Alte auch in Zukunft noch jede Menge.

Jetzt begann Rudi zu lachen. »Nein, nein, nein.« Er wandte sich an Änne. »Das muss ein Missverständnis sein.«

»Rudi, seit Wochen, sogar Monaten bestehlen sie mich! Ich muss doch auch von was leben«, jammerte Änne nun und blickte dabei so unglücklich drein, dass sie Felicitas nun doch ein bisschen leidtat.

»Seit Wochen oder sogar Monaten? Dann kann ich es ja nicht gewesen sein. Ich war schließlich heute zum ersten Mal hier«, machte Felicitas die Ladenbesitzerin auf das Offensichtliche aufmerksam.

»Vielleicht habe ich Sie bisher nur noch nicht erkannt.« Änne schien nicht sehr einsichtig.

Dafür war Rudi auf Felicitas' Seite. Er nickte ihr beruhigend zu, bevor er sich wieder an Änne wandte. »Wir finden den Schuldigen schon«, versuchte er sie aufzumuntern. »Aber für Lily hier lege ich die Hand ins Feuer.«

»Hat sie dich also um ihren Finger gewickelt?«

Änne zeterte noch ein Weilchen, aber Rudi ließ sich nicht beirren. Er nahm eine Anzeige gegen unbekannt auf, ließ sich aber nicht erweichen, Felicitas »vorsichtshalber« festzunehmen, »nur für den Fall«. Auch erweiterte Verhörmethoden lehnte er rigoros ab.

Nachdem er seinen Notizblock zugeklappt und zum Abschied an seine Mütze getippt hatte, ließ Felicitas sich von ihm nach draußen geleiten und nahm sich vor, das nächste Mal undercover in Ännes Laden zu spionieren.

»Und?«, fragte Rudi leise, als sie vor dem Geschäft standen. »Hast du was herausbekommen?«

Das erinnerte Felicitas daran, dass ihr Ausflug tatsächlich nicht umsonst gewesen war: die Stadtverwaltung, Kais Arbeitsplatz, war ihre nächste Station. Vor allem dieser ominösen Kollegin Hannah sollte sie auf den Zahn fühlen. »Sagen wir mal so«, sagte sie. »Ich folge einer heißen Spur.«

»Das ist so aufregend«, flüsterte Rudi, wobei er sich vorsichtig umsah, dass auch ja niemand ihnen zuhörte.

Dann seufzte er und sagte in normaler Lautstärke: »Und ich muss mich um Ladendiebe kümmern. Stunde um Stunde habe ich schon vor und in Ännes Lädchen gestanden. Aber meinst du, ich hab herausbekommen, wer's war?« Frustriert steckte er die Hände in die Hosentaschen und zog die Schultern zusammen.

Felicitas gab sich einen Ruck. »Weißt du, Rudi, mal so unter Kollegen: Bei Autofahrern wie bei Ladendieben, es sind immer die, von denen man es nicht erwartet. Alte Damen, Rudi, alte Damen.« Sie machte eine bedeutungsschwangere Pause. »Die würde ich mal näher unter die Lupe nehmen.«

Was für ein Vormittag. Sie hatte sich gerade von Rudi verabschiedet, da klingelte ihr Handy.

Sarah zeigte ihr das Display an, und offenbar hatte Felicitas einen weiteren Anruf verpasst. Sarah hatte sicher Neuigkeiten bezüglich der Hochzeitsvorbereitungen. Und richtig.

»Feli, wir müssen mein Brautkleid aussuchen«, rief sie in den Hörer. »Ich habe einen Termin bekommen, in diesem Laden in der Innenstadt, du weißt schon.«

»Oh, wie toll!«, sagte Felicitas.

»Montagnachmittag um drei!«

»Kriege ich auf jeden Fall irgendwie hin«, antwortete Felicitas, klemmte sich das Telefon ans Ohr und suchte in ihrer Handtasche nach dem Kugelschreiber. Schließlich hatte sie ihn gefunden und notierte sich mangels alternativer Schreibunterlagen *Mo 15* aufs Handgelenk. Montag passte gut, bis dahin hatte sie noch das ganze Wochenende, um Informationen über Kai zu sammeln.

Sarah verabschiedete sich, sie müsse noch Violeta Bescheid geben, und Felicitas beendete den Anruf. Sie schaute nach dem verpassten Anruf, der wieder von der gleichen unbekannten Nummer war. Falls das wirklich Tobi sein sollte, rief sie am besten zurück. Doch bevor sie noch eine Taste drücken konnte, ging schon wieder ein Anruf ein – diesmal von ihrem Bruder. Das war ja wie im Callcenter.

»Wie geht's dir?«, fragte sie, und dachte mit schlechtem Gewissen daran, dass sie sich ihrerseits um den Anruf bei ihrer Mutter bisher erfolgreich gedrückt hatte. Andererseits: War das ihre Aufgabe? Wenn Lukas es schaffte, dauernd bei Felicitas anzurufen, wäre ein Zwei-Minuten-Gespräch mit Mama ja wohl ebenfalls drin.

»Kannst du mir einen Gefallen tun?«, fragte Lukas, ohne sich mit Begrüßungsfloskeln aufzuhalten. »Kannst du mal nach Drogen auf Bali googeln, ob das verboten ist?«

»Natürlich ist das verboten!« Felicitas schnappte nach Luft. »Da brauch ich nicht mal zu googeln.«

»Ja, aber Gefängnis, wie lange, oder was? Ich hab hier …« Es rauschte in der Leitung, dann war Lukas wieder zu verstehen. »Ich hab hier ganz schlechten Empfang und kein Internet, da ist so eine …« Felicitas hörte irgendetwas, das wie »Hippie« klang, dann brach die Verbindung ganz ab.

Sie war gerade dabei, mit Entsetzen die erste Webseite zu lesen, die sich mit der indonesischen Drogenpolitik beschäftigte, da erschien die unbekannte Nummer zum dritten Mal.

»Hallo?«, sagte Felicitas vorsichtig, um ja nicht den falschen Namen zu nennen.

»Violeta!« Tobi klang überglücklich. »Hab ich dich endlich erwischt.«

»Du, ich hab gerade nicht viel Zeit.« Nicht, dass Lukas noch Dummheiten anstellte. Der Begriff Todesstrafe war irgendwo im Text aufgetaucht.

»Ich wollte nur wissen, wann du dich von mir auf ein Date entführen lässt. Vielleicht schon heute?«

»Ich glaube, das wird zu knapp.« Sie brauchte zumindest ein kleines bisschen Vorbereitung auf das Gespräch. Wenn aus Kais Mutter schon nur wenig herauszubekommen gewesen war, musste sein Bruder etwas mehr Informationen liefern.

»Dann morgen?«, hakte er nach.

Genervt schnalzte sie mit der Zunge. Er tat ihr ja auch leid, und das Date war ihr selbst ebenfalls wichtig, aber Tobi rief gerade wirklich zum falschen Zeitpunkt an. Sie versuchte ja, sich auf ihn einzulassen. Aber Bilder von der Todesstrafe ploppten in allen möglichen Farben und mit Ausrufezeichen versehen vor ihrem inneren Auge auf.

Erstaunlicherweise schien ihm ihre Gereiztheit nichts auszumachen, sondern ihn nur anzustacheln. »Ich verspreche dir einen wundervollen Tag in Begleitung des charmantesten jungen Mannes von ganz Wesebeck«, sagte er. »Das kannst du dir nicht entgehen lassen.«

Da Felicitas ohnehin nicht vorgehabt hatte, ihn auf die nächste Woche zu vertrösten – am Samstag hatte der FC Wesebeck gegen Meringsdorf ein Heimspiel, bei dem sie im Vereinsheim arbeiten musste –, sagte sie schließlich zu.

»Wo kann ich dich abholen?«, fragte Tobi.

»Ach, lass uns doch einfach am Marktplatz treffen«, antwortete Felicitas ausweichend. »Ich habe morgen ohnehin in Wesebeck zu tun.«

»Wunderbar!«, sagte Tobi. »Bis dahin werde ich mir was Schönes überlegen, was wir machen können. Um acht? Ich freu mich!«

Felicitas nickte, auch wenn er das nicht sehen konnte, und unterbrach die Verbindung. Jetzt musste sie erst einmal das mit der Todesstrafe klären. Und tatsächlich: Auf Drogenhandel stand in Indonesien die Todesstrafe. Handeln würde Lukas ja nicht gleich, versuchte sie sich zu beruhigen, fand aber, dass »mehrjährige Haftstrafe« allein für Drogenkonsum auch nicht besonders tröstlich klang.

Finger weg, du Wahnsinniger!, textete sie ihrem Bruder per SMS sowie WhatsApp und hoffte, dass die Nachricht nicht nur auf seinem Smartphone, sondern auch bei Lukas selbst ankam.

Nach der ganzen Aufregung beschloss sie, den Nachmittag am See zu verbringen. Den Besuch in der Stadtverwaltung konnte sie so kurzfristig nicht mehr erledigen, aber sie würde sich schon mal überlegen, mit welcher neuen Verkleidung sie ihn morgen in Angriff nehmen wollte.

Bis dahin packte sie ein paar Sachen zusammen, allen voran das Opernglas ihrer Mutter und die Kamera, die auch auf die Entfernung noch gute Fotos schoss. Mit ihrem Handy konnte sie zwar unauffälliger fotografieren, aber außer für Nahaufnahmen wie im Vereinsheim war es ungeeignet. Sie klemmte sich eine Wolldecke aus dem Schrank des Hotelzimmers unter den Arm und hoffte, dass es in Ordnung ging. Auf einen Bikini musste sie heute verzichten, vielleicht fand sie in den nächsten Tagen noch irgendwo einen, der ihr stand.

Die Stelle, die Benjamin ihr beschrieben hatte, war wirklich wunderschön. Kai oder jemand anderes aus seiner Fußballmannschaft waren weit und breit nicht zu sehen, außer ihr lagen nur ein paar Teenager auf Handtücher und Decken im Gras. Deren Unterhaltung war allerdings, wie Felicitas schnell feststellte, für ihre Nachforschungen nicht allzu relevant. Es drehte sich hauptsächlich um die Schule und irgendwelche Lehrer. Sie zog die Kopfhörer, an die sie zur Tarnung gedacht hatte, aus den Ohren und nahm das Opernglas zur Hand, um Ausschau nach verdächtigen Aktivitäten, vornehmlich Kai und einem weiblichen Wesen, zu halten.

»Ornithologin«, murmelte sie, als die Teenager zu ihr hinüberstarrten. Auf die verständnislosen Blicke übersetzte sie: »Vogelkundlerin.«

Einmal suchte sie das gesamte Ufer von rechts nach links ab, dann umgekehrt von links nach rechts. Als sie immer noch niemanden entdecken konnte, legte sie das Opernglas zur Seite und widmete sich ihrem Plan für den nächsten Tag: In der Stadtverwaltung musste sie an Hannah herankommen, wie stellte sie das am besten an? Als Bürgerin dort auftreten? Nein, besser als Kollegin. Eine Kollegin, die aus … vielleicht Münster hinzugezogen war, und nun ihren ersten Tag im Wesebecker Rathaus arbeitete. Genau, so kam sie mit den Mitarbeitern dort ins Gespräch. Ein neues Gesicht in der Kantine, und man stürzte sich darauf. Kantinen waren Fundgruben, was Gerüchte anging. Von Matthias' Ehefrau hatte sie dort zwar nie etwas aufgeschnappt, aber vermutlich genau deshalb – sie war eine Tatsache, kein Gerücht.

Damit hatte sie jetzt auch schon die Frage nach der passenden Uhrzeit geklärt.

Nur: Welchen Beruf sollte sie ausüben? *Konnte* sie ausüben? Falls jemand fragte, musste sie zumindest ein paar Grundlagen kennen, und jemand *würde* fragen, da war sie sich sicher.

Was gab es denn so für Jobs in einem Rathaus? Ja gut, grundsätzlich war ihr schon klar, was man da tat. Aber konkret? Verwaltung? Passte natürlich immer, war ihr aber zu unsicher. Kulturamt, hm, da konnte man sicher ein bisschen schwammig etwas erzählen, nur war die Frage, ob es in Wesebeck tatsächlich so viele kulturelle Veranstaltungen gab. Sie zückte ihr Smartphone und googelte: Bauamt, Stadtplanung, Wasserversorgung, Ausländeramt – Himmel, da musste nur eine Nachfrage kommen, und sie wäre völlig verloren.

Also was … ha! Personalamt. Die Mitarbeiter dort schrieben Abmahnungen, fassten Kündigungsschreiben ab, führten Einstellungsgespräche, oder? Darüber zu sprechen, würde sie noch halbwegs hinbekommen. Sie dachte an die Haase und die Kantine. Ja, das konnte sie sich gut vorstellen.

Sie ging ihre Notizen durch: 12 Uhr, Personalamt, Kantine. Wo befand sich die eigentlich? Ein paar Klicks, und sie wurde fündig. Die grobe Wegbeschreibung zeichnete sie sich schnell auf.

Nun brauchte sie noch Hannahs Nachnamen. Dummerweise besaß sie keinerlei Anhaltspunkte und musste sämtliche Unterregister der Homepage durchgehen, bis sie sie endlich gefunden hatte: Hannah Krämer war direkt dem Bürgermeister unterstellt und arbeitete in dessen Büro. Um sicherzugehen, überflog sie noch die restlichen Seiten, aber es gab keine weitere Hannah. Hannah Krämer, der nächste Punkt auf ihrem Notizzettel.

Kais Arbeitsplatz fügte sie als zusätzliche nützliche Information hinzu – der Mann war beim Bauamt tätig, wunderbar.

Felicitas klopfte sich in Gedanken auf die Schulter und legte den Stift zur Seite. Bevor sie es sich den Rest des Nachmittags mit einem Buch aus dem Bücherregal der Pension gemütlich machte, nahm sie noch einmal das Opernglas in die Hand. Aber außer einem alten Ehepaar, das Händchen haltend am anderen Ufer spazieren ging, konnte sie niemanden sehen, und so genoss sie guten Gewissens die Entspannung.

Eine Fliege kitzelte sie in der Kniekehle, ein Grashalm am Ohr. Bienen summten, Vögel zwitscherten, und Felicitas wünschte sich, noch ewig liegenbleiben zu können.

Irgendwann jedoch meldete sich ihr Magen, und sie packte ihre Sachen zusammen, um zurück zur Pension zu gehen.

Offenbar hatte Benjamin sie gehört, denn gerade, als sie die Schmiede betreten hatte, kam er nach vorn zur Rezeption.

»Hey.« Er lächelte sie warm an.

»Hey«, antwortete Felicitas. Und weil sein Lächeln wieder so umwerfend war, und er in dem dunklen

Hemd, dessen Ärmel locker hochgekrempelt waren, auch wieder so unheimlich gut aussah, wollte sie das Gespräch gern verlängern. »Ich war am See.«

Brillant war anders, aber Benjamin nickte und fragte: »Hast du Hunger?«

Wollte er sie erneut zum Abendessen einladen? Wollte er dabei weiterhin so gut aussehen? *Noch einen verheirateten Mann sollte ich mir wirklich ersparen,* blitzte es kurz in Felicitas' Gedanken auf, dann fiel ihr Blick auf die breiten Schultern unter seinem Hemd, und sie gab die unvernünftigste Antwort des Tages: »Bärenhunger.«

»Ich hoffe, du magst Lasagne?«

»Machst du Witze? Ich weigere mich zu glauben, dass es Menschen gibt, die *keine* Lasagne mögen.«

Er lachte und führte sie durch die Küche in die hinten angegliederte Wohnung. Das Wohnzimmer, das ebenfalls als Esszimmer diente, war gemütlich eingerichtet, mit einer grauen Couch, vor der ein großer Fernseher sowie eine Playstation standen. Auf dem Boden daneben lag ein Gitarrenkasten.

»Meine heimliche Leidenschaft«, erklärte er und zuckte mit den Schultern. »Mit Guitar Hero hat es angefangen, dann wollte ich wissen, ob ich es auch in echt kann.«

»Und?«

»Und was?«

»Kannst du auch *in echt* Gitarre spielen?«

Er lachte. »Nein. Eindeutig nein.«

Ob er die Wahrheit sagte oder nur falsche Bescheidenheit mimte, wusste sie nicht. Aber bevor sie weiter nachbohren konnte, holte Benjamin zwei Gläser aus einem Schrank und stellte sie auf den Esstisch. Dann ging er kurz in die Küche, kam mit einer Flasche Rotwein zurück, entkorkte sie, schenkte ein und verschwand wieder in der Küche.

Mit dem Glas in der Hand besah Felicitas sich den Rest des Wohnzimmers und hoffte, für einen Pensionsgast nicht zu neugierig zu sein. Ein Foto auf einem kleinen Tisch in der Ecke neben dem Sofa zeigte eine Frau beim Klettern. Sie seilte sich gerade an einer Felswand ab und hielt für den Fotografen lachend einen Daumen in die Höhe. Vermutlich Katrin. Auch wenn sie auf dem Hochzeitsfoto eine komplizierte Hochsteckfrisur und viel Make-up trug, besaß sie doch auf beiden Bildern das gleiche, begeisterte Lächeln.

Wo war die eigentlich? Turnte sie im Augenblick im Himalaya herum? Felicitas ließ ihren Blick schweifen. Ein wohl selbstgemaltes Bild hing an der Wand hinter dem Esstisch, abstrakte Muster in Orange und Braun. Katrin schien nicht nur sportlich, sondern auch künstlerisch begabt zu sein. Zumindest ging Felicitas davon aus, dass sie die Urheberin des Bildes war. Das würde zu Benjamin passen, eine umfassend talentierte Ehefrau. Nicht zu vergessen »ausgesprochen schön«. Felicitas zupfte ein bisschen am Saum ihres Pullovers herum. Dann schalt sie sich selbst. Sie wollte, nein, sie durfte nicht in Konkurrenz zu dieser Superfrau treten, deswegen machten da auch die paar Kilos zu viel auf den Hüften nichts. Diesmal hatte sie die Warnung, dass der nette und hübsche Mann verheiratet war, schon bekommen, bevor sie sich verlieben konnte. Noch einmal diesen Liebeskummer – ganz zu schweigen vom schlechten Gewissen wegen des unmoralischen Verhaltens – würde sie sich sicher nicht antun. Sie genoss jetzt einfach die Lasagne, die ihr ein gutaussehender, charmanter Mann gekocht hatte. Fertig. So etwas bekam man schließlich auch nicht alle Tage.

Benjamin besaß eine recht große Plattensammlung, von Klassik über Jazz, Felicitas entdeckte sogar HipHop auf Vinyl gepresst. Ob sie Musik anstellen sollte? In ihre Überlegung hinein betrat Benjamin mit der dampfenden Lasagne das Zimmer, die er auf einem Holzbrettchen in der Mitte des Tisches platzierte. Teller, Servietten und Besteck holte er aus der Küche, und Felicitas deckte, während er noch einmal in der Küche verschwand, um anschließend mit Salat und Baguette wieder aufzutauchen.

»Jetzt haben wir den Salat!« Mit einem Augenzwinkern fügte er lächelnd hinzu: »Frisch aus Simone Lembergs Gemüsegarten.«

Er bot ihr an, Platz zu nehmen, und bevor er sich selbst endgültig setzte, legte er eine Platte auf den Plattenspieler. Leiser Jazz erklang, und wenn Felicitas es nicht besser wüsste, hätte sie gedacht, dass sie sich mitten in einem Date befand. Kritisch beäugte sie Benjamin. Suchte er etwa eine Affäre? Ein kleines Abenteuer, solange seine Frau fort war? Sie kniff die Augen zusammen. War das etwa seine Masche? Alleinreisende weibliche Gäste in seine Wohnung locken?

»Und? Wie gefällt dir Wesebeck?«, fragte er im gleichen Augenblick, in dem Felicitas den ersten Bissen Lasagne probierte, und alles Misstrauen verschwand im Nu. Jemand, der so eine unglaublich gute Lasagne machte, konnte einfach kein Ekelpaket und Möchtegern-Playboy sein.

Der Rest des Abends verlief unterhaltsam, und Felicitas fühlte sich so wohl, dass sie gegen zehn erschrocken feststellte, schon beinahe drei Stunden bei ihrem Gastgeber im Wohnzimmer verbracht zu haben. Sie hätte schwören können, höchstens eine mit ihm zusammengesessen zu haben.

Benjamin sah nicht nur gut aus, er war auch klug mit einem feinen Sinn für Humor. Zu ihrer Freude flirtete er weder plump mit ihr noch machte er anzügliche Bemerkungen. Vielleicht genoss er einfach ihre Gesellschaft. Sie freute sich, dass er kein Mistkerl war. Dennoch wunderte sie sich genau deshalb immer mehr: Wo steckte seine Frau? Hatte sie ihn verlassen?

Neugier, du bist der Katze Tod, dachte sie, dann nickte sie in Richtung des Kletterfotos, das auf dem Tischchen neben der Couch stand.

»Du kletterst?«

»Noch schlechter, als ich Gitarre spiele.« Benjamin lächelte für einen Augenblick. Dann lehnte er sich in seinem Stuhl zurück. »Wandern, ich mag Wandern«, sagte er schließlich. »Manchmal muss man dann notgedrungen auch ein Stück klettern. Aber stundenlang eine steile Felswand hoch? Nein, so verrückt bin ich nicht.« Er lächelte wieder und sah zum Foto seiner Frau.

Trotz seines Lächelns lag eine Ernsthaftigkeit in seinem Wesen, die ihn zeitweise traurig erscheinen ließ.

Wo ist deine Frau?, lag Felicitas auf der Zunge zu fragen, doch etwas in seinem Blick hielt sie zurück.

Vielleicht war Katrin abgehauen, vielleicht hatte Katrin eine Affäre?

Diese Spekulationen währten jedoch nur kurz.

»Ich kann nicht einmal diese Filme sehen. Eiger Nordwand und wie sie alle heißen. Über Reinhold Messners Leben«, sagte Benjamin jetzt.

»Oh Gott ja, wo sie dann die anderen Bergsteiger essen, um zu überleben!« Sie hielt inne. »Nein, das war nicht Reinhold Messner.«

Benjamin lachte laut auf. Und schon waren sie in eine Unterhaltung über Filme verwickelt, die abgelöst wurde durch eine über Musik, Bücher und schließlich Lebensbetrachtungen. Benjamin hatte so viele interessante Dinge zu erzählen, sie hatten gegenseitig so viel über teilweise gleichen, manchmal ähnlichen und dann wieder völlig unterschiedlichen Geschmack zu entdecken, dass Felicitas seine Frau ganz vergaß.

Gegen halb zwölf verabschiedete sie sich schweren Herzens. Sie konnte nicht bis mitten in der Nacht bei ihrem Gastwirt auf der Couch sitzen bleiben, schon gar nicht mit den drei Gläsern Wein, die sie getrunken hatte. »Danke für den schönen Abend«, sagte sie. »Und die Lasagne war fantastisch.«

Er lächelte, wünschte ihr eine gute Nacht, und als er nicht einmal Anstalten machte, sie wenigstens zum Abschied zu umarmen, gab sie ihm zumindest einen kleinen Kuss auf die Wange. Das durfte ja schließlich auch ein verheirateter Mann annehmen, oder?

Dann drehte sie sich um, winkte ihm noch einmal zu und lief die Treppe zu ihrem Zimmer hinauf. Zehn Minuten später fiel sie ins Bett, blickte auf ihr Handy und bemerkte erst jetzt, dass sie die letzten vier Stunden nicht ein einziges Mal an Matthias gedacht hatte.

Freitag

Am nächsten Morgen stand Felicitas gleich mit dem Wecker um acht auf. Heute war Konzentration gefragt. Bis zum Mittagessen in der Kantine war zwar noch etwas Zeit, aber sie musste sich schließlich noch kostümieren und wollte ihre heutige Befragung sorgfältiger angehen als die spontane Begegnung mit Simone Lemberg.

Fröhlich nahm sie die Treppen zum Café hinunter, um zu frühstücken, aber Benjamin konnte sie weit und breit nirgends sehen. Ein Tisch war mit Brötchen, Croissants, Marmelade, Käse und einer Thermoskanne eingedeckt.

Ein Zettel lag daneben: *Guten Morgen! Ich habe heute einen Termin in Münster. Lass es dir schmecken, und wir sehen uns später. Liebe Grüße Benjamin*

Na gut, immerhin war sie so rechtzeitig fertig.

Während des Frühstücks schnappte sie sich die *Westfalen-Stimme,* die Benjamin ausliegen hatte, aber in Wesebeck schien nichts passiert zu sein. In Lengenhausen war ein Fahrrad gestohlen worden, in Meringsdorf hatten nächtliche Krawallmacher einen Baustellenzaun umgeworfen. Na, da hatte die Dorfpolizei ja alle Hände voll zu tun.

Mit dem Rest Kaffee aus der Thermoskanne ging Felicitas schließlich nach oben, um ihre Kostümierung für die Stadtverwaltung anzuprobieren.

Wie gut, dass sie das Kostüm mitgebracht hatte, das sie sich etwas übereifrig für ihr Bewerbungsgespräch bei der Haase in der Kantine gekauft hatte, zu dem sie natürlich völlig overdressed erschienen war. Der blonde Bob aus Violetas Kollektion war die perfekte Perücke für eine erfolgreiche Karrierefrau. Dazu eine große Brille mit dicken schwarzen (Fenster-)Gläsern, die noch von Karneval übrig geblieben war. Sarah war als sexy Sekretärin gegangen, irgendwann hatte sie die Brille satt gehabt und sie Felicitas aufgesetzt. Zu ihrem Kostüm »Tomate« – ganz ohne sexy, außer man stand auf unförmig und rundlich in der Körpermitte – hatte die Brille zwar nicht ganz so gut gepasst, aber jetzt war Felicitas froh, sie damals von Sarah bekommen zu haben.

Die Perücke saß, das Make-up war dezent, das Kostüm passte noch. Zum Glück.

Fertig kostümiert, brauchte sie nun noch ihre Undercover-Identität, den Job hatte sie ja schon. Sie blickte noch einmal in den Spiegel. Die kürzeren Haare standen ihr gut, vielleicht sollte sie Violeta beim nächsten Mal bitten, die Spitzen etwas großzügiger zu schneiden. Und zwei, drei blonde Strähnchen …? Sie zupfte sich den Pony in die Stirn, rückte die Brille zurecht und spitzte ihren Mund. Äußerst seriös. Sabrina? Christina?

»Barbara. Barbara Stolten.« Das klang gut.

Sie googelte noch kurz den Namen ihres Vorgesetzten im Personalamt: Herr Doktor Schwarz, das konnte nützlich sein. Dann schaute sie schnell auf ihren Notizzettel, bevor sie ihn zum Portemonnaie in ihre Handtasche steckte: Hannah Krämer im Bürgermeisteramt war ihr Zielobjekt.

Zielobjekt, wie professionell das klang. Felicitas straffte die Schultern, warf einen letzten Blick in den Spiegel, schnappte sich ihre Handtasche und stöckelte los.

Barbara Stolten, Personalamt, freut mich, Sie kennenzulernen.

»Das freut mich«, sagte die Frau an der Kantinenausgabe zögerlich, »aber ich hatte gefragt, was Sie essen wollen.«

Felicitas wurde rot. Vor lauter Nervosität hatte sie sich verhaspelt. Natürlich hatte sie sagen wollen »die Frikadellen mit Petersilienkartoffeln, bitte«, aber sie hatte ihre Vorstellung im Auto so oft geübt, dass es ihr nun auch hier herausgerutscht war. Herrje, dabei gelang ihr die Nummer als rothaarige Violeta doch ganz gut. Woher diese plötzliche Nervosität?

Sie fasste an ihre Brille, bestellte und hastete dann so schnell es ging mit ihrem Essenstablett zur Kasse.

»Mitarbeiterausweis?«, fragte die Angestellte dort.

»Leider nein.«

»Für Gäste fünf Euro.«

Hinter Felicitas standen zwei Männer und eine Frau. »Also, nein, Gast bin ich natürlich nicht. Barbara Stolten, Personalamt.« Sie versuchte, gewinnend und vor allem selbstbewusst zu lächeln, was ihr im Augenblick nicht leichtfiel. »Ich bin noch neu, meine Karte ist noch nicht fertig.«

»Da liegen hundert Stück beim Hausmeister.« Die Kassiererin kniff die Augen zusammen. Verdammt.

»Da muss wohl jemand vergessen haben, mich zu informieren.« Felicitas rückte ihre Brille zurecht, so, wie es ihre Englischlehrerin immer gemacht hatte, und blickte die Kassiererin streng an. Die blickte unbeteiligt zurück.

»Na gut, dann eben für Gäste«, sagte Felicitas und zückte das Portemonnaie. »Ich möchte nur festhalten, dass ich rechtmäßig hier und *kein* Gast bin. Ich arbeite beim Personalamt.« Sie versuchte, die Angestellten hinter ihr aus den Augenwinkeln zu beobachten.

Doch die schienen von dem ganzen Disput nicht viel mitbekommen zu haben.

Felicitas nahm ihr Tablett in beide Hände und sah sich um. Wo sie sich hinsetzte, musste strategisch gut überlegt sein.

Ganz hinten links saßen zwei junge Männer, die sie bereits kennengelernt hatte: Mevlüt und Thomas aus der Fußballmannschaft. Auch wenn sie beinahe sicher war, dass die beiden sie nicht erkennen würden, musste man das Schicksal ja nicht herausfordern.

Sie wählte einen Platz zwischen einer Gruppe von drei Männern und zwei Frauen und nickte allen freundlich zu. Niemand würdigte sie eines Blickes. Übellauniger Haufen.

Wie sollte sie ein Gespräch beginnen? Das Wetter und das Essen in der Kantine waren Dauerbrenner. Da das Wetter nun aber beinahe seit Wochen unverändert – immerhin unverändert schön, aber das wusste man ja schon gar nicht mehr zu schätzen – war, schien das Kantinenessen die bessere Wahl. Sie probierte ein Stück ihrer Frikadelle. Tja. Was sollte man dazu jetzt sagen? Eindeutig nicht schlecht, und eindeutig nicht wirklich gut. Völliger Durchschnitt, komplettes Mittelmaß, aber was war das für ein Gesprächseinstieg? *Das Essen hier ist ja auch so geht so?*

Halt! Die Frau rechts von ihr – Felicitas hatte einen Sicherheitsabstand von einem Stuhl gewahrt – aß Nudeln.

»Wie sind Ihre Nudeln?«, fragte Felicitas herüber, bevor sie sich eine Kartoffel in den Mund schob.

»Wie immer ein bisschen matschig.«

Voller Erfolg, das war ja ein hervorragender Gesprächseinstieg. Felicitas nickte mitfühlend.

»Nudeln sind immer schwierig«

»Für uns Vegetarier aber oft die einzige Alternative.«

»Es gibt immer noch Salat«, warf nun einer der Männer quer über den Tisch ein.

»Ja, aber davon wird man doch nicht satt«, verteidigte Felicitas ihre neue Freundin.

»Kommt drauf an, wie voll man den Teller macht.«

Nun grinsten sich alle an, und Felicitas beglückwünschte sich selbst. Barbara Stolten, Personalamt, Networkerin vom Feinsten. *Ja, Barbara, du mischst dich unter die Leute, um deine Pappenheimer kennenzulernen.*

»Ich bin übrigens Barbara«, stellte Felicitas sich nun vor. »Barbara Stolten, Personalamt.«

»Charlotte Mayer, a Ypsilon«, sagte ihre neue Freundin, eine kleine Blondine mit überdurchschnittlich großem Mund. »Grünflächen.«

»Christian Meier mit e i, nicht verwandt und nicht verschwägert«, der Salatkenner nickte in Charlottes Richtung. »Rechnungsprüfungsamt.«

Die anderen beiden Männer arbeiteten im Bürgerbüro und waren recht kurz angebunden, weshalb Felicitas ihre Namen auch sofort wieder vergaß. Charlottes

Kollegin bei den Grünflächen hieß Manuela. »Kurz Manu, das gefällt mir besser«, fügte die Brünette dann hinzu. Sie war ein ganzes Stück größer als Charlotte und schien etwas zurückhaltender zu sein.

Meier mit e i und seine Kollegen verabschiedeten sich recht bald, während die quirlige Charlotte vorschlug, noch gemeinsam einen Kaffee zu trinken. Den bräuchte sie jetzt, um gegen das durch die Nudeln hervorgerufene Kohlenhydrat-Koma vorzugehen.

Felicitas stimmte begeistert zu, und so setzten sie sich mit ihren Kaffeetassen auf den Balkon, denn Manu war Raucherin. Mit ernster Miene zündete sie sich eine Zigarette an und blies schweigend den Rauch gen Himmel, während Charlotte munter drauflosquasselte.

»Du bist neu, oder?«, fragte sie, nachdem sie das schöne Wetter ausführlich besprochen hatten.

»Hab erst diese Woche angefangen«, antwortete Felicitas, und kreuzte vorsichtshalber für alle weiteren Fragen die Finger hinter dem Rücken. »Ich wohn in Lengenhausen. Bis jetzt gefällt es mir in Wesebeck sehr gut.« Auch wenn ihr Besuch bisher noch nicht allzu erfolgreich war. Aber deshalb war sie ja jetzt hier. »Kennt ihr eigentlich Kai?«

Charlotte und Manu warfen sich einen Blick zu, den Felicitas als verschwörerisch deutete.

»Wieso?«, fragte Charlotte.

Felicitas machte eine unbestimmte Handbewegung. »Soll ihn wegen was fragen. Und dann hat die Kollegin so gekichert, da bin ich neugierig geworden.« Ein bisschen erschreckte es Felicitas selbst, wie gut sie im Lügen geworden war.

»Aaah.« Charlotte grinste vielsagend, während Manu sich eingehend damit beschäftigte, ihre Zigarette auszudrücken.

»Ich geh davon aus, er sieht gut aus?« Das wusste Felicitas ja schon, aber es schadete nicht, das noch einmal zu erwähnen.

Charlotte grinste weiterhin, Manu hustete.

Da sie weiter jedoch nichts sagten, stupste Felicitas sie noch ein bisschen in die richtige Richtung: »Hannah hat mir erzählt, er ist ein ziemlicher Playboy.«

»Hannah!«, jetzt prustete Charlotte los. »Na, die muss es ja wissen.«

»Sie will's mir nicht verraten, aber ich glaube, die hatten was miteinander.« Felicitas versuchte, ihre Stimme leise und verschwörerisch klingen zu lassen.

Manu runzelte die Stirn. »Das posaunt sie doch überall herum!«

»Wirklich?« Felicitas tat überrascht. »Mir sagt sie nur ...«

»Wie gut kennst du Hannah?« Manu zog die Augenbrauen zusammen.

»Ich dachte, vielleicht traut sie sich nicht«, versuchte Felicitas abzulenken. »Weil er ja jetzt verlobt ist.«

»Das war kurz nach der Trennung von Helena.« Manu schüttelte den Kopf. »Hannah hat sich als Ehefrau Nummer drei gesehen. Warum auch immer das erstrebenswert sein mag.« Sie schnalzte abfällig mit der Zunge.

Charlotte zuckte unsicher mit der Schulter, dann wandte sie sich an Felicitas. »Na ja, wie du sagst, jetzt ist er ja sowieso wieder verlobt.«

Felicitas lehnte sich zurück und nickte. Fragte sich nur, wie lange noch.

Sie musste also Hannah auftreiben. Wo war das Bürgermeisteramt selbst? Relativ direkt hinter dem Eingang, oder? Vermutlich gab es da eine Teeküche. So viel, wie hier offenbar getratscht wurde, über Hannah oder Kai oder beide, schien man sich auf dem Amt nicht zu überarbeiten. Vielleicht hatte sie ja Glück und traf die ominöse Hannah persönlich an.

Felicitas schlich durch die Gänge, warf immer wieder einen Blick auf die Schilder an den Bürotüren, aber dort standen nur Nummern, keine Namen.

Äußerst benutzerunfreundlich, fand sie. Bürgermeisteramt, da hatte sie eigentlich gedacht, Hannah Krämer schnell zu finden. Sie holte ihr Handy heraus, um nach Hannas direkter Durchwahl zu suchen. Wenn in einem der Zimmer das Telefon klingelte, würde sie ihr Glück probieren.

»Kann ich Ihnen helfen?« Eine rundliche ältere Dame kam auf Felicitas zu. »Ich hab Sie aus meinem Büro jetzt das dritte Mal über den Flur gehen sehen, da hab ich mir gedacht, Ruth, hab ich mir gedacht, die junge Frau führt Finsteres im Schilde oder braucht Hilfe.« Sie verschränkte die Arme vor der Brust und zog misstrauisch die Augenbrauen zusammen.

»Hilfe«, entschied Felicitas spontan, als hätte sie eine Wahl gehabt. »Ich suche Hannah. Hannah Krämer.«

»Hannah. Und was wollen wir von Hannah?«

Gerade eben so verkniff Felicitas sich ein »Das geht dich gar nichts an« und nuschelte stattdessen als Antwort auf ihre Ausdrucksweise: »Wir wollen was fragen.«

Ruth nickte skeptisch und bewegte sich keinen Zentimeter zur Seite. »Ich kann ihr ja was ausrichten«, sagte sie. »Von wem darf ich ihr die Nachricht überbringen?«

Felicitas straffte die Schultern und setzte ein falsches Lächeln auf. »Barbara Stolten, Personalamt. Es geht um den Personalbogen.« Sie sah die Frau scharf an und hoffte, es kam wie die Drohung bei ihr an, dass sie Ruths Personalbogen sonst auch noch überprüfen würde.

»Barbara Stolten, nie gehört.« Ruth ließ sich nicht aus der Ruhe bringen.

»Mein erster Tag heute.« Das konnten Charlotte und Manu sogar bestätigen.

»Kein Wunder, dass Sie Hannahs Büro noch nicht kennen.« Sie funkelte Felicitas an. »Wissen Sie was, da komm ich einfach mit in Ihr Büro und nehme die Unterlagen für Hannah mit. Ich muss eh noch mit Dr. Schwarz sprechen.«

Felicitas presste die Zähne aufeinander. »Das ist sehr nett von Ihnen. Aber ich würde doch wirklich gern …«

»Tun Sie, was Sie wollen.« Ruth rauschte an ihr vorbei, wobei sie mit den Absätzen derart auf den Boden aufstampfte, dass es laut klapperte. »Ich gehe jetzt zu Dr. Schwarz.« Sie blickte Felicitas durchdringend an, und ihr wurde mulmig.

Felicitas wusste immer noch nicht, wo Hannahs Büro war. Und es war zweifelhaft, ob sie es noch herausfand, bevor Ruth mit Dr. Schwarz sprach und herausbekam, dass in Wirklichkeit gar keine Barbara Stolten heute ihren ersten Tag hatte. Verflixt aber auch, ihre Tarnung wäre schneller aufgeflogen, als sie noch einmal *Barbara Stolten, Personalamt* sagen konnte.

Was sollte sie tun?

Schnell lief sie hinter Ruth her. »Hören Sie …«, begann sie, wusste dann aber nicht, wie sie den Satz beenden sollte.

»Ich frage mich inzwischen, ob meine erste Vermutung nicht vielleicht doch stimmt«, sagte die Alte leichthin.

Die Frau war doch paranoid. Etwas Finsteres im Schilde führen! Sie wollte nur mit Hannah sprechen, das war alles.

»Ich brauche wirklich nur eine kleine Auskunft«, beteuerte sie nun. Aber es war zwecklos. Ruth war offenbar ein Dickkopf und augenblicklich auf dem Kriegspfad.

Links befand sich eine Damentoilette, und Felicitas traf eine Entscheidung.

»Wir sehen uns gleich bei Dr. Schwarz«, sagte sie schnell, bevor sie in dem Raum verschwand und abschloss. Zum Glück nur eine Einzeltoilette und keine Kabinen. Es bestand also keine Gefahr, dass Ruth ihr folgen würde.

Nur, was jetzt tun? Es gab ein Fenster. Zwar klein, aber wenn sie den Bauch einzog, würde sie schon hindurchpassen. Es war ein Milchglasfenster, doch dahinter war es hell, sie würde also mit etwas Glück von hier aus auf die Straße gelangen.

Als Erstes nahm Felicitas die Haarklammern heraus, steckte die blonde Perücke in die Handtasche und wuschelte ihre echten dunklen Locken durch. Die Brille folgte der Perücke in die Handtasche, den Blazer des Kostüms zog sie aus.

Dann öffnete sie das Fenster. Mist, ein Innenhof.

»Frau Stolten?«, hörte sie in diesem Augenblick von draußen rufen.

Der Innenhof war besser als Ruth, also machte Felicitas sich ans Klettern. Die Ebene in diesem Bereich des Gebäudes lag höher, als sie erwartet hatte. Hinter sich merkte sie, wie jemand an der Tür rüttelte. Du lieber Himmel, Ruth war doch nicht ganz dicht.

Felicitas kletterte auf die Fensterbank, streckte die Beine schon einmal so weit nach unten, wie es ging, und sprang dann ab.

Sie kam schmerzhaft auf dem Boden auf und fluchte. Hoffentlich hatte sie sich nicht den Fuß verstaucht. Vorsichtig rappelte sie sich auf und versuchte, behutsam aufzutreten. Es tat weh, wurde aber mit jedem Schritt besser.

Ein Schild wies in Richtung Ausgang, und Felicitas überquerte den Hof, nahm dann zunächst die Tür, die wieder ins Rathaus hineinführte, um anschließend auf die Pforte zuzustürzen.

Sie achtete nicht mehr darauf, wo sie hinlief, und als plötzlich jemand von hinten »Hannah!« rief, drehte sie ihren Kopf in die Richtung der Stimme und prallte mit jemandem zusammen, der gerade ins Rathaus hineinwollte.

»Können Sie nicht aufpassen?«, schimpfte die Frau, die Felicitas ins Stolpern gebracht hatte. Sie war schlank und hatte lange blonde Haare, die am Ansatz ein ganzes Stück herausgewachsen waren. Ihre Gesichtszüge waren hart, mit einer etwas zu großen, kantigen Nase. Linien bildeten sich um Mund und Augen, und eine steile Falte befand sich auf ihrer Stirn, als sie Felicitas wütend anblitzte.

»Entschuldigung«, stotterte Felicitas und versuchte, die Frau nicht zu auffällig anzustarren. Das war Hannah?

Mit der Kai eine Affäre gehabt hatte? Abgesehen von der Tatsache, dass Hannah ein ganzes Stück älter war als Kai, war sie nicht einmal für ihr Alter gutaussehend.

Felicitas konnte Kai nicht leiden, weil sie bezweifelte, dass er der richtige Mann für ihre Sarah war. Aber dennoch konnte sie ganz objektiv zugeben, dass Kai ein gutaussehender Mann war. Die beiden Mütter in Ännes Lädchen waren in regelrechte Schwärmereien verfallen. Und Hannah ihrerseits? Hannah musste eine umwerfende Persönlichkeit besitzen, ansonsten war für Felicitas schleierhaft, warum Kai was mit ihr angefangen hatte. War sie der *Rebound* gewesen nach einer seiner verkorksten Ehen? Weder Aussehen noch Auftreten wirkten in irgendeiner Weise attraktiv oder reizvoll.

Der Mann, der gerufen hatte – Felicitas erkannte ihn aus der Kantine wieder, der dunkelhaarige Anzugträger mit Salatkenntnissen –, kam auf sie beide zu. »Hannah«, sagte er und lächelte. »Ich wollte dich fragen, ob …«

»Meine Güte, Christian«, herrschte Hannah ihn an. »Hat das vielleicht noch fünf Minuten Zeit?«

So viel zur umwerfenden Persönlichkeit. Felicitas kniff die Augen zusammen, der Anzugträger zuckte entschuldigend mit den Schultern. »Ich dachte …«

»Ja, denken ist generell dein Problem«, schnappte Hannah nun.

»Na, da ist ja jemand gutgelaunt«, murmelte Felicitas.

Hannahs Kopf flog zu ihr herum, doch bevor sie noch etwas sagen konnte, hörte Felicitas Schritte, ein Schnaufen und dann Ruths Stimme. »Ach, Hannah!«

Uh oh. Höchste Zeit zu verschwinden.

»Kennst du eine Barbara Stolten?«

Bevor Hannah noch eins und eins zusammenzählte, machte Felicitas sich besser aus dem Staub. Sie nickte dem Anzugträger kurz aufmunternd zu, dann verschwand sie durch die Glastür nach draußen.

Was für eine Aufregung. Immer wieder blickte sie sich um, ob ihr nicht doch jemand folgte. Aber sie hatte Glück. Vielleicht waren Ruth und Hannah die nächsten Stunden mit dem Öffnen der Toilettentür beschäftigt.

Felicitas hatte Durst und musste ihren Herzschlag unter Kontrolle bringen.

Nachdem sie die blonde Perücke wieder notdürftig aufgesetzt und den Blazer angezogen hatte – ohne Verkleidung würde sie Ännes Lädchen nicht mehr betreten! –, holte sie sich dort unter den adlerscharfen Blicken der Besitzerin eine Apfelschorle. Aber immerhin blieb es bei den Blicken, die dieses Mal auch weniger misstrauisch als nur neugierig waren. Das Kostüm versprach offenbar Seriosität.

Und da Felicitas dieses Mal von Vorwürfen und Unterstellungen verschont wurde, wünschte sie Änne noch einen schönen Tag, bevor sie den Laden verließ.

Zurück auf dem Marktplatz suchte sie sich ein sonniges Plätzchen. Der Brunnen, der in der Mitte des Platzes stand, bot eine gute Sitzgelegenheit an seinem breiten steinernen Rand, und Felicitas stützte die Hände auf, legte den Kopf in den Nacken und schloss die Augen.

Es mochte oberflächlich sein, aber dass Kai Sarah mit Hannah betrog, schloss sie aus. Mittlerweile hatte sie seine Exfrau Helena kennengelernt, die einfach unglaublich hübsch war, und ihre Sarah, na, die war sowieso die Schönste weit und breit.

Zur Sicherheit konnte sie ja noch einmal nach den beiden jungen Müttern suchen, die schienen Hannah ja besser zu kennen, aber sie vermutete, diese Quelle war eine Sackgasse. Er hatte bestimmt mal etwas mit ihr gehabt, aber dass er die Finger nicht von ihr lassen konnte und Sarah mit ihr betrog, mochte sich Felicitas beim besten Willen nicht vorstellen.

Für den Moment vergaß sie die Hintergrundgeräusche des Städtchens und ließ sich vom leichten Plätschern des Springbrunnens einlullen, bis sie Schritte hörte.

»Hart bei der Arbeit, wie ich sehe.«

Sie brauchte nicht mal die Augen zu öffnen, um das Lächeln auf Benjamins Gesicht zu sehen.

Er setzte sich neben sie und streckte die Beine aus. »Tut aber auch mal gut«, fügte er hinzu.

»Du glaubst gar nicht, was ich heute schon alles erlebt habe.« Es gab zwar keine großartig neuen Ergebnisse, aber die Verfolgungsjagd durchs Rathaus war filmreif gewesen.

»Ich glaube, ich sehe dich gerade das erste Mal in Arbeitskleidung.«

»Ganz die Geschäftsfrau eben.« Sie zupfte an ihrem Blazer herum. »Es ist nur so furchtbar heiß.« Die Mittagssonne brannte, und ihr dunkelblaues Kostüm war tatsächlich nicht die leichteste Kleidung.

»Darf ich dich vielleicht zu einem Eis einladen?«

»Es gibt hier eine Eisdiele?« Felicitas hob den Kopf.

»Rose hat eine Tiefkühltruhe.«

»Lass mich raten: Geschmacksrichtung Bier?«

Er lachte, stand auf und streckte seine Hand aus, um ihr hochzuhelfen.

Wie vermutet, grummelte Rose unwillig, als Felicitas und Benjamin nach einem Eis fragten.

»Aber weil du's bist. Warst ja schon lang nicht mehr hier«, sagte sie schließlich zu Benjamin. Einen Moment lang sah es so aus, als wollte sie ihm die Wange tätscheln. Dann warf sie sich ein Küchenhandtuch über die Schultern und verschwand in der Küche, um kurz darauf mit zwei Magnum herauszukommen.

»Ooooh, ich will auch eins!«, rief Helena, die in diesem Augenblick durch die Tür kam. »Benjamin!« Sie hielt abrupt inne. Dann fiel sie ihm freudestrahlend um den Hals. Offenbar lebte der Mann in völlig abgeschiedener Zweisamkeit mit Katrin in seiner Pension.

Felicitas wurde ebenfalls überschwänglich begrüßt, und auch Rose bekam eine Umarmung, bevor Helena sich auch ein Eis holte. »Wie geht's dir denn?«, fragte sie, nachdem sie zurück im Gastraum war und sich auf einen Barhocker gesetzt hatte.

»Gut.« Benjamin zog angespannt die Schultern hoch und wirkte irgendwie verlegen.

»Ich habe mir das Rathaus angesehen«, warf Felicitas ein. »Das wäre auch eine wunderbare Location«, plapperte sie weiter, »und dabei eine Hannah kennengelernt.«

Rose zog scharf die Luft ein. »Ihr wolltet einen Spaziergang machen, richtig?«, fragte sie, kam um die Theke herum und schob Felicitas und Benjamin Richtung Ausgang.

Felicitas' Blick flog zu Helena. Da hatte sie nun, um

Benjamin zu retten, bei Helena ungute Erinnerungen geweckt.

»Ich fand sie unsympathisch«, fuhr Felicitas deshalb schnell fort.

»Schon gut. Ist 'ne Schnepfe«, sagte Helena und winkte ab.

»Kai ist immer noch ein sensibles Thema«, flüsterte Rose Felicitas zu.

Hatte sie nicht einen männlichen Bekannten, der gut zu Helena passen würde? Sie war doch neulich mit ihrem verstauchten Fuß bei einem gutaussehenden Orthopäden gewesen …

»Helena, magst du Ärzte?«

Nicht nur Helena sah sie verwirrt an. Auch bei Benjamin und Rose konnte sie die Fragezeichen im Gesicht beinahe sehen.

»Nur eine Frage.« Felicitas zuckte unschuldig mit den Schultern. Dann speicherte sie sich schnell eine Notiz ins Handy. Da würde doch was zu machen sein. Als sie wegen Beschwerden im Knie bei Dr. Kampe gewesen war, hatte sie die Sprechstundenhilfen über seine Scheidung sprechen hören. Da eine der Arzthelferinnen Violetas Kundin war … Felicitas lächelte leicht. Wenn sie Sarah vor zukünftigem Liebeskummer wegen Kai bewahrte, dann konnte sie den gegenwärtigen bei seiner Ex auch noch nebenbei beheben.

Benjamin bestand darauf, ihr eine Stadtführung zu geben. Und auch wenn Felicitas schon bewundernd durch die historische Altstadt geschlendert war, konnte Benjamin ihr einige Hintergrundgeschichten erzählen.

»Die Kirche wurde vor knapp siebzig Jahren bei einem Brand beinahe völlig zerstört.« Er zeigte ihr ein Foto im Vorraum der Marienkirche, auf dem man sehen konnte, wie der Dachstuhl fast komplett ausgebrannt war.

»Die Restaurierung hat anscheinend super funktioniert«, kommentierte sie, denn von außen hätte sie nicht erkannt, dass die Kirche sozusagen ein Neubau war.

»Das war den Wesebeckern wichtig. Wir sind sehr katholisch. Auch wenn fast keiner mehr in die Kirche geht.«

»Gläubig im Geiste«, sagte Felicitas ernst.

»Du würdest hier ganz wunderbar hinpassen.« Benjamin lachte, und nun musste auch Felicitas grinsen.

Als sie draußen ein Stück an der alten Stadtmauer entlangschlenderten, lenkte sie das Thema wieder subtil aufs Rathaus im Allgemeinen und Hannah im Speziellen.

»Hannah, Hannah, Hannah.« Benjamin kniff die Augen zusammen. »Moment mal, doch. Die war mit Katrin im Kletterkurs.« Das erste Mal, dass er in Felicitas' Gegenwart seine Frau erwähnte. »Sie haben sich nicht gut verstanden.«

Das konnte Felicitas sich vorstellen. »Wie wirkt sie denn so aus … männlicher Sicht?« Vielleicht vertat sie sich ja völlig, und die Männer standen Schlange bei ihr?

Er zuckte die Schultern. »Ich glaub, sie war mal eine Zeitlang mit einem der Fußballer zusammen.«

Kai. Das wusste sie bereits. »Waren die anderen da … eifersüchtig?«

»Kann ich mir nicht vorstellen.«

»Hat sie derzeit einen Freund?«

»Ich habe keine Ahnung.« Er schüttelte den Kopf. »Aber du meine Güte, kennst du ihre beste Freundin und Kollegin Ruth? Die ist vielleicht ein Drachen.«

Das konnte Felicitas bestätigen. Hannah hatte sie allerdings nicht sympathischer gefunden.

»Passen super zusammen«, fügte Benjamin dann auch an.

»Ich habe was von einer Affäre gehört.« Mit Anspielungen kam sie offenbar nicht weiter. »Zwischen Hannah und Kai. Ist der nicht verlobt?«

»Kai?« Erneut kniff er die Augen zusammen.

»Herrje, du kennst die Leute aus deiner Stadt aber auch gar nicht, oder?«, fragte Felicitas halb amüsiert, halb entsetzt.

Verlegen kratzte er sich am Kopf. »Aber dafür kann ich dir die Geschichte unserer alten Mühle erzählen«, wechselte er das Thema und führte Felicitas durch eine kleine Gasse bis zu einem Bach, den sie bisher noch gar nicht gesehen hatte. Und tatsächlich, ein altes hölzernes Mühlrad drehte sich noch.

»Wie wunderschön!« Begeistert beugte Felicitas sich nach vorn.

»Nicht wahr?« Benjamin schien auf jede Sehenswürdigkeit, die Felicitas entzückt kommentierte, stolz zu sein. »Nicht, dass ich etwas gegen Großstädte habe«, sagte er lächelnd.

»Aber Wesebeck ist einfach was Besonderes«, ergänzte Felicitas und war überrascht, dass sie es tatsächlich so meinte.

Bevor sie sich mit Tobi traf, rief sie noch Violeta an, um sie über den neuesten Stand der Dinge aufzuklären.

»Ich erfülle gleich unsere Abmachung«, informierte sie die Freundin. »Mein Date ist männlich, Single und zwischen zwanzig und vierzig.«

»Oha.« Im Hintergrund konnte Felicitas elektronische Musik hören. Vermutlich war Violeta noch in ihrem Salon.

»Er ist groß, sportlich und gutaussehend.« Dass es Violeta-Felicitas war, die sich mit ihm traf, ließ sie unter den Tisch fallen.

»Aber er heißt nicht Kai, oder?« Violetas Stimme klang alarmiert. »Sag mir nicht, dass du ein Date mit Sarahs Verlobtem hast?«

Felicitas schnalzte mit der Zunge. »Natürlich nicht. Mit seinem Bruder«, fügte sie dann an. Das Stöhnen am anderen Ende der Leitung hatte sie erwartet.

»Ich wollte, dass du dich ablenkst. Von Matthias und vor allem von diesem blödsinnigen Plan! Genieß das Leben mal ein bisschen.«

Das tat sie. Auch wenn Violeta ihr das nicht glaubte. Sie hatte einen wundervollen Nachmittag verbracht.

Leise lächelnd verabschiedete Felicitas sich von ihrer Freundin. Sie musste sich »umziehen« für ihr Date, wofür Violeta größtes Verständnis hatte. Für »verkleiden« hätte sie vermutlich eher weniger aufgebracht.

Tobi besaß ein Auto und entführte Felicitas nach Meringsdorf.

»Hier gibt's mehr Kneipen«, erklärte er. »Die Marktschänke ist nicht der richtige Ort für eine schöne Frau wie dich.«

Das fand Felicitas sehr aufmerksam, auch wenn sie das Bedürfnis hatte, Rose verteidigen zu müssen.

Sie ließ es bleiben, damit er keine unangenehmen Fragen stellte, und fragte ihn ein bisschen über die Umgebung aus. Undercover-Violeta war schließlich neu in der Region und wohnte ohnehin in Lengenhausen, da konnte sie noch ein paar Freizeittipps gebrauchen.

Außer Scheunenfesten und der Dorfdisco, Entschuldigung, dem »Club« in Meringsdorf fiel Tobi zwar nicht viel ein, aber das war doch ein guter Anknüpfungspunkt. »Gehen da alle aus der Fußballmannschaft hin?«, fragte Felicitas, während er seinen Wagen auf einem kleinen Parkplatz hinter dem Meringsdorfer Rathaus abstellte.

»Nee, nee, die älteren nicht. Nur ich und meine Kollegen.«

»Ah, Mevlüt, Heiko und so?« Ein paar der Jungs hatte sie am Mittwoch im Vereinsheim kennengelernt.

»Genau. Manchmal stößt noch der ein oder andere dazu.«

Blieb der Junge absichtlich so vage?

»Ah, wie Kai oder Bernhard«, stupste Felicitas ihn in die richtige Richtung.

Er lachte. »Gott, nee, die beiden möchte ich mal beim Tanzen sehen. Oder lieber nicht.«

Die Dorfdisco war also eine Sackgasse.

Tobi führte Felicitas durch die Meringsdorfer Innenstadt, die im Vergleich zu Wesebeck beinahe großstädtisch wirkte. Er öffnete ihr die Tür eines Cafés, das wirklich das absolute Gegenteil der Marktschänke war. Eigentlich hätte es ganz in Felicitas' übliches Café-Schema gepasst, aber heute fand sie die penible Sauberkeit und das Design klinisch rein und alles andere als atmosphärisch. Kurz schoss ihr durch den Kopf, dass ihr auch die Begleitung am Nachmittag besser gefallen hatte, aber den Gedanken verbannte sie ganz schnell wieder.

Der Kellner war immerhin sympathisch, und sie bestellte eine Weinschorle, während Tobi bei einer Cola blieb, er musste schließlich fahren. Sehr verantwortungsbewusst, fand Felicitas, und war ein kleines bisschen beeindruckt. Matthias hatte immer getrunken und war anschließend Auto gefahren. »Wer soll mich denn festnehmen«, hatte er gelacht.

Rudi, dachte Felicitas. Der hatte zwar bei ihrer Geschwindigkeitsübertretung ein Auge zugedrückt, aber Trunkenheit am Steuer ließ er sicher nicht durchgehen, nicht einmal bei einem großspurigen Kollegen wie Matthias.

Schnell nahm Felicitas einen Schluck ihres Getränks und verscheuchte die ungebetenen Gedanken.

Tobi war charmant und durchaus nicht dumm, sein Humor war ihrer Meinung nach allerdings ein wenig gewöhnungsbedürftig. Aber vermutlich war das bei Jungs in dem Alter so. Matthias war ein ganzes Stück älter gewesen als sie, Tobi hingegen vier Jahre jünger. Das machte einiges aus. Schon wieder Matthias! Felicitas beschloss, sich auf die anstehende Aufgabe zu konzentrieren.

»Erzähl mir doch mal von deiner Familie«, forderte sie Tobi auf.

»Ich rede aber viel lieber über dich«, gab er zurück.

»Nein, wirklich«, beharrte Felicitas. »Ich möchte alles über dich erfahren.«

»Da gibt's nichts zu erzählen.« Er beugte sich leicht über den Tisch und wickelte sich eine ihrer roten Haarsträhnen um den Finger.

Sie fasste seine Hand, schob sie mit einem sanften Lächeln zur Seite und warf die Strähne über die Schulter zurück. »Ich habe eine Schwester«, begann sie dann. Vielleicht würde er mit der Sprache herausrücken, wenn sie mit gutem Vorbild voranging. »Die ist seit ein paar Jahren verheiratet.« Violeta, die echte, besaß tatsächlich eine verheiratete Schwester. Violeta war die Lieblingstante ihrer Nichten, kein Wunder, waren sie doch gerade in einer Prinzessinnenphase, zu der Violeta ihnen die passenden Frisuren richten konnte.

»Mmmh.«

»Hast du Geschwister?«

»Einen Bruder.«

Felicitas unterdrückte ein Seufzen. »Und?«, hakte sie nach.

Tobi zuckte mit den Schultern. »Ist doch egal. Was machst du denn gern in deiner Freizeit?«

Auf die Frage hatte Felicitas ja nun überhaupt keine Lust. »Oh, ich bin ein großer Familienmensch«, antwortete sie also.

Doch auch auf diesen Köder und auf ungefähr zwanzig weitere ging Tobi nicht ein.

»Habt ihr ein gutes Verhältnis, du und dein Bruder?«, startete sie einen letzten Versuch.

Abwesend nickte Tobi, seine Augen befanden sich ein ganzes Stück unterhalb ihres Gesichts. Sie unterdrückte einen Seufzer.

»Er heiratet ja jetzt …«, begann sie, und dieses Mal

schien Tobi ihr nicht einmal zuzuhören. Seine Hand kroch den Tisch entlang zu ihrem Ellenbogen, und er grinste sie an. Dabei hob er kurz die Augenbrauen, und nun seufzte Felicitas wirklich. Genug war genug. Sie wollte Informationen, er wollte flirten. Dieses Date hatte einfach keinen Zweck.

»Huch, so spät!« In gespieltem Erstaunen riss sie die Augen auf, als sie auf die Uhr an der Wand blickte.

»Ist doch noch früh«, sagte Tobi überrascht.

»Ich bin eine Lerche«, erklärte Felicitas. »Ich gehe immer unglaublich früh ins Bett.«

»Und dann arbeitest du als Kellnerin?«

»Ich war bisher hauptsächlich in Frühstückscafés angestellt.«

»Aber es ist doch gerade so nett mit uns.« Er schob seine Hand über den Tisch zu ihrer und kitzelte sie leicht am Handrücken.

»Es ist ein andermal sicher noch viel netter«, sagte Felicitas.

Das hätte sie wohl besser bleiben lassen sollen, denn er merkte auf. Ein Grinsen breitete sich auf seinem Gesicht aus. Aber immerhin war er bereit, zu zahlen und das Café zu verlassen.

»Wo wohnst du? Ich kann dich schnell nach Hause fahren.«

»Ach, das ist doch nicht nötig, der Bus fährt gleich.«

»Um diese Uhrzeit fährt ganz sicher kein Bus mehr.«

Fieberhaft suchte Felicitas nach einer Ausrede. »Mein Mitbewohner muss ohnehin hier vorbei auf dem Rückweg von der Arbeit.«

»Der arbeitet jetzt noch?«

Sie sah auf die Uhr. Viertel nach zehn. »Schichtende bei McDonald's.«

»McDonald's?«

Na, das hatte Rudi doch gesagt. »Der an der Bundesstraße.«

»Der ist doch seit drei Monaten geschlossen.«

Also gerade ging auch wirklich alles schief. Entrüstet stemmte Felicitas die Hände in die Hüften. »Spielt er mir etwa nur vor, dass er zur Arbeit geht? Was für ein Mistkerl!«

Tobi sah sie an.

»Nicht, dass er die Miete nicht mehr zahlen kann, und ich drauf hängenbleibe.« Felicitas war selbst schon ganz wütend auf ihren imaginären Mitbewohner.

Tobi nickte unsicher. »Dann brauchst du also doch jemanden, der dich nach Hause bringt«, sagte er schließlich.

Resigniert seufzte Felicitas. »Sieht so aus.«

Keine fünf Minuten später waren sie schon auf der Landstraße nach Lengenhausen. Felicitas versuchte unauffällig, in ihrem Handy Google Maps anzustellen.

»Nelkenstraße«, sagte sie schließlich.

»Welche Hausnummer?«

»Ach, fahr einfach von vorn rein, ich sag dann Stopp.« Nicht, dass sie sich eine Hausnummer ausdachte und dann dort eine Tankstelle sie in Empfang nahm.

Tobi warf ihr einen Blick zu, den sie nicht deuten konnte, fuhr aber brav nach Lengenhausen und schließlich in die Nelkenstraße.

»Hier!«, rief Felicitas, als sie das erste Mehrfamilienhaus zu Gesicht bekam. »Da wohn ich.«

Tobi fuhr rechts ran – Parkplätze gab es hier im Gegensatz zu Dortmund zur Genüge –, und stellte den Motor ab. »Es war ein echt schöner Abend«, sagte er und grinste sie dabei wieder so schalkhaft an. »Kann ich noch auf einen Kaffee mit reinkommen?«

Vor lauter Verzweiflung lachte Felicitas laut auf. »Du glaubst doch nicht, dass ich so eine bin.« Damit öffnete sie die Autotür.

»Bekomme ich wenigstens noch einen Abschiedskuss?« Seine Stimme war ein paar Töne tiefer gerutscht.

Aber da war Felicitas schon halb ausgestiegen. Sie drehte sich noch einmal zu ihm um, warf ihm eine Kusshand zu – das machte Violeta auch häufig – und stieg aus.

»Du machst mich verrückt. Ich ruf dich an!«, sagte Tobi noch, bevor sie die Autotür zuschlug.

Gern, wenn dir etwas mehr zu deinem Bruder einfällt, dachte Felicitas noch. Dann winkte er ihr noch einmal, warf ihr ebenfalls einen Kussmund zu und brauste davon.

Nun stand Felicitas also allein in einer fremden Stadt ohne Transportmöglichkeit auf der Straße.

Fluchend kramte sie ihr Smartphone aus der Handtasche. Kein Taxiruf in Lengenhausen. Keiner in Wesebeck. Der nächste befand sich in Münster, und Felicitas öffnete ihr Portemonnaie. Zehn Euro fünfzig. Der würde ihr was husten. Weshalb nur hatte sie den Vereinsheimlohn in der Pension gelassen? Sparen, zurücklegen für schlechte Zeiten, das hatte in dem Moment klug geklungen.

Und jetzt? Zehn Kilometer zu Fuß zurück zum Wesebecker See? In diesen Schuhen? Gut, die konnte sie als erste Maßnahme mal ausziehen. Aber zehn Kilometer barfuß waren auch nicht sehr viel besser.

Rudi! Die Polizei, dein Freund und Helfer. Was für ein Glück, dass er ihr seine Nummer gegeben hatte. Er wäre sicher begeistert, wieder von ihr zu hören.

Es klingelte. Es klingelte weiter.

»Hier ist die Mailbox von …«

Das durfte doch nicht wahr sein!

Sie probierte es erneut. Wieder nur die Mailbox. Dann blickte sie sich um. Irgendwo bellte ein Hund. Eine Gardine im Haus hinter ihr wurde zur Seite geschoben, jemand sah hinaus. Machte sie sich verdächtig? Stand sie schon zu lange hier herum? Ihr Verhalten war am späten Abend in Lengenhausen wahrscheinlich nicht so üblich.

Seufzend machte Felicitas sich auf den Weg, die Landstraße entlang. Zehn Kilometer, was für ein Albtraum.

Es war weit nach Mitternacht, als sie völlig erschöpft an der Pension ankam. Das Licht war schon gelöscht, Benjamin schlief sicher seit Stunden.

Doch kurz nachdem sie die Tür geöffnet hatte, hörte sie ein Geräusch.

»Oh, du bist das.« Benjamin kam in den Flur, nur in Sweatpants und einem T-Shirt, und selbst darin machte er eine tolle Figur.

Wie ein Reh im Scheinwerferlicht blieb Felicitas stehen. Sie musste völlig zerrupft aussehen.

»Oh mein Gott, entschuldige«, stammelte Benjamin in diesem Moment. »Du … ich … das geht mich alles gar nichts an.« Abrupt drehte er sich um.

Was?

Sie blickte an sich herunter. Schuhe und Perücke in der Hand, den Minirock hochgeschoben, damit sie größere Schritte machen konnte, das Gesicht sicher hochrot von der Anstrengung. Oh Himmel, wie sah das aus? Er konnte nur einen Schluss gezogen haben.

»Ich bin zu Fuß von Lengenhausen hierher gelaufen«, rief sie. Warum ihr wichtig war, dass Benjamin die Wahrheit kannte, wusste sie nicht. Er war schließlich verheiratet. Und Felicitas selbst dachte immer noch an Matthias. Ganz sicher nicht an …

Benjamin blieb stehen. Langsam drehte er sich um und sah sie ungläubig an. »Du bist mitten in der Nacht von Lengenhausen nach Wesebeck? Zu Fuß? In diesen Sachen? Mit … ist das eine Perücke?« Die schien er jetzt erst registriert zu haben.

Felicitas zuckte unglücklich mit den Schultern.

»Was hast du da gemacht?«

Felicitas zog Luft durch den Mund ein. »Das ist eine längere Geschichte.«

Er blickte immer noch verwirrt von der Perücke zum Rest ihres Aufzugs. »Weshalb um alles in der Welt hast du mich nicht angerufen?«

Benjamin anrufen. Das war ihr tatsächlich nicht in den Sinn gekommen. »Du machst doch schon so viel«, sagte sie. »Und kannst du außerdem so einfach weg hier?«

»Das ist sehr rücksichtsvoll von dir«, sagte er seufzend. »Aber bevor du dich nochmal stundenlang im Dunkeln auf der Landstraße herumtreibst, frag mich um Hilfe. Okay? Meine anderen Gäste, von denen es derzeit übrigens genau zwei gibt, werden die halbe

Stunde um Mitternacht vielleicht auf mich verzichten können.«

»Okay.« Jetzt musste Felicitas lächeln. »Danke.«

Er schüttelte den Kopf und schien zu überlegen. Schließlich fragte er: »Was genau machst du hier?«

Sie legte den Kopf schräg.

»In Wesebeck«, präzisierte er. »Ich meine, du hast mir von deinem Job erzählt, als Location-Scout.« Er zeigte auf ihre Perücke, den Minirock und die hochhackigen Schuhe. »Aber braucht man dafür eine Verkleidung?«

Felicitas fuhr sich mit der Zunge über die Lippen, dann holte sie tief Luft. *Was soll's,* dachte sie. Rudi hatte sie das ja auch schon gesagt, es war im Grunde also nur eine halbe Lüge. »Das mit dem Location-Scout war ein bisschen geschummelt«, gab sie zu. »Ich arbeite undercover.« Eigentlich war das sogar ganz und gar die Wahrheit.

»Wow.« Das war ganz offensichtlich nicht das, was Benjamin gedacht hatte, und Felicitas wollte absolut nicht weiter darüber nachdenken, was genau er gedacht hatte. »Du bist bei der Polizei?«

Mit ihrem Nicken hatte sie auch eigentlich gar nicht wirklich gelogen. »Meine erste Ermittlung«, fügte sie hinzu. »Also meine erste richtige. Eigene. Ich meine, ich bin … Also, es ist alles nicht so einfach, wie ich gedacht hatte. Aber ich kriege das schon hin. Keine Sorge.« Sie nickte nachdrücklich. Davon hing viel ab. Sarahs zukünftiges Lebensglück zum Beispiel.

Benjamin schien ihr wirklich zu glauben. Er grinste und sah dabei unglaublich jung aus. »Eine Polizistin. Cool.«

»Drogenfahndung.« Das war nun doch gelogen. Verdammt. Aber auch das hatte sie schließlich schon Rudi erzählt, oder genauer gesagt, hatte er das fälschlicherweise angenommen und sie ihn in dem Glauben gelassen. »Aber bitte nicht weitererzählen.«

Benjamin schüttelte den Kopf. »Natürlich nicht. Das würde ja deine ganze Arbeit zunichtemachen.« Er fuhr sich durch die Haare. »Dich sogar in Gefahr bringen.«

Sarah wäre sicher sehr, sehr wütend. Von daher … Große Gefahr, auch wenn Benjamin etwas ganz anderes für sie befürchtete. Felicitas nickte.

Einen Augenblick herrschte Schweigen. Benjamin wirkte, als hätte er noch eine Frage, aber schließlich lächelte er nur. »Dann schlaf dich mal aus«, sagte er. »Ist sicher ein anstrengender Job.«

Oh Gott, und wie! Das war nun wirklich keine Lüge.

Sie wünschte ihm eine gute Nacht und ging die Treppe hinauf zu ihrem Zimmer.

Samstag

»Rose, es ist zehn«, sagte Felicitas entgeistert, als die Wirtin ihr ein Bier hinstellte. »Am Vormittag.« Falls Rose das in der Dunkelheit ihrer Schänke nicht ganz klar war.

Felicitas hatte heute erneut ohne Benjamin gefrühstückt, der unterwegs war. Da ihre Neugier in Bezug auf seine Ehe nicht mehr zu zähmen war, hatte sie beschlossen, bei Rose Informationen einholen zu gehen.

»Frühschoppen«, antwortete Rose jedoch ungerührt.

»Ich glaub es nicht«, murmelte Felicitas kopfschüttelnd.

»Wie geht's mit der Location-Suche?«, fragte Rose und goss sich selbst etwas zu trinken ein.

»Das ist ja Wasser!«, sagte Felicitas anklagend.

»Ich muss ja auch noch arbeiten.«

»Ich auch!«

»Also, so 'n paar Lokale könnt ich mir auch mit drei Bierchen intus angucken«, antwortete Rose.

Vom Vereinsheim konnte Felicitas ihr natürlich nichts sagen. Also schob sie nur still ihr Bier hin und her, bis die Wirtin auf einmal in schallendes Gelächter ausbrach.

»Das ist Apfelschorle«, sagte sie schließlich und deutete auf Felicitas' Glas.

»Was?«

»Apfelschorle. Glaubst du im Ernst, ich stell dir morgens ein Bier hin? Weiß doch, dass du dann gleich aus den Latschen kippst. Ihr Stadtmenschen seid einfach nichts gewöhnt.« Sie seufzte laut.

Apfelschorle. Vorsichtig leckte Felicitas am Rand des Glases. Tatsächlich. Es schmeckte süß. »Hatte mich gleich gewundert, warum da kein Schaum drauf ist«, sagte sie.

»Mmmh.« Rose nickte grinsend.

Felicitas schwieg. Sie überlegte, wie sie das nächste Gespräch anfangen sollte. Rose räumte in aller Seelenruhe die Spülmaschine aus, und Felicitas wünschte sich einen Spickzettel herbei. Heute ging es ausnahmsweise einmal nicht um Kai. Sie rutschte auf ihrem Barhocker hin und her, dachte an Benjamin und fragte sich, was wäre, wenn er Single wäre.

»Wo ist eigentlich Benjamins Frau?«, brach es plötzlich aus ihr heraus. »Macht sie gerade Urlaub oder so?«

»Oh.« Rose verzog das Gesicht, es glich einer Grimasse. »Nein. Nein. Katrin ist nicht mehr da. Sie ist …« Rose brach ab und suchte nach dem richtigen Wort.

Weggezogen? Waren die beiden geschieden? Felicitas' Herz klopfte eine winzige Spur schneller.

»… gestorben«, beendete Rose schließlich ihren Satz.

»Oh nein!« Schlagartig war das summende Gefühl in ihrer Brust wieder weg.

»Krebs, es ging ganz schnell. Seitdem hat Benjamin sich ziemlich zurückgezogen. Er leidet immer noch sehr.«

»Das kann ich mir vorstellen.« Ihr Liebeskummer über Matthias kam Felicitas mit einem Mal armselig vor. »Wie lange ist das her?«

»Drei Jahre. Und es wird wohl auch nochmal so lange dauern, bis er eine andere Frau wieder angucken kann.«

Rose seufzte. »Er hat sich total zurückgezogen seitdem, lebt wie ein Einsiedler.«

Tina Turner sang in diesem Moment, als ob das Schicksal ihr etwas mitteilen wollte, *What's love got to do with it.*

Überwältigt von diesen Neuigkeiten nippte Felicitas an ihrer Apfelschorle und dachte nach. Benjamin ein Witwer, und das in seinem Alter. Aber das erklärte natürlich seine Zurückgezogenheit. Felicitas war zwar noch nicht lange in der Pension, aber bei ihrem Spaziergang durch die Altstadt und den Fragen, die sie ihm gestellt hatte, war deutlich geworden, dass er am Dorfleben nicht (mehr) aktiv teilnahm.

»Da muss man doch was machen«, murmelte sie. Es war doch auch keine Lösung, sich so in Arbeit und Einsamkeit zu vergraben, bis er irgendwann selbst starb.

Plötzlich ging die Tür auf, und eine junge Frau kam herein, warf ihre Handtasche auf die Theke, sich selbst auf den Barhocker neben Felicitas und ließ mit einem lauten Stöhnen den Kopf auf den Tresen sinken.

Ihre kurzen, dunklen Locken breiteten sich auf dem Holz und ein paar feuchten Bierdeckeln aus. Felicitas versuchte, dem Drang zu widerstehen, der jungen Frau zur Begrüßung eine Haarwäsche zu empfehlen.

»Das ist Anouk«, sagte Rose. »Meine Tochter.«

Felicitas zog die Augenbrauen hoch. Die Haare, ja, doch, da gab es durchaus Ähnlichkeit, und die Sorglosigkeit angesichts von Schmutz, Dreck und Keimen, die musste angeboren, mindestens aber anerzogen sein. »Sieht man«, sagte Felicitas. Dann legte sie den Kopf schräg. »Alles okay mit ihr?«

»Liebeskummer.«

»Ich kann euch hören«, nuschelte Anouk.

»Wir können dich sehen«, antwortete ihre Mutter.

»Oh je, was ist denn passiert?«, fragte Felicitas mitfühlend. Liebeskummer, das war ihre Domäne, da kannte sie sich aus. »Ich habe mich auch gerade von einem Mann getrennt – trennen müssen! –, der … ach, ist ja auch egal«, sie musste dem Mädchen ja nicht unbedingt ihre Leidensgeschichte mit Matthias aufbürden. Moment mal! Ihr fiel etwas ein. »Geht's etwa um Kai?«

»Dafür, dass du Kai überhaupt nicht kennst, bist du ziemlich interessiert an ihm«, kommentierte Rose.

»Na ja, ich hab … ich mein …«

»Du kennst Kai?« Anouk hob den Kopf.

Ein bisschen erleichtert war Felicitas doch. Es waren weder Tränen noch rote Augen zu sehen, nicht einmal ihre Stimme klang niedergeschlagen.

»Nein.«

Anouk zog die Nase kraus. »Woher weißt du dann …«

»Also doch wegen Kai?«, fragte Felicitas überrascht.

»Nein!« Anouk warf die Hände in die Luft – das Mädchen schien insgesamt etwas theatralisch zu sein, wenn auch sympathisch. Theatralik, ja, damit kannte Felicitas sich aus. Ihr selbst war das gar nicht so bewusst gewesen, wenn Sarah es ihr nicht letztes Jahr bei einem Cocktail mal gesteckt hätte. Violeta hatte dazu genickt. Felicitas hatte sich erst verteidigt, aber schließlich eingesehen, dass sie wohl einfach so gestrickt war. Im Gegensatz zu Sarah, die immer einen kühlen Kopf bewahrte. Nur im Augenblick schien sie den ganz offensichtlich verloren zu haben, sodass nun Felicitas in die Rolle der Vernünftigen schlüpfen musste. Weshalb sie überhaupt hier in Wesebeck war und nun am Tresen in Roses Schänke saß.

»Es geht um seinen Bruder«, erklärte Rose.

»Mama!«

»Tobi?« Beinahe hätte Felicitas sich an ihrer Apfelschorle verschluckt.

»Oh Gott!« Erneut ließ Anouk ihren Kopf auf das Holz des Tresens sinken, und Felicitas meinte, Keime und vielleicht sogar irgendwelche größeren Schmutztierchen in ihre Haare kriechen zu sehen.

»Tobi«, bestätigte Rose. »Aber er beachtet sie nicht.« Der ungerührte Tonfall, in dem sie das sagte, stand im Kontrast zu dem besorgten Blick, den sie ihrer Tochter dabei zuwarf.

Anouk, den Kopf immer noch auf dem Tresen, bekam davon allerdings nichts mit. »Er hat mich heute nicht einmal gegrüßt«, jammerte sie.

»Das geht schon ewig so«, flüsterte Rose kopfschüttelnd. »Nicht gegrüßt, nicht beachtet, nicht dieses, nicht jenes.« Sie verzog unglücklich den Mund.

Felicitas rutschte auf ihrem Barhocker ein wenig zur Seite. Sollte sie … Nein. Die Sache ging sie nichts an. Andererseits … da das derzeitige Objekt seiner Begierde Felicitas-Violeta war, die ihrerseits so überhaupt kein Interesse an ihm hatte, ging sie die Sache irgendwie doch etwas an.

Anouk hob den Kopf, und ihre wunderschönen dunklen Augen wirkten nun tatsächlich ziemlich traurig.

Felicitas griff nach ihrem Glas. »Er steht auf Frauen, die ihn nicht beachten«, erwähnte sie so nebenbei. Zumindest hatte Violeta nach ihrer anfänglichen

Date-Anfrage sämtliche Annäherungsversuche zurückgewiesen. Was ihn nicht im Geringsten entmutigt hatte, heute Morgen hatte sie schon drei Nachrichten von ihm auf ihrem Handy entdeckt.

Anouk zog ihre Nase kraus.

»Ignorieren, die kalte Schulter zeigen, Eisprinzessin spielen.«

»Woher weißt du das?«, fragte Anouk.

»Hab ich … gehört.« Felicitas trank einen großen Schluck von ihrer Apfelschorle, noch einen, sah dabei zur Decke und entschied sich, zur Sicherheit noch zwei Schlucke zu trinken.

»Du kennst ihn schließlich nicht«, sagte Rose.

»Leider.« Felicitas zuckte mit den Schultern.

Anouk sah von ihr zu ihrer Mutter und wieder zurück. »Denkfehler«, sagte sie dann. »Ich kann ihn nicht ignorieren, weil er sich nicht für mich interessiert.«

Jetzt musste Felicitas leise lächeln. »Denkfehler«, sagte sie. »Sobald du anfängst, ihn komplett zu ignorieren, wird er sich für dich interessieren.«

»Wirklich?« Jetzt setzte Anouk sich gerade hin.

»Bestätige sie doch nicht noch in dem Quatsch«, sagte Rose.

»Warum nicht?«, fragte Felicitas unschuldig. »Hast du Angst, dass er nicht der Richtige sein könnte? Hat das irgendwas mit seinem Bruder zu tun?«

»Können wir das mit Kai mal für den Moment außen vor lassen?« Anouk winkte mit einer schlanken Hand vor Felicitas' Gesichtsfeld hin und her. »Was soll ich tun?«

Felicitas sollte nicht, sollte wirklich nicht, sie hatte genug zu tun mit Sarah und Kai, mit Sarah und Lukas, mit

Lukas und Jasmin ... Aber Anouk und Tobi ... Sie legte den Kopf schräg. Tobi war ein netter Kerl. Und mit seinem Humor konnte Anouk vielleicht auch etwas anfangen.

Felicitas stellte ihr Glas ab. »Okay, Folgendes.«

Anouk hatte begierig alles aufgesogen, was Felicitas ihr zum Typ Mann à la Tobi gesagt hatte: gelangweilt tun, links liegenlassen und vor allem mit anderen Männern flirten. Ob sie es umsetzen könnte, war allerdings eine andere Sache. Ihre Augen hatten einen verräterischen Glanz gehabt, als sie das Spiel am Nachmittag erwähnte, das sie sich ansehen wollte. Felicitas hatte ihr das ganz schnell ausgeredet – nicht mehr an Orten auftauchen, von denen sie wusste, dass Tobi sich dort aufhielt. Er sollte sich fragen, was plötzlich mit Anouk los war, weshalb sie sich nicht mehr für ihn interessierte.

Im Anschluss an den Besuch bei Rose war Felicitas nach Lengenhausen gefahren, wo sie ihren bisherigen Vereinsheim-Verdienst für einen Bikini ausgegeben hatte. Aber heute würde sie ja erneut arbeiten, und bei einem Spiel kamen sicher auch mehr Gäste als zum Training. Das Trinkgeld würde nur so fließen. Gedankenverloren betrat Felicitas die Schmiede, als ihr Benjamin entgegenkam.

Nervös fuhr sie mit den Händen die Naht ihres Sommerkleids entlang. Was hatte Rose gesagt: Es würde noch einmal drei Jahre dauern, bis eine andere Frau für ihn überhaupt nur in Betracht kam. Ein Einsiedler in seiner Pension.

»Hey.« Er lächelte und wirkte genau wie immer.

Genaugenommen war er ja wie immer. Nur ihre Wahrnehmung war jetzt eine andere. Die Ernsthaftigkeit, die sie bei ihm zu spüren schien, auch wenn er Scherze machte und lachte, die Traurigkeit, die sie oft in seinen Augen zu sehen vermeinte, das alles ergab nun einen neuen Sinn.

»An so einem wunderschönen Samstag, da hast du doch bestimmt noch nichts vor?«, fragte Benjamin.

»Leider doch: Ich muss arbeiten.«

»Die Polizei schläft nie. Schade.« Er seufzte. »Ich hätte dich gern zu einem kleinen Picknick am See eingeladen.«

Und wie gern hätte sie dieses Angebot angenommen!

»Im Vereinsheim spielt heute der 1. FC Wesebeck gegen die Meringsdörfer.«

»Da darf offizielle Unterstützung nicht fehlen.« Er grinste.

»Oh, ich bin natürlich undercover unterwegs.« Felicitas zwinkerte ihm zu, bevor sie die ersten Treppenstufen hinaufstieg und sich noch einmal umdrehte. Vielleicht konnte sie ihn ein kleines bisschen aus seiner Einsiedelei herauslocken? »Mal schauen, ob du mich erkennst.«

Zwanzig Minuten später war sie gerade dabei, die rote Perücke festzustecken, als ihr Telefon klingelte. Rudi.

»Lily!«, rief er aufgeregt, nachdem sie sich gemeldet hatte. »Ist alles in Ordnung bei dir?«

Wieso sollte …? Ach! Ihr Anruf gestern Abend.

»Ja, alles klar soweit. Mein Anruf hat sich schon erledigt. Ich hätte ein bisschen Hilfe in Lengenhausen gebrauchen können.«

»Da ist doch neulich ein Fahrrad gestohlen worden!« Sie konnte hören, wie er den Atem anhielt. Wo es Kriminalität gab, waren Drogen nicht fern.

»Mmmh«, brummte Felicitas zustimmend. »Aber keine Sorge. Alles in Ordnung.« Sie versprach ihm, sich zu melden, sobald sie erneut seine Hilfe brauchte, dann verabschiedete sich. Sie war mittlerweile sehr spät dran, und diese dämlichen Haarklammern waren mit einer Hand nicht festzustecken.

Violeta war schließlich die Profifriseurin, Felicitas musste behelfsmäßig hier und dort etwas festklemmen, zupfen und dann vor allem hoffen.

»Mist«, jammerte sie, als ihr zum dritten Mal die Stirnklammer hinausgerutscht war, sodass ihre dunklen Haare unter dem Rot hervorlugten. Als sie es das erste Mal im Auto probiert hatte, war es kein Problem gewesen, und nun rutschte die Perücke auf ihren Haaren herum, und dauernd schlich sich eine störrische Locke nach vorn. Es war zum Verzweifeln.

Zwei Klammern im Mund, die linke Hand hielt die Perücke, die rechte versuchte eine dritte Klammer einzuschieben, möglichst ohne Schmerzen, denn die fiesen Dinger kratzten immer auf ihrer Kopfhaut und ziepten in den Haaren, und natürlich klingelte ausgerechnet jetzt noch einmal ihr Telefon.

Tobi.

»Du, ich hab gerade gar keine Zeit.« Durch die Haarklammern versuchte sie, so deutlich wie möglich zu sprechen.

»Ich will auch gar nicht lang stören. Nur: Hättest du morgen vielleicht Lust, an den See zu gehen?«

Der See und Vereinsheim-Violeta in Badekleidung. Felicitas rollte mit den Augen. »Tut mir leid, morgen habe ich schon was vor.«

»Oh, dann vielleicht am …«

»Du, im Moment ist es wirklich schlecht bei mir.«

Abblitzen lassen, hatte sie Anouk geraten, und wie eigentlich erwartet, ließ sich Tobi davon nicht im Geringsten entmutigen. Vielleicht sollte Violeta sich ihm stattdessen an den Hals werfen?

Die Haarnadel rutschte erneut heraus, und Felicitas fluchte.

»Aber du kommst doch zum Spiel heute Nachmittag, oder?«, hakte Tobi nun nach.

»Ich muss ja arbeiten«, murmelte sie und hockte sich auf den Boden, um die Haarnadel zu suchen, die dummerweise ziemlich genau die gleiche Farbe hatte wie das Parkett.

»Dann sehen wir uns da also?«

Das hatte sie doch gerade gesagt. Ungeduldig seufzte sie auf.

»Ist ja schon gut«, sagte Tobi. »Ich freu mich.«

Seine Anhänglichkeit war ja ganz nett, nur war er bei ihr an der völlig falschen Adresse. Aber sie wollte nicht Felicitas heißen, wenn sich das nicht ändern ließe. Im Verkuppeln war sie schließlich Profi.

Zum Fußballspiel kam das halbe Dorf, wenn nicht sogar noch mehr, und Felicitas hoffte inständig, dass niemand sie erkannte. Vorsorglich zupfte sie sich die Haare immer weiter ins Gesicht. Der knallrote Lippenstift, mit dem sie ihre Lippen großzügig übermalt hatte, würde hoffentlich ebenfalls von ihrer wahren Identität ablenken. Wie gut es doch männliche Ermittler hatten: Die konnten sich einfach einen falschen Bart ankleben, und damit hatte sich die Sache. Farbige Kontaktlinsen, dachte sie kurz, das wär's! Aber für den Moment musste es so reichen, sie würde mit möglichst tiefer Stimme sprechen und … »Jebote!«. Da vorn war Anouk. Warum das denn? Hatte sie dem Mädel nicht deutlich genug gesagt, Tobi zu ignorieren? Und jetzt bei seinem Spiel zuzusehen, glich doch beinahe hinterherlaufen.

Da musste sie eingreifen. Aber wie?

Felicitas ging ihre Möglichkeiten im Kopf durch: Mit ihr sprechen war ausgeschlossen, Anouk hielt sie für einen Location-Scout, und das sollte auch so bleiben. Benjamin und Rudi wussten schon … nun ja, wussten zumindest, dass sie undercover arbeitete. Je mehr Menschen davon wussten, desto größer war die Wahrscheinlichkeit, dass sie früher oder später aufflog. Und das würde Sarah gar nicht gefallen.

Vielleicht konnte sie Rose anrufen, damit die einen Notfall erfand, weshalb ihre Tochter unbedingt nach Hause kommen musste …

Felicitas holte eine Flasche Cola aus dem Kühlfach und goss ein. Oder wenn sie …

»Ich hätte auch gern eine Cola, danke!«, rief in diesem Moment eine tiefe Stimme.

Benjamin! Er war tatsächlich gekommen.

Vor Überraschung hätte Felicitas beinahe ihr Glas fallengelassen. Aber er schenkte ihr nur ein unschuldiges Lächeln. »Wie läuft's?«, fragte er leise, als sie sich wieder gefasst hatte.

Schnell blickte Felicitas sich um, aber es schien sie niemand zu beobachten.

»Ganz interessant bisher.« Sie holte ein paar Münzen aus ihrer Rocktasche. »Und ich hab schon Trinkgeld bekommen.«

Er lachte laut auf. »Rudi jammert auch immer, dass sie euch bei der Polizei nicht genug zahlen.«

»Psst.« Erschrocken schaute Felicitas auf, aber Spieler und Zuschauer waren mit sich selbst beschäftigt. Die Spieler wärmten sich gerade auf dem Feld auf, und die Zuschauer klopften Sprüche und prosteten sich zu.

Allen voran Anouk. Verdammt, da musste sie unbedingt …

Sie sah auf. »Du musst mir einen Gefallen tun.«

Interessiert nickte er.

»Du musst mit Anouk flirten.«

»Mit … ich muss was? Und wer ist Anouk?«

Felicitas hätte beinahe gestöhnt. Wohnte Benjamin hier im Dorf oder nicht? Sie nickte unauffällig in Anouks Richtung.

»Oh.« Erkennen breitete sich auf seinem Gesicht aus. »Roses Tochter. Du liebe Zeit, als ich sie das letzte Mal gesehen habe, war sie noch ein Kind.«

Er kam wohl wirklich nicht oft raus, und jetzt zog sich Felicitas' Herz zusammen.

»Nicht, dass sie jetzt nicht auch, ich meine … sie ist schon noch ziemlich jung«, stotterte Benjamin weiter, »und da kann ich doch nicht, ich meine … Wieso genau flirte ich mit ihr?« Er runzelte die Stirn.

Damit Tobi auf sie aufmerksam wird, war vielleicht die falsche Antwort – oder die richtige? Dass ein Flirt etwas mit einer Undercover-Ermittlung zu einem Drogenring zu tun hatte, würde er ihr wohl kaum glauben.

»Das ist nicht weiter wichtig«, sagte sie daher schnell. Dann sah sie ihm fest in die Augen. »Aber es würde mir sehr weiterhelfen.«

Er nickte etwas hilflos. »Und Anouk? Ich meine … macht sie sich … also, ich bin doch viel zu alt für sie …?«

Da konnte Felicitas zwar nur den Kopf schütteln, Violeta hatte schon Verehrer gehabt, die doppelt so alt waren wie sie selbst, und Violeta war nochmal ein Stück älter als Felicitas. Aber trotzdem: »Nein, keine Sorge, Anouk hat nicht das geringste Interesse an dir.«

»Oh.«

Ach herrje, das hatte in ihrem Kopf nicht ganz so … lieblos geklungen.

»Also nicht, dass nicht genug Frauen Interesse an dir hätten«, sagte Felicitas deshalb schnell, »du bist ein interessanter … also, attraktiver …« – oh Gott, nicht dass er dachte, sie wollte ihn anbaggern! Der Mann war in Trauer! – »Anouk ist verliebt. In Tobi.«

Jetzt wirkte Benjamin vollends verwirrt, also packte Felicitas ihn einfach bei den Schultern und schob ihn in Richtung Bierbänke. Ein Nachmittag mit netten Gesprächen würde ihm guttun, so war es ja nicht. Als Benjamin sich mit seiner Cola neben Anouk gesetzt hatte, warf er Felicitas noch einen leicht verzweifelten Blick zu. Doch dann konnte sie erkennen, wie er etwas zu Anouk sagte.

Zufrieden ging Felicitas zur Theke zurück und zapfte weitere Biere vor. Ein Problem für heute gelöst.

»Was macht Benjamin denn hier?«, fragte Michaela, die mit einem Kinderteller Pommes aus der Küche kam.

»Ich weiß zwar nicht, wer das ist«, antwortete Felicitas automatisch, »aber ich denke, er wird sich das Spiel ansehen.«

»Benjamin war seit Jahren nicht mehr da«, sagte Michaela. »Seit Jahren.« Dann rief sie in die Küche: »Andi! Hast du gesehen, wer da ist?«

Oha. Lächelnd stellte Felicitas die Bier- und Colagläser aufs Tablett und machte ihre Runde bei den Fußballfans. Ihre Undercover-Aktion schien ja hochspannend zu sein, wenn Benjamin allein dafür alte Gewohnheiten unterbrach. Und siehe da, wer nun vor dem Vereinsheim aufkreuzte, dabei in eine nicht allzu fröhliche Diskussion mit seiner Frau verstrickt; zumindest ging Felicitas davon aus, dass die kleine Blondine mit dem Baby auf dem Arm seine Frau war, die in diesem Augenblick »Nie hörst du mir zu!« zischte.

»Rudi!«, rief Felicitas erfreut und lief mit ihrem leeren Tablett auf ihn zu.

»Kennen wir uns?«, fragte Rudi etwas unsicher, während seine Frau, die mit einem Baby im Arm hinter ihm stand, ihm einen misstrauischen Blick zuwarf. Sie reichte ihm gerade bis zur Schulter, besaß eine Stupsnase und rote Wangen. Sie hätte unglaublich niedlich gewirkt, wären da nicht das kämpferisch vorgeschobene Kinn und der zusammengekniffene Mund gewesen.

»Geschwindigkeitskontrolle«, sagte Felicitas, aber immer noch schien der Groschen nicht zu fallen. Sehr gut, dann musste sie sich wegen der anderen keine allzu großen Sorgen machen, ihre Tarnung war so weit ausreichend.

»Schatz, wer ist das?«, fragte Rudis Frau.

»Geschwindigkeitskontrolle?«, wiederholte er zweifelnd. »Eine meiner ... Kundinnen offenbar.«

Felicitas schenkte beiden ein Lächeln. »Wollt ihr was trinken?« Dann schwebte sie mit der Bestellung und ihrem Tablett davon.

Das Spiel wurde angepfiffen.

Das halbe Nachbardorf war ebenfalls da, und Felicitas war heilfroh, dass Wesebeck heute nicht gegen Lengenhausen spielte, sondern gegen Meringsdorf. Sonst hätte man ja sicher von Felicitas-Violeta erwartet, ihre Nachbarn zu kennen – trotz ihrer Ausrede, erst seit einer Woche dort zu leben. Wie lange war sie schließlich schon in Wesebeck, und wie viele Einwohner hatte sie kennengelernt?

Die Meringsdorfer waren jedoch keine leichten Gegner, und Wesebeck hatte seine liebe Not. Schließlich lagen sie 0:2 zurück, und die Wesebecker Fans grummelten auf ihren Bierbänken. Nur Anouk schien sich – trotz Benjamins ständiger Hilfe suchender Blicke zu Felicitas – prächtig zu amüsieren. Das fiel auch Tobi auf, der ihr sogar vom Spielfeld hin und wieder einen bösen Blick zuwarf. Na, das lief doch prächtig. Felicitas klopfte sich mental auf die Schulter. Bei der nächsten Bestellung schwebte sie mit ihrem Tablett ganz nah an den beiden entlang.

Benjamin hielt ihren Rockzipfel fest. Sie versuchte sich lächelnd zu befreien, während er ihr zuzischte: »Ich kann das nicht. Ich hab das jahrelang nicht gemacht. Jetzt ist sie betrunken. Sie ist doch noch ein Kind.«

Sein Beschützerinstinkt in allen Ehren, aber Anouk war einundzwanzig, da war ein kleiner Schwips kein

Weltuntergang. »Ich bring ihr als Nächstes ein Wasser«, sagte Felicitas trotzdem.

Da beugte Anouk sich plötzlich vor. »Kennen wir uns nicht?«

Vielleicht war es doch ein Fehler gewesen.

Felicitas schüttelte heftig den Kopf. »Ich wohne in Lengenhausen.«

Anouk starrte sie an. »Irgendwie kommst du mir …«

»Kann nicht sein«, unterbrach Felicitas schnell. »Noch ein Bier?«

»Fe… Violeta!«, rief Benjamin.

»Ich bring dir mal ein Wasser, Mädel, ja?«

Froh, der Situation entfliehen zu können, nahm Felicitas am Nachbartisch noch eine Runde Bierbestellungen auf sowie eine Apfelschorle für Rudis Frau. Die Situation zwischen ihnen sah immer noch nach Eiszeit aus, da würde Rudi heute keinen Blumentopf mehr gewinnen. Felicitas seufzte, hoffentlich hatte sie die Situation nicht arg verschlimmert, sie hatte sich doch bloß so gefreut, ihren Polizistenfreund zu sehen.

Sie hastete zurück zum Zapfhahn.

Lautes Stöhnen und Buh-Rufe erwarteten sie, als sie erneut mit dem Tablett nach draußen kam.

»Rot! Mindestens!«, schrie Andi, der die Küche während des Spiels Michaela überlassen hatte. Nicht umsonst leitete er das Vereinsheim, ein Spiel zu verpassen, kam für ihn gar nicht infrage.

»Schmeiß ihn vom Platz!«, rief jemand anders.

Und auch die Wesebecker Spieler diskutierten aufgeregt mit dem Schiedsrichter, der überfordert wirkte.

»Was ist denn passiert?«, fragte Felicitas.

Ein gegnerischer Spieler habe Kai böse gefoult, hieß es, und richtig, der humpelte gerade am Arm seines Bruders zum Feldrand. Er schien eine Pause zu brauchen, was bei diesem Spielstand einer Katastrophe gleichkam. Kai und Tobi waren die Wesebecker-Starspieler, so viel hatte Felicitas nur durch das eine Training schon bemerkt. Allerdings sagte das ihrer Meinung nach nicht so viel über Kai und Tobi aus als vielmehr über den Rest der Truppe. Aber diese Meinung behielt sie lieber für sich.

Ob der neuen Entwicklungen hielten die Zuschauer den Atem an, niemand wollte sich mit Bier oder Cola ablenken. Also stellte Felicitas sich neben Andi an das weiße Rundstangengeländer, das den Platz begrenzte. Die Bierbänke waren durch ein Netz vor verirrten Bällen geschützt, und Hardcore-Fans wie Andi standen etwas abseits, um völlig ungehinderte Sicht zu haben.

Das Spiel wurde wieder angepfiffen, und die Wesebecker Gefolgsleute buhten und pfiffen. Die Mannschaft wirkte etwas verloren – oder noch verlorener als ohnehin üblich –, während der rothaarige Meringsdorfer, der Kai vorher gefoult haben sollte, mit geschwellter Brust auf dem Platz herumstolzierte. Zumindest so lang, bis er plötzlich in Ballbesitz kam und aufdrehte.

Was er da machte, wirkte eher wie American Football, denn den sich ihm entgegenstellenden Mevlüt rammte er mit der rechten Schulter einfach um. Das wiederum zog ein weiteres Pfeifkonzert der Fans nach sich sowie Rufe an den Schiri, nun endlich die Rote Karte zu ziehen. Der hatte zu dem Zeitpunkt jedoch nicht hingeguckt – offenbar war der gute Mann als Schiedsrichter nicht besser als die Wesebecker Gurkentruppe als Spieler –, und der Rothaarige kam dem Tor gefährlich nahe.

»Tobi!«, schrie Kai von der Seitenlinie und unterbrach seine Dehnübungen, um wild mit den Armen zu gestikulieren.

Sein Bruder rief etwas zurück, raste dem Angreifer entgegen und grätschte ihm mit einer gefährlich aussehenden Aktion mitten zwischen die Beine.

Nun forderten die Meringsdorfer links und rechts die Rote Karte, der Schiedsrichter jedoch hatte gerade eben erst von Michaela eine Packung Taschentücher gereicht bekommen und war damit beschäftigt, sich die Nase zu putzen.

Das Spiel lief also weiter, und nach diesem Einsatz des kleineren Lembergbruders rissen sich die Wesebecker zusammen.

»Zeigt's ihnen«, rief Andi und reckte die Faust.

Offenbar hatten sie nun Blut geleckt und schienen, allen voran Tobi, das Foul an Kai rächen zu wollen. Der kleine Lemberg wirbelte nur so auf dem Feld herum und war tatsächlich überall gleichzeitig, obwohl er offiziell die Position des Stürmers bekleidete.

Und dann, die Fans und Kai schrien sich die Seele aus dem Leib, dribbelte Tobi gleich zwei Verteidiger aus, stand allein vorm Tor und setzte den Ball wunderschön links unten in die Ecke. Der Torwart hatte keine Chance.

»Toooooor!«, schrie Andi und fiel Felicitas um den Hals.

Jubelnd ließ Tobi sich von den Wesebecker Fans abklatschen und warf Violeta sogar einen Kussmund zu, die mit Begeisterung registrierte, dass Anouk Tobi schon gar nicht mehr beachtete. Vielmehr lachte sie gerade über etwas, das Benjamin gerade gesagt hatte. Das wiederum schien auch Tobi aufzufallen, der seinerseits einen irritierten Blick in ihre Richtung warf. Wie schön, Felicitas konnte gerade noch den Impuls unterdrücken, sich wie eine Meisterplanerin die Hände zu reiben. Sie musste Benjamin eine Großpackung seiner Lieblingsschokolade schenken oder eine CD seines großen Gitarrenidols, um sich für seine Leistung zu bedanken.

Die Wesebecker Fans riefen »Tobi! Tobi! Tobi!«, und Felicitas musste gestehen, dass die Begeisterung ansteckend war. Schon bald fiel sie in die Schlachtrufe mit ein. Wesebeck sah seine Chance gekommen, nur noch 1:2 und das, obwohl ein Mann weniger auf dem Feld stand. In diesem Augenblick hob Kai an der Seitenlinie die Hand. Er konnte weiterspielen. Die Wesebecker brachen in tosenden Jubel aus. Sie waren nun wieder zu elft auf dem Platz, und wenn das nicht die Wende bedeutete! Tobi passte zu Kai, der dribbelte nach vorn. Der Ausgleichstreffer würde nicht lang auf sich warten lassen, und dann war auch ein Sieg in greifbarer Nähe. Die Wesebecker schrien und klatschten.

Doch plötzlich lag Kai wieder auf der Nase.

»Foul!«, schrie Felicitas wütend und reckte ihren Arm in die Luft. Das war doch der Gleiche, der Kai vorhin schon umgenietet hatte! Sie hatte gesehen, wie er Kai am Trikot gezogen und ihm einen Arm in die Seite gerammt hatte.

»Plant der einen persönlichen Rachefeldzug gegen Kai?«

»Das ist Connys Neuer.«

Conny, Kais erste Frau. »Wer ist Conny?«, fragte Felicitas ganz ahnungslos.

Andi deutete auf eine schlanke Blondine, die gegenüber am Geländer stand und mitten zwischen anderen Meringsdorfer Fans ihre Mannschaft anfeuerte. Sie hielt ein Bier in der Hand, und Felicitas erinnerte sich, einem der Meringsdorfer Fans mehrere Biere verkauft zu haben, mit denen er dann abgezogen war.

»Okay«, sagte Felicitas. »Und was hat das mit Kai zu tun?« Sie stellte sich weiter dumm. Vielleicht konnte sie etwas erfahren, das Kai nicht im besten Licht dastehen ließ. Sie versuchte, sich ihr Interesse nicht anmerken zu lassen. In der allgemeinen Aufregung hatte sie ihre ursprüngliche Mission schon beinahe vergessen gehabt. Wie gut, dass Andi nun ganz von allein mit Informationen herausrückte!

»Conny ist Kais erste Exfrau«, präzisierte Andi mit Blick zu den Bierbänken, auf denen Helena saß.

»Und der Rothaarige ist nun mit Conny zusammen und eifersüchtig.« Felicitas überlegte. »Meinst du, da ist was dran?«

Andi brummte verneinend.

Bevor Felicitas noch eine weitere Frage stellen konnte, zum Beispiel, ob Kai und Conny vielleicht doch noch mehr verbandelt waren, als ihre neuen Partner es gerne hätten, brach Tumult auf dem Spielfeld aus.

Der Rothaarige foulte Kai erneut, und nun hatten die Wesebecker genug. Tobi marschierte auf Connys Neuen zu und schlug ihm auf die Brust. »Wo ist dein Problem, Alter? Wo ist dein Problem?«, rief er wütend.

Der Schiedsrichter pfiff und zeigte Tobi die Rote Karte.

Ein Schrei der Verzweiflung ging durch die Wesebecker Reihen.

Dem Rothaarigen hingegen schien Tobi egal, er schlug stattdessen auf Kai ein, der gerade wieder aufgestanden war und nun erneut zu Boden ging. Inzwischen tat er Felicitas, obwohl sie ihn aus Prinzip nicht mochte, beinahe leid.

Damit gab es kein Halten mehr.

Heiko von den Wesebeckern, der große, etwas schwerfällige Verteidiger, trat einem Meringsdorfer Stürmer gegen das Schienbein. Der Meringsdorfer Torwart warf sich auf Tobi und riss ihn zu Boden, was wiederum den Wesebecker Torwart Bernhard einen Kampfschrei ausstoßen ließ. Mevlüt kassierte einen linken Haken, dann stürzten sich auch die restlichen Meringsdorfer und Wesebecker Spieler ins Getümmel.

Der Schiedsrichter trillerte hilflos mit seiner Pfeife und ruderte mit dem linken Arm.

Himmel, eine Massenschlägerei auf dem Fußballplatz. Und die Fans links und rechts des Fußballfelds machten ebenfalls schon Drohgebärden.

Da musste doch jemand was tun. Felicitas drehte sich um. Wo war Rudi?

»Auseinander, Polizei!«, schrie sie und hastete zu den Bierbänken, wo Rudi bei dem Wort »Polizei« erschrocken zusammenzuckte. Doch Felicitas zog ihn erbarmungslos hoch.

»Tu was!«, zischte sie und zerrte ihn hinter sich her zum Spielfeldrand.

»Das ist Mark. Er scheint wütend zu sein«, kommentierte Rudi fachmännisch, als der Rothaarige gerade Kai in den Schwitzkasten nahm.

Froh darüber, dass sie dieses Mal auf ihre High Heels verzichtet hatte, beugte sich Felicitas unter dem Geländer hindurch und stapfte auf die Streithähne zu. Das Geschrei der Kämpfenden wurde lauter, nur Rudi fehlte.

Also drehte sie sich um. »Was ist?«, fragte sie den verdutzten Polizisten, der wie angewurzelt neben dem Spielfeld stand.

»Das ist eine Schlägerei!«, rief er entsetzt.

»Du bist die Staatsgewalt, mein Freund.«

»Aber ich …«

»Nun komm schon.« Felicitas machte eine ungeduldige Kopfbewegung, und Rudi setzte sich zögerlich in Bewegung. Himmel, dauerte das, bis er endlich unter der weißen Geländerstange hindurch war. Sie konnte einen Schmerzensschrei hören, der verdächtig nach Kai klang. Also, dass Sarahs Verlobter sich hier ein paar Knochenbrüche einfing, war auch nicht in Felicitas' Sinne.

»Hört jetzt sofort auf mit dem Scheiß!«, rief sie, schnappte sich Rudi am Ärmel und lief auf das Gewühl zu. »Auseinander oder Rudi nimmt euch fest.«

»Ha!«, schnaubte einer der Streithähne, der aber immerhin schon einmal einen Schritt zurücktrat. »Und warum? Die haben schließlich angefangen!«

Rudi straffte die Brust, und Felicitas rief: »Er kann euch vierundzwanzig Stunden ohne Begründung in die Arrestzelle stecken!«

»Keinen Mucks mehr, wenn ihr heute Abend noch ›Bauer sucht Frau‹ sehen wollt«, warf Rudi ein.

»Hey, Arschloch«, schnaubte der Rothaarige.

»Schnauze!«, brüllte Rudi zurück. Nach einigen Startschwierigkeiten schien er jetzt voll in seinem Element: Wie ein Cowboy in einem drittklassigen Western stellte er sich breitbeinig hin, die Hand griffbereit an der Dienstwaffe.

Und als immer noch niemand auf ihn hörte, zückte er seine Pistole. »Ihr geht jetzt sofort auseinander!«

Für einen Moment schienen die Streitenden zu erstarren. Auch am Rand des Fußballfeldes herrschte gespenstische Stille. Dann ließen sich die Prügelnden gegenseitig los, traten vorsichtig einen Schritt zurück und sahen Rudi ehrfürchtig an. Der nickte Felicitas zu und steckte seine Dienstwaffe zurück ins Holster. Dann klopfte er sich die Hände ab und stapfte mit breiter Brust und hocherhobenen Kopfes vom Spielfeld.

Felicitas sah ihm bewundernd hinterher. Es steckte wirklich Talent in ihm.

Kai rappelte sich vom Boden auf, und auch die anderen Spieler nahmen etwas verlegen Abstand voneinander.

Der Schiedsrichter blickte verwirrt von Felicitas zu Rudi, zu den Spielern und auf die Trillerpfeife in seiner Hand. Wie er das Spiel bewerten wollte, das musste er selbst sehen, ihre Arbeit war getan. Sie zuckte mit den Schultern und ging Rudi hinterher.

Michaela kam mit dem Verbandskasten angelaufen, den würde sie wohl brauchen. Hoffentlich reichten die Pflaster, aber wer hätte das denn ahnen können?

Rudis Frau stand neben einer der Bierbänke und blickte mit leuchtenden Augen zu ihrem Mann.

»Danke, Rudi, für deinen schnellen und heldenhaften Einsatz«, sagte Felicitas laut.

»Ich wusste ja gar nicht, dass du auch in so gefährliche Situationen kommst«, hauchte seine Frau.

Er straffte die Schultern. »Ein Polizist muss tun, was ein Polizist tun muss.«

Sie stellte sich auf die Zehenspitzen und gab ihm einen Kuss auf die Wange. Rudi strahlte übers ganze Gesicht.

Und im Vorbeigehen eine Ehe gerettet, dachte Felicitas. Sie war heute wirklich gut drauf. Nun musste sie nur noch diesen Rothaarigen – wie hatte Rudi ihn genannt? Mark? – zu fassen kriegen, um herauszubekommen, ob da noch etwas zwischen Kai und Conny lief. Warum hätte Mark sonst so auf Kai losgehen sollen? Dann würde Sarah die Verlobung lösen, und Felicitas konnte sie Lukas vorstellen. Gut, da war noch die Kleinigkeit mit Bali, und Himmel Herrgott nochmal, da musste sie auch dringend nach dem Rechten sehen. Lukas würde doch auf sie gehört haben und um Drogen einen weiten Bogen machen? Es brannte derzeit aber auch wirklich an allen Ecken und Enden!

Zu allem Überfluss war im allgemeinen Chaos, das der Schlägerei folgte, auch nicht mehr herauszukriegen, wo Mark abgeblieben war. Irgendjemand wollte gesehen haben, wie er und seine Freundin Conny in seinem Opel weggefahren waren.

Auch die anderen Meringsdorfer Spieler und Fans hatten sich recht schnell aus dem Staub gemacht und Michaela Violetas Hilfe beim Verarzten und Kellnern gebraucht. Alkohol wirkte ja bekanntermaßen desinfizierend und betäubte zuverlässig Schmerzen aller Art.

Kai spielte sich ein bisschen zu sehr als Held auf, fand Felicitas. Er zeigte seine Blessuren wie eine Kriegsverletzung herum.

Tobis Anschlusstreffer blieb da nur noch eine Randnotiz.

Benjamin hatte sich verabschiedet, um Anouk nach Hause zu bringen. Immerhin musste Felicitas sich nun also nicht um eine angetrunkene, verliebte Anouk kümmern, während Tobi mit einem Bier an der Theke stand und schmollte, dass er nicht gefeiert wurde.

»Wirst drüber hinwegkommen«, sagte Felicitas. »Sag mal, diese Conny. Wie war das mit ihr und Kai damals?«

Tobi machte eine wegwerfende Handbewegung. »Viel zu jung. Das war klar, dass das nicht gutgehen konnte.«

Hm. Felicitas stützte den Ellenbogen neben ihm auf die Theke. »Alte Liebe rostet nicht.«

Er sah sie zweifelnd an. »Nee, du, das ist vorbei.«

»Aber wieso hat Mark Kai dann heute so gefoult?«

»Weil Mark ein totaler Psycho ist«, schaltete sich Kai ein, der gerade an den Tresen gehumpelt kam. »Der sucht nach Gründen, um jemandem eine reinzuhauen. Und wenn er keine findet, dann *er*findet er sie.«

Felicitas kniff die Augen zusammen. Wollte Kai da von sich ablenken? Die Wahrheit verschönern? Etwas verschleiern?

»Vollhorst, der!«, rief da der dicke Bernhard von einem der Tische. Er hatte aufgeschürfte Knie auf beiden

Seiten, die von Grasflecken umrandet waren. »Ich stand neulich im Edeka an der Kasse, und als ich ihn nicht vorgelassen hab, hat er mir mit Prügel gedroht.«

»Neulich im Club in Meringsdorf hat er sich mit dem Türsteher angelegt, der Trottel«, warf Mevlüt ein. »Da hat er aber eins auf die Nase gekriegt.« Er nickte zufrieden.

»Was sich Conny bei dem gedacht hat«, murmelte Kai gedankenverloren.

Und hörte Felicitas da noch Zuneigung heraus? Kai und Conny. Conny und Kai. Das klang doch nett. Zumindest besser als Sarah und Kai. Felicitas überlegte. Vielleicht konnte sie Conny und Kai wieder zusammenbringen? Wenn sie im Augenblick nichts mehr miteinander hatten, konnte man ja ein bisschen nachhelfen? Dann wäre das Problem mit Sarah und Kai ebenfalls gelöst, und alle wären glücklich. Gut, außer Mark. Aber auf so einen Schläger konnte sie nun wirklich keine Rücksicht nehmen. Und vielleicht auch außer Sarah, aber spätestens, wenn sie ihr Lukas vorstellte, wäre sie über den Kai-Liebeskummer hinweg.

Kai. Den kannte Sarah doch gar nicht wirklich.

»Hast du nicht eigentlich eine Verlobte?«, wandte Felicitas sich jetzt auch an Kai. »Ich meine … seht ihr euch nicht am Wochenende?«

Kai deutete auf seine Beine. »Ich musste doch spielen.«

»Ohne Kai hätten wir heute keine Chance gehabt«, fachsimpelte Tobi.

»Ohne Kai hättet ihr heute keine Schlägerei gehabt«, mutmaßte Felicitas.

»Kai ist unser bester Mann!«, rief Bernhard von

hinten, woraufhin Tobi sich umdrehte. »Neben Tobi. Sorry, Kumpel.« Bernhard hob entschuldigend die Hände. »Die Lemberg-Brüder halt. Unsere besten Männer.«

»Wieso ist deine Verlobte dann jetzt nicht hier?«, hakte Felicitas nach.

»Die muss arbeiten«, sagte Kai düster und starrte in sein Bier. »Muss sie eh viel zu viel.«

»Stimmt.« Wie recht er damit hatte: Sarah war ständig auf Achse und recherchierte für einen neuen Artikel. Hatte sie alles beisammen, schloss sie sich zu Hause ein. Bitte nicht stören.

»Kennst du Sarah?«

Erschrocken riss Felicitas die Augen auf. Langsam sollte sie doch wirklich so weit Profi sein, sich nicht mehr zu verplappern. Schnell schüttelte sie den Kopf. »Ich meine ja nur. Wenn sie sogar am Wochenende arbeiten muss …« Dass sie selbst gerade ebenfalls an einem Wochenende arbeitete, ignorierte sie.

»Stimmt.« Kai nickte, dann zuckte er mit den Schultern und lächelte. »Kann man nichts machen. Ist aber auch irgendwie ganz cool. So eine Karrierefrau.«

Dann schlug er seinem Bruder noch einmal auf die Schulter und zog mit seinem Bier zu seinen Kollegen ab, die ihrerseits nach neuen Getränken riefen.

Felicitas machte sich wieder an die Arbeit.

»Wann gehen wir zwei Hübschen denn mal wieder aus?« Als Felicitas mit dem leeren Tablett zurückkam, legte Tobi einen Arm um ihre Taille.

Felicitas schlug ihm auf die Finger. So schon mal gar nicht. »Lass mich mal in meinen Terminkalender schauen.«

Er zog einen Schmollmund, aber da er das schon den überwiegenden Teil des Abends tat, war das nicht weiter schlimm. »Ich texte dir«, sagte er schließlich.

Felicitas nickte und war froh, als sich die Fußballgesellschaft eine halbe Stunde später auflöste und sie in die Pension zurückkonnte.

Es klopfte an ihre Zimmertür. Wer konnte das sein? Nicht, dass ihr jemand vom Vereinsheim gefolgt war und nun ihr Geheimnis kannte? Vorsichtig öffnete sie die Tür einen Spalt breit. Benjamin. Erleichtert machte Felicitas die Tür ganz auf.

»Ich wollte fragen, ob du Hunger hast?«

Wenn dieser Mann nicht der Held des Tages war! In der ganzen Aufregung hatte sie völlig vergessen, im Vereinsheim etwas zu essen, und ihr Magen knurrte schon.

»Du bist mein Retter.« Felicitas seufzte glücklich. »Ich würde mir nur schnell ein anderes Oberteil anziehen und den Lippenstift abwischen.«

»Der sieht ziemlich cool aus«, sagte er. »Passt super zu Violeta.«

Was sollte sie jetzt damit anfangen?

»Aber ich glaub, Felicitas wäre mir heute Abend lieber.« Mit einem Lächeln drehte er sich um, und Felicitas schloss die Tür hinter ihm.

Ihr Herz klopfte ein bisschen, und ihr Gesicht fühlte sich heiß an.

Im Bad zog sie sich die Perücke vom Kopf und bürstete ihre Haare, die jetzt katastrophal zu frisieren waren. Eigentlich müsste sie sie waschen, aber Benjamin so lange warten lassen? Andererseits hatte sie heute schon einige Stunden bei dreißig Grad gekellnert und … Sie sprang unter die Dusche und beeilte sich, so gut es ging. Ihre Haare ließ sie einfach offen, sie knetete nur etwas Lockenmousse hinein, damit sie nicht in einer halben Stunde aussah wie ein Schaf.

Jetzt noch schnell das passende T-Shirt, das … Felicitas hielt inne, als ihr Handy piepte. Eine SMS. *Ich vermiss dich. M.*

Sie ließ sich auf den kleinen Badhocker fallen.

Matthias. Jetzt.

Was sollte das? Ich vermiss dich? Als ob es ihre Schuld wäre, dass es zwischen ihnen aus war. Er hatte Frau und Kinder, er hatte Felicitas davon nichts erzählt, und überhaupt, was bildete er sich eigentlich ein? Ihr jetzt zu schreiben, sie jetzt so durcheinanderzubringen, wenn sie gerade einen der besten Tage der letzten acht Wochen erlebte?

Tränen stiegen in ihr auf, Tränen der Trauer, aber vor allem der Wut. Scheiß Matthias. Glaubte der etwa, dass er sie aus der Ruhe bringen konnte mit seiner Scheiß-SMS, dieser Scheißkerl? Dann herzlichen Glückwunsch, das hatte er nämlich geschafft.

Wütend schleuderte sie das Smartphone in die Zimmerecke. Nur, um augenblicklich aufzuspringen und nachzuschauen, ob sie es etwa kaputt gemacht hatte. Es displayte noch, also pfefferte sie es erneut von sich – diesmal aufs Bett, wo es keinen Schaden nehmen konnte.

Dann ging sie zurück ins Badezimmer, um sich Wasser ins Gesicht zu spritzen. Sie atmete tief durch und betrachtete sich im Spiegel. Die dunklen Augen, die Stupsnase, die Sommersprossen, die sich aufgrund ihres hellen Teints – trotz der braunen Augen und Haare – auf ihrer Nase und den Wangen ausbreiteten. Vielleicht ein bisschen mehr Make-up als üblich, um die roten Flecken auf ihren Wangen zu übertünchen.

Sie würde Benjamin einfach bitten, das Licht zu dimmen, dann würde auch nicht auffallen, dass ihre Augen ebenfalls leicht gerötet waren und feucht glänzten. Entschlossen straffte sie die Schultern.

»Entschuldigung«, sagte sie, als sie an Benjamins offen stehende Wohnungstür klopfte. »Ich habe noch eine Nachricht bekommen und …«

»Komm rein!«, rief er vergnügt und ohne im Geringsten frustriert zu sein. »Essen steht schon auf dem Tisch, und wenn ich es geschafft habe, diese widerspenstige verflixte Weinflasche zu öffnen, musst du mir unbedingt erzählen, warum ich mit Anouk flir… Verdammt!«

Felicitas hörte ein krachendes Geräusch und eilte in die Küche.

Inmitten einer roten Pfütze sowie grünen Glasscherben stand Benjamin und sah sie verlegen an. »Wie wär's heute Abend mit einem Weißwein?«

Gegen ihren Willen musste Felicitas lachen, dann beugte sie sich hinunter, um zumindest die gröbsten Scherbenstücke aufzuklauben.

»Vorsichtig«, sagte Benjamin. »Man kann sich ganz leicht …«

»Autsch.« Felicitas zuckte zurück.

»… schneiden«, vollendete er seinen Satz. »Zeig mal her.« Vorsichtig umfasste er ihr Handgelenk. Seine Hand fühlte sich warm an, weich, und seine Berührung beinahe zärtlich. Felicitas' Wangen wurden heiß.

»Das sollten wir besser verarzten. Warte hier.« Er stand auf, verließ die Küche und kam kurz darauf mit einem Pflaster zurück. Erneut griff er sanft nach ihrer Hand.

War das nur ihre Wahrnehmung oder ließ er sich tatsächlich unendlich viel Zeit damit, das Pflaster aufzukleben? So dicht, wie sie beieinandersaßen, konnte er sicherlich ihr Herz schlagen hören, das verräterisch schnell klopfte.

»So«, sagte er schließlich leise und strich ihr mit dem Daumen über die Handfläche. Seine Augen leuchteten warm, als er sie ansah. Es schien nicht so, als hätte er es eilig aufzustehen. Sie spürte immer noch ihren Herzschlag, ihr Atem ging schneller als üblich. Sein Gesicht war so nah, seine Lippen, die sicher wunderbar zu küssen wären …

Katrin. Das Foto hing immer noch am Kühlschrank, seit ganzen drei Jahren hing es dort, und Felicitas musste schlucken. Katrin, mit diesem Lächeln, Benjamin mit seinem. Nein, ihn zu küssen wäre falsch, so unglaublich falsch.

»Danke«, sagte sie ebenso leise wie er vorher. Ganz konnte sie ihn noch nicht loslassen, legte ihre Hand auf seinen Unterarm.

Aber bevor sie sich völlig in seinen tiefen grünen Augen verlor, löste sie sich widerstrebend von ihm und stand auf. Sie mussten das Chaos in der Küche beseitigen.

Seine Frage nach dem Flirt mit Anouk war in Vergessenheit geraten.

Sonntag

Am nächsten Morgen fiel es Felicitas schwer, aus dem Bett aufzustehen. Es hatte lange gedauert, bis sie eingeschlafen war, ihr Kopf hatte sie kaum zur Ruhe kommen lassen.

Jetzt versuchte sie, die wohlige Erinnerung an Benjamins Berührungen wegzuschieben, sich nicht komplett davon einlullen zu lassen. Aber ein kleines bisschen träumen war doch wohl erlaubt?

Aber nicht nur Benjamin hatte sie grübeln lassen, auch Lukas machte ihr Sorgen.

Nachdem sie es endlich geschafft hatte, sich unter die Dusche zu stellen und anzuziehen, beschloss sie, zunächst ihren Bruder anzurufen.

Leider war Lukas nicht zu erreichen. Weder beim ersten Anruf noch beim zweiten. Schlief er gerade? Nein, Bali war in der Zeit vorn. Vielleicht besichtigte er gerade Grundstücke, auf denen er eine Tauchschule, ein Café, eine Schildkröten-Aufzuchtstation oder eine Krokodilfarm mit seiner Jasmin gründen wollte. Sie knabberte an ihrer Unterlippe.

Sie konnte im Augenblick ohnehin nichts tun, da konnte sie auch frühstücken. Sie würde das Gespräch mit Benjamin kurz halten und einfach beschäftigt tun, sodass sie keine Zeit für ein Gespräch hatte. Bis zum

Abend hätte sie sich und ihre Tagträumereien im Griff, da würde sie ihm auch wieder locker und entspannt begegnen können.

Locker und entspannt waren allerdings nicht die Worte, die sie benutzen würde, um zu beschreiben, wie sie sich im Frühstücksraum vor ihrem Kaffee fühlte. Benjamin lächelte wie immer, und Felicitas fragte sich, ob alles nur ihre Einbildung war. Am Abend zuvor war so eine Spannung zwischen ihnen gewesen, oder hatte nur sie etwas Besonderes gefühlt? Das Foto von Katrin.

Von Benjamins Seite aus war sicher alles nur freundschaftlich. Zum Abschied hatte es nicht mal einen Kuss auf die Wange gegeben. Aber vorher … ihre Hand in seiner …

Schluss jetzt, schalt sie sich, und stellte ihren Milchkaffee klirrend auf der Untertasse ab, um dann hektisch aufzustehen.

»Viel zu tun«, murmelte sie auf Benjamins fragenden Blick.

Wann hatte sie das letzte Mal einen Spaziergang gemacht? Aber das Wetter und die Wiesen luden geradezu dazu ein. Sie hätte nie gedacht, dass sie Spaß daran haben würde, an einem Sonntagnachmittag ganz allein in der Natur herumzuhüpfen. Aber die Landschaft um Wesebeck war so hübsch, und die blühenden Wiesen so einladend, dass sie knappe zwei Stunden um den See und weiter am Waldrand entlanglief.

Zur Belohnung überlegte sie sich, sich bei Rose noch einmal ein Eis zu gönnen. Aber zunächst setzte sie sich auf den Brunnen am Marktplatz, ließ sich etwas von der

Sonne bescheinen und probierte noch einmal vergeblich, Lukas zu erreichen. Ein paar Kinder bolzten auf dem Platz, ein Rentner rief ihnen etwas zu, bevor sie Rudi erkannte, der über den Platz auf sie zuschlenderte.

»Na, Frau Kollegin?« Er tippte sich an seine Mütze.

Felicitas grinste und nickte ihm grüßend zu.

»Wie laufen die Ermittlungen?«, fragte er.

Nicht gut, sie hatte wenige konkrete Anhaltspunkte, aber sie wiegte stattdessen den Kopf hin und her. »Und selbst?«

»Du wirst nicht glauben, wen ich gestern in Ännes Laden festgenommen habe.«

Da Felicitas den Namen der alten Frau im beigen Pullover nicht wusste, sagte sie nichts.

»Frau Doll.« Rudi schüttelte den Kopf. »Die ist beinahe achtzig!«

»Je oller, desto doller«, philosophierte Felicitas und fand den Spruch diesmal wirklich ausnehmend passend.

»Kleptomanin ist sie«, erzählte Rudi. »Sie hat ein umfassendes Geständnis abgelegt: Klaut angeblich schon seit über fünfzig Jahren, wenn sie die Gelegenheit dazu bekommt.«

»Muss sie ins Gefängnis?«, fragte Felicitas besorgt. Die alte Frau hatte nicht unfreundlich ausgesehen, und jemanden mit beinahe achtzig ins Gefängnis zu schicken, war doch auch unmenschlich.

»Oh, nein, keine Sorge.« Rudi streckte seine Hände nach vorn. »Ist das erste Mal, dass sie erwischt wurde, im offiziellen Vernehmungsprotokoll haben wir nur darüber gesprochen. Ich hatte ihr ja noch nicht mal ihre Rechte erklärt, als sie mir das von der Kleptomanie erzählt hat.«

Und darauf, dass alles ganz genau nach Protokoll lief, würde Rudi achten, dachte Felicitas stolz. »Außerdem hat Änne keine Anzeige erstattet. Unter der Voraussetzung, sie macht's nicht nochmal«, fuhr er fort.

Felicitas ließ sich weiter von der Sonne bescheinen und dachte nach. »Dann sollte sie ab jetzt wohl besser im Netto in Meringsdorf ihrem Hobby nachgehen.«

Rudi brummte zustimmend. »Sag mal«, begann er schließlich zögerlich. »Bei den Lembergs ist schon wieder eingebrochen worden.«

»Wirklich?« Felicitas setzte sich auf. Das waren ja Neuigkeiten. Ein Einbruch in Wesebeck. »Moment mal, sagtest du schon wieder?«

Rudi nickte grimmig. »Es scheint, wir haben es mit sogenannten Intensivtätern zu tun.«

Unglaublich.

»Dass Wesebeck so ein heißes Pflaster ist, hätte ich ja nicht gedacht.«

»Wieso?« Er sah sie verwirrt an. »Du bist doch auch hier.«

Die Drogen, natürlich. Meine Güte, sie musste echt höllisch aufpassen, nicht dass sie sich noch einmal wirklich verplapperte. Wie konnte sie nur so nachlässig sein. »Einbrüche sind aber doch nochmal was anderes«, sagte sie deshalb und hoffte, Rudi kaufte ihr diese Klassifikation ab und konterte nicht mit »Beschaffungskriminalität«.

Aber so weit gingen seine Assoziationen offenbar nicht, sondern er nickte nur ernst. »Ich muss die Täter schnappen.«

»Natürlich.«

»Ich muss ihnen eine Falle stellen. Irgendwie. Und zur Stelle sein, um sie festzunehmen. Dafür brauch ich deine Hilfe.«

»Aber …«

»Ich weiß, ich weiß, du hast deinen eigenen Job, der auch viel wichtiger ist, du musst Drogendealer aushorchen und festnehmen. Aber Lily, bitte.« Er sah sie flehend an. »Ich habe noch nie eine Observierung durchgeführt.«

»Kinderspiel!«, sprach Felicitas ihm Mut zu. Das hatten ihr nun wirklich alle Polizisten erzählt, mit denen sie in Kontakt gekommen war. Man musste nur ruhig irgendwo sitzen bleiben und ein Haus im Auge behalten, das hatte sogar Harry geschafft, Matthias' unsportlicher Partner.

»Du bist die Beste! Heute Abend um zehn, wir treffen uns unauffällig vor der Sparkasse.« Erneut strahlte Rudi übers ganze Gesicht.

»Ich … was?« Sie hatte nicht zugestimmt!

»Warte mal, eine Observation bei den Lembergs?«, hakte sie dann nach. Vielleicht wäre die Observierung doch nicht ganz umsonst.

»Soko Einbruch«, raunte er noch, bevor er aufstand, seine Uniform zurechtrückte und verschwand – vermutlich, um sich um weitere wichtige Verbrechen in Wesebeck zu kümmern.

Seufzend sah Felicitas auf ihr vibrierendes Handy: eine Nachricht von Tobi, ob sie sich nicht wieder treffen wollten. Nein, wollten sie nicht. Dass sie am Abend keine Zeit hatte, war zwar die reinste Wahrheit, aber dennoch musste sie sich eine Ausrede ausdenken. Dass sie mit

Rudi den Hof seiner Eltern observieren würde, konnte sie ihm ja schlecht sagen.

An das Abendessen mit Benjamin hatte sie sich mittlerweile so gewöhnt, das würde sie sicher nicht auslassen.

Felicitas stand vor dem Spiegel, in Kleidungsstücken, in denen sie sich wohl fühlte, und hatte das Gefühl, dass das in letzter Zeit wirklich zur Ausnahme wurde. Violeta, Barbara, puh – wie hielten richtige Undercover-Polizistinnen diesen Job aus? Die wussten irgendwann sicher nicht mehr genau, wie sie eigentlich hießen.

Felicitas zupfte ein paar Locken zurecht und stellte sich auf die Zehenspitzen, bevor sie sich wieder auf die Fersen sinken ließ. Der gemusterte Rock zu dem einfarbigen T-Shirt wirkte verspielt und doch nicht kindisch.

Schon im Flur bemerkte sie den wunderbaren Geruch: Was auch immer Benjamin heute zauberte, es würde fantastisch schmecken. Sie klopfte an die Durchgangstür zu seiner Wohnung und schnupperte. »Wein«, sagte sie. »Und viele Kräuter.«

»Hähnchenbrust mit Rosmarin in Weißweinsauce«, war seine Antwort. »Und Ofengemüse.« Er kam aus der Küche, die Ärmel seines weißen Hemdes hochgekrempelt, sodass die braun gebrannten Arme zur Geltung kamen, und hielt ihr einen Löffel zum Probieren hin.

»Zum Dahinschmelzen«, kommentierte sie und war sich nicht sicher, ob sie das Hähnchen oder das Gesamtpaket meinte.

»Ein neues Rezept, du bist meine Testesserin.« Er bezog ihre Meinung offenbar nur aufs Essen, aber das war vermutlich auch besser so.

»Kannst es aufnehmen in deine Speisekarte«, sagte Felicitas und holte zwei Teller aus dem Schrank. Als sie auch noch Weingläser auf den Tisch stellte, fiel ihr auf, wie gut sie sich schon bei Benjamin auskannte.

»Vielleicht mache ich das wirklich.« Er kam mit dem Gemüse und einer weiteren Schüssel mit den Hähnchenbrustfilets zu ihr ins Wohnzimmer und stellte alles auf dem Tisch ab, bevor er eine Flasche Wein öffnete. »Ich überlege schon eine ganze Weile, auch Abendessen anzubieten. Katrin«, er räusperte sich, trank einen Schluck Wein und sah auf seinen Teller. »Katrin wollte das nie, weil es viel Arbeit bedeutet. Und sie hatte ja recht.« Der Blick, mit dem er Felicitas ansah, wirkte schuldbewusst.

»Aber du kochst so gerne«, sagte sie leise und nahm den ersten richtigen Bissen.

»Vielleicht …« Er lächelte wehmütig. »Irgendwann einmal.«

Die Stimmung zwischen ihnen war so vertraut, so einträchtig, dass Felicitas nicht die Lust verspürte, Benjamin mit einem künstlichen Themawechsel aus seinen Gedanken zu holen. Sie aßen eine Weile schweigend, nur von alten Jazz-Songs begleitet, und Felicitas fühlte eine Ruhe, die sie in letzter Zeit selten gespürt hatte. Schon gar nicht in den letzten Wochen, wo sie ständig unter Strom stand. Nicht nur aufgrund der äußeren Umstände, dachte sie mit schlechtem Gewissen. Dass sie links und rechts jeden anlog, der ihr etwas bedeutete, das hatte sie sich selbst eingebrockt.

Wie Benjamin es schaffte, dass sie alle Sorgen vergaß? Es fühlte sich richtig friedlich an.

Irgendwann hatten sie lang genug über den leeren

Tellern gesessen. Benjamin räumte das Geschirr in die Spülmaschine und spülte die empfindlichen Teile von Hand, wobei er sich gezwungenermaßen von Felicitas beim Abtrocknen helfen ließ.

»Du warst eingeladen«, versuchte er zwar zu protestieren, aber sie wedelte einfach so lange mit dem Handtuch, bis er lachend aufgab.

Anschließend setzten sie sich mit dem restlichen Wein gemeinsam auf die Couch, und Felicitas fragte ihn wieder einmal über Wesebeck aus. Diesmal sprachen sie über Rose.

»Das ist schon eine Marke«, sagte Benjamin mit einem leisen Lächeln. »Aber ich mag sie.«

Felicitas mochte sie auch. »Was ist eigentlich mit ihrem Mann?«, fragte sie.

»Der ist schon lang nicht mehr da.« Benjamin dachte nach. »Ich glaub, noch vor Anouks Geburt? Hat ihr eine Menge Schulden, aber eine wundervolle Tochter hinterlassen.«

»Penner«, sagte Felicitas.

Benjamin nickte zustimmend. »Aber Rose wäre nicht Rose, wenn sie sich davon hätte unterkriegen lassen.«

Da war was dran. Felicitas lehnte sich in der Couch zurück, doch dann fiel ihr Blick auf die Uhr. »Ach du Schreck, ich muss los.« Beinahe stolperte sie in ihrer Hektik über Benjamins ausgestreckte Beine. Sie hatte im Gespräch mit ihm völlig die Zeit vergessen. Es war fünf vor zehn, Rudi wartete sicher schon nervös vor der Sparkasse – er war der Typ, der mindestens fünfzehn Minuten vor der vereinbarten Zeit am Treffpunkt erschien.

»Oh.« Benjamin sah sie verwundert an. »Tobi?«, fragte

er dann. Er war aufmerksamer, als sie gedacht hatte. Beim Fußballspiel waren ihm Tobis Flirtversuche mit Violeta offenbar aufgefallen.

»Nein, nein, oh Gott.« Sie schüttelte den Kopf, und obwohl sie es eilig hatte, erklärte sie Benjamin die Sachlage. Warum es ihr so wichtig war, konnte sie nicht sagen. Aber es war ihr wichtig, ihm klarzumachen, dass sie nicht mit Tobi ausging. Da hatte ihr Auftritt in der Pension nach dem ersten Date mit Tobi schon genug Missverständnisse verursacht.

»Bei den Lembergs wurde eingebrochen?«, fragte er stirnrunzelnd.

Felicitas schüttelte den Kopf. Der Mann hatte wirklich keine Ahnung, was im Ort vor sich ging. »Du gehst eindeutig zu wenig unter Leute.«

»Du vielleicht zu viel.« Er runzelte die Stirn. »Ist das nicht gefährlich?«

Sie sah ihn an.

»Ich weiß, dass du Polizistin bist«, verteidigte er sich. »Aber vielleicht sind die Einbrecher bewaffnet.«

In Wesebeck?, wollte Felicitas zurückfragen, beließ es aber dabei, entschieden den Kopf zu schütteln. Er wollte protestieren, doch sie drehte sich zur Tür. »Ich muss los«, sagte sie. »Wird schon schiefgehen.«

»Hals- und Beinbruch«, murmelte Benjamin zweifelnd.

»Aber morgen …« Felicitas nickte ihm zu. »Da ändern wir deine Einsiedelei hier. Gleich morgen Vormittag: du, ich, Wesebeck und seine Einwohner.«

Auf dem Weg zur Sparkasse blieb ihr sein Lächeln im Gedächtnis.

Ganz in Schwarz gekleidet wartete Rudi am vereinbarten Treffpunkt. Er hatte sogar eine schwarze Mütze auf dem Kopf. Im Fußraum des Beifahrersitzes stand eine Jutetasche mit diversen Lebensmitteln: Cola, Chips, Gummibärchen.

»Du bist ja doch Profi.« Felicitas pfiff anerkennend durch die Zähne.

»Die Grundlagen habe ich zumindest verstanden.« Er zwinkerte ihr zu und startete den Motor.

Den Hof der Lembergs kannte Felicitas ja schon. Rudi nahm die kleine Abzweigung dahinter und stellte sein Auto gut verborgen zwischen ein paar Büschen und einem Baum am Straßenrand ab.

»Dann richten wir uns mal auf eine lange Wartezeit ein«, sagte er.

»Es ist gut möglich, dass wir noch ein paar Nächte hier stehen werden«, pflichtete Felicitas seufzend bei. Sie hielt ihr Handy griffbereit in der Hand, die Kamerafunktion war schon eingeschaltet. Nicht so sehr wegen möglicher Einbrecher, sondern falls Kai Damenbesuch erwartete. Sie hoffte sehr, dass Kai Damenbesuch erwartete. Damit würde Sarah auch der Kauf eines Brautkleids erspart bleiben. Daran hatte sie die letzten Tage gar nicht mehr gedacht, das wartete morgen auch noch auf sie.

»Weißt du eigentlich, wo die Familie wohnt?«, fragte sie unschuldig.

»Im Haupthaus.«

Felicitas hoffte, er konnte im Dunkeln ihr Augenrollen nicht sehen. »Nein, ich meine …«, sie überlegte, wie sie es am unverfänglichsten ausdrücken konnte, »so Einbrecher können ja auch gefährlich sein.« Sie verdrängte

Benjamins Sorgen, das war sicher übertrieben gewesen. Unruhig rutschte sie auf ihrem Sitz nach vorn und schielte zu Rudis Hüfte. Er trug seine Waffe. Wenn sie nun wüsste, ob damit die Gefahr kleiner oder größer wurde …

»Kai als junger Mann kann sich vermutlich besser verteidigen als seine Eltern«, fuhr sie schließlich fort. In einem Raum, der nach Felicitas' Erinnerung über der Küche lag, brannte Licht, doch außer einem Fernseher war nichts zu erkennen. »Ist er das vielleicht dort?« In einem weiteren Fenster wurde das Licht eingeschaltet, und Simone Lemberg zog die Vorhänge zu. Damenbesuch bei Kai? Im Haus seiner Eltern, während er mit Sarah verlobt war? Nein, das war vielleicht doch eher nicht zu erwarten.

»Verteidigen?«, fragte Rudi, der auf ihre Frage nach Kai gar nicht einging. »Nein, nein, das brauchte er nicht. Die Einbrecher waren nicht im Haus.«

Felicitas ließ ihre Hand sinken. Sie fuhr sich mit der Zunge über die Lippen. »Nicht im Haus«, wiederholte sie. »Und was haben sie gestohlen?«

»Das ist das Merkwürdige an der Sache«, sagte Rudi. »Gestohlen wurde nur … Kraftfutter. Direkt aus dem Sack.«

Felicitas überlegte einen Augenblick. Dann sagte sie langsam: »Kannst du mir nochmal erklären, wo genau eingebrochen wurde?«

»Na, im Stall. Letzte Nacht zum dritten Mal.«

Im Stall. Bei den Schweinen. Um Kraftfutter zu … stehlen.

»Und wie wurde eingebrochen? Ich meine, so eine Stalltür ist ja meist nicht mit Panzerschlössern gesichert.«

»Nein, nein. Es gibt einen Riegel, der war herausgebrochen, jemand hatte die Tür mit Gewalt geöffnet. Als Simone Lemberg morgens die Schweine füttern wollte, hat sie das Unglück gesehen.«

Felicitas nickte und fragte, um ganz sicherzugehen: »Da war kein Schloss am Riegel, ja?«

»Wozu denn ein Schloss? Was soll man im Stall schon stehlen?«

»Das Kraftfutter offenbar.«

»In dem Fall ja, stimmt. Es wirkte beinahe wie … aufgefressen. Der Sack war zerrissen, das meiste Futter fehlte, und der Rest lag auf dem Boden verteilt.«

»Rudi …« Felicitas wählte ihre nächsten Worte sorgfältig. »Kann das vielleicht daran liegen, dass jemand das Futter aufgefressen *hat*?«

»Welcher Verrückte würde in einen Stall einbrechen, nur um sich mit Kraftfutter vollzufressen?«

Felicitas überlegte noch, was sie antworten sollte, als sie eine Bewegung am Waldrand wahrnahm. Sie fasste Rudi am Arm und deutete mit dem Finger auf die Gruppe Wildschweine, die sich gerade, die Nase am Boden, aus dem Wald hervortastete: vier ausgewachsene (oder fast ausgewachsene) Schweine, vermutlich Säue – wie hieß das noch bei Wildschweinen? Bachen? –, die mehrere Frischlinge im Schlepptau hatten. Felicitas unterdrückte ein entzücktes Quietschen. Es waren sechs an der Zahl, und trotz ihres zögerlichen Verhaltens schienen sie alles andere als scheu zu sein und folgten den größeren Wildschweinen auf den Bauernhof. Als im Lichtschein des Mondes plötzlich beeindruckende Hauer aufblitzten, war klar, dass eines der erwachsenen Tiere ein Keiler sein musste. Sie meinte zwar, irgendwo gelesen zu haben, dass Keiler Einzelgänger waren, aber vielleicht war er noch geduldet, solange die Frischlinge klein waren? Oder er war selbst noch jung? Wie so oft im Tierreich verließen die männlichen Tiere die Gruppe, wenn sie erwachsen waren, und stießen nur zur Paarungszeit wieder zu den Weibchen hinzu, die ihr ganzes Leben in einem Zusammenschluss verbrachten. Grinsend musste Felicitas an sich und ihre beiden Freundinnen denken.

Sie verfolgte mit ihrem Blick, wie die Wildschweine sich zielstrebig zum Stall bewegten. Fritz konnte jeden Moment wach werden und anfangen zu bellen, dachte sie kurz, aber da ja offenbar schon öfter »eingebrochen« worden und von den Lembergs die Missetat erst am nächsten Morgen bemerkt wurde, schien Fritz wohl nicht der beste Wachhund der Welt zu sein.

Die Frischlinge wuselten, auch ihre Nasen dicht am Boden, hinter ihren Müttern her. Ein Schwein im Stall grunzte, da stupste auch schon die erste Wildsau gegen die Stalltür. Nichts passierte, sie stupste erneut, nun wackelten Tür und Rahmen. Ermutigt folgte ein Stupser eines anderen Wildschweins, den man schon nicht mehr Stupser nennen konnte. Das Wildschwein rammte die Tür mehr oder weniger und traf sie nun offenbar im richtigen Winkel, denn durch das Gewackel splitterte links etwas am Rahmen, und der Riegel sprang aus seiner Verankerung. Freie Bahn für die Wildschweine.

»Da haben wir ja die Übeltäter«, sagte Felicitas, während sich die drei Wildschweine und ihr Nachwuchs am Kraftfutter gütlich taten.

»Ich glaube es nicht.« Mit offenem Mund verfolgte Rudi das Spektakel.

Felicitas knipste Beweisfotos.

»Hey!« Rudi öffnete die Autotür und lief, mit den Händen in der Luft rudernd, auf die Tiere zu.

»Bist du wahnsinnig?«, rief Felicitas. Sie war ein Stadtkind. Ihr war immer beigebracht worden, wie gefährlich Wildschweine sein konnten, vor allem, wenn sie Junge dabeihatten. Sah man das auf dem Land anders? Weil man den Umgang mit den Tieren gewohnt war? Rudi jedenfalls marschierte schimpfend auf den Stall zu.

Ob das wirklich eine gute Idee war? Die Wildschweine grunzten laut, und Felicitas fand nicht, dass sie sich freundlich anhörten.

Eines der Wildschweine kam aus dem Stall heraus und blinzelte Rudi aus seinen kleinen Äuglein arglistig an.

Felicitas ließ die Gummibärchentüte fallen, verhedderte sich kurz im Gurt und rutschte dann auf den Fahrersitz.

»Lily?« Rudi klang bei Weitem nicht so sicher wie gestern auf dem Fußballplatz.

Eines der Schweine setzte sich in Bewegung, und Felicitas drehte den Zündschlüssel.

»Lily?« Nun klang Rudi regelrecht ängstlich. Kein Wunder, die Wildschweine waren deutlich Furcht einflößender als eine drittklassige Fußballmannschaft. Neuntklassig, um ganz genau zu sein.

Felicitas legte den Rückwärtsgang ein, um erst einmal aus der ungünstigen Position zwischen den Büschen herauszukommen.

Das Schwein drehte einen Bogen um Rudi. Nun kam ein anderes Wildschwein, die Frischlinge dicht an der

Seite, aus dem Stall. Und plötzlich wurde das Grunzen lauter, auch das Quieken.

Jetzt hob auch der Keiler seine Schnauze, dessen Hauer ziemlich groß waren. Wenn er damit bei einem Angriff die Oberschenkelarterie aufschlitzte, verblutete man. Herrje, Rudi.

»Lily!« Rudis Stimme schrillte in die Höhe, und verdammt, sie bekam dieses Auto nicht so schnell ausgeparkt. Der arme Mann stand stocksteif da, während der Keiler langsam Anlauf nahm.

Jetzt!

Felicitas hatte es geschafft, nun noch der erste Gang und … Im letzten Moment hielt sie neben Rudi und stieß die zugefallene Fahrertür auf. Mit einem Satz sprang er ins Auto und landete auf ihrem Schoss. Gerade noch rechtzeitig. Das Wildschwein raste vorbei, wendete, gab ein wütendes Grunzen von sich, und Felicitas schloss die Tür. Mit einem dumpfen Geräusch prallte das Tier gegen das Auto, es wackelte.

»Oh Gott.« Rudi erschauerte.

Felicitas atmete tief durch, soweit das mit Rudis Gewicht auf ihrem Schoß möglich war. Grunzen, Getrappel, und Felicitas blickte nach draußen, wo sie gerade noch das gestreifte Fell des letzten Frischlings hinter ihnen im Wald verschwinden sah.

»Oh Gott«, wiederholte Rudi.

»Und ich dachte, ihr Dorfkinder wisst, wie man sich in der Natur verhält«, meckerte Felicitas und schob ihn ein Stück nach vorn. »Ich muss mal da …«, keuchte sie, aber er war noch nicht wirklich zur Kooperation fähig.

Kreidebleich im Gesicht saß er da, seine Hände hielt er ums Lenkrad geklammert. Der Motor lief noch. Felicitas sortierte ihre Beine, ließ sich auf den Beifahrersitz plumpsen und griff dann hinüber, um den Motor abzustellen.

»Du hast mir gerade das Leben gerettet.« Rudi drehte seinen Kopf zur Seite.

»Na na«, sagte Felicitas etwas hilflos. Sie fragte sich, was das Weiche unter ihren Füßen war. Die Gummibärchen. In diesem Moment wurde die Haustür geöffnet, und das gleißende Licht einer Taschenlampe erleuchtete den Hof.

»Was ist denn hier los?«, rief der Bauer über den Hof. Er trug einen blau gestreiften Pyjama, dazu Gummistiefel und eine Regenjacke. Mit der Taschenlampe leuchtete er auf die Windschutzscheibe Felicitas genau ins Gesicht, als er über den Hof auf sie zustapfte. Als Lemberg senior Rudi erkannte, ließ er die Lampe sinken und fragte erstaunt, aber weitaus freundlicher: »Was macht denn die Polizei hier?«

»Ich …« Rudi ließ das Fenster hinunter.

Fritz erschien schwanzwedelnd hinter dem Bauern und lief auf Felicitas zu, die nun die Beifahrertür öffnete und ihm die Flanke tätschelte.

»Wir haben den Fall des gestohlenen Kraftfutters gelöst«, erklärte Felicitas an Rudis Stelle, der noch nicht ganz einsatzbereit wirkte, so schlaff, wie er auf dem Fahrersitz hing.

»Ihr … Moment.« Jetzt strahlte ihr die Taschenlampe wieder genau ins Gesicht. »Kennen wir uns nicht?«, fragte der Bauer.

»Ich helfe Rudi«, sagte Felicitas ausweichend.

Nun hatte Rudi sich so weit wieder gefangen, dass er Lemberg auf seinen fragenden Blick hin die Geschichte mit den Wildschweinen erzählen konnte.

»Ich nehme an, es war in Ihrem Interesse, die Schuldigen laufenzulassen?«, fragte Felicitas, nachdem Rudi geendet hatte.

»Wildschweine?« Der Bauer kniff die Augen zusammen. »Die hätten wir doch …« Er machte eine Kopfbewegung, die nichts Gutes verhieß.

»Frischlinge«, sagte Felicitas. »Außerdem haben wir keinen Jagdschein, also nein, die hätten wir nicht …« Sie brach ab und presste die Lippen aufeinander. Für den Bauern war ein Schwein vermutlich wie das andere, ob im Stall oder außerhalb. Aber die kleinen gestreiften …

»Wir haben nicht die Lizenz zum Töten«, ergänzte Rudi nun. »Ihr könnt natürlich gern Anzeige erstatten, aber ich fürchte, die Übeltäter werden nicht das nötige Kleingeld aufbringen, um euch zivilrechtlich zu entschädigen.«

»Investieren Sie einfach in eine stabilere Stalltürverriegelung«, schlug Felicitas vor.

»Ja, das wird wohl das Beste sein«, sagte der Bauer.

»Dann wünsche ich Ihnen eine gute Nacht«, verabschiedete Felicitas sich, bevor sie die Beifahrertür schloss. »Und haben Sie keine Angst: Rudi sorgt für die Sicherheit in Wesebeck.«

Zurück in der Pension, musste sie noch ein weiteres Problem klären, bevor sie sich entspannt ins Bett legen konnte. Den ganzen Tag hatte es in ihrem Hinterkopf genagt. Lukas und Drogen. Lukas und Bali und Drogen,

Lukas' neue Freundin und die Todesstrafe. Er hatte bisher nicht zurückgerufen.

Sie spuckte die Zahnpasta aus, spülte nach, und trocknete sich das Gesicht ab.

Im Bett lehnte sie sich an ein Kissen und wählte seine Nummer.

Wie spät war es jetzt auf Bali? Und machte das etwas aus? Sie hatte den Eindruck, er feierte derzeit ohnehin durch. Vielleicht war fünf Uhr morgens gerade die beste Zeit, ihn zu erreichen.

»Lukas!«, rief sie erleichtert, als er dieses Mal endlich den Anruf beantwortete. »Zumindest bist du noch nicht im Gefängnis.«

»Jaja«, nuschelte er nur als Antwort. Seine Stimme klang leicht verzerrt. Es konnte an der Verbindung liegen oder an ihm selbst.

»Hast du meine Anrufe nicht gesehen?«, fragte Felicitas. »Hast du meine SMS bekommen? Moment, und bist du betrunken?«

»Jaja.«

Eindeutig betrunken oder Schlimmeres.

»Lukas, was ist da los bei dir?«

»Nichts. Wir feiern nur ein bisschen.«

»Todesstrafe!« Felicitas schrie beinahe in den Hörer.

»Jaja, ich weiß«, grummelte Lukas zurück. »Mach dir keine Sorgen. Wir haben nur einfach eine gute …« Sie konnte Schmatzen durch die Leitung hören, Küsse, schmatzende Küsse. »… einfach eine gute Zeit«, vervollständigte er seinen Satz.

»Du passt auf dich auf?«

»Sicher.«

»Und du lässt die Finger von Drogen?«

Sie konnte sein Augenrollen beinahe durchs Telefon hören. »Sicher.« Dann fügte er lebhafter hinzu: »Feli, ich genieße einfach das Leben. Ich habe zu mir gefunden, verstehst du das?«

»Du hast …«

»Meine wahre Bestimmung, den Sinn des Lebens, wie auch immer du es nennen willst. Jasmin ist unglaublich.«

»Das freut mich.«

»Einfach mal leben, Feli. Solltest du auch mal probieren! Nicht so viel nachdenken, nicht immer dem Geld hinterherrennen. Mehr in der Sonne liegen und oh, morgen beginne ich einen Tauchkurs.«

Ihr Bruder klang gar nicht mehr wie der nüchterne Steuerberater, der er früher gewesen war. Der Steuerberater, der sein Leben im Griff hatte und Felicitas Vorträge hielt, wie sie ihr eigenes in den Griff bekommen müsste.

»Ein Tauchkurs. Wie schön.« Sie fuhr sich mit der linken Hand über die Augen.

»Vielleicht mieten wir uns auch einen Katamaran und segeln nach Thailand!«

Er konnte genauso wenig segeln wie Kuchen backen. »Ich ruf wieder an«, sagte sie schließlich und legte auf.

So richtig beruhigend hatte das Gespräch nicht gewirkt. Aber unmittelbare Gefahr schien ihm nicht zu drohen, es hatte eher nach Hormon- als nach Drogenrausch geklungen. Trotzdem stellte sie ihr Handy so ein, dass im Nicht-Stören-Modus ein Anruf von Lukas durchgehen würde. Morgen würde sie nach Bali-Flügen googeln. Rein interessehalber.

Montag

»Guten Morgen«, begrüßte Benjamin sie, als sie schließlich den Frühstücksraum betrat. »Erfolgreich Einbrecher geschnappt?«

Obwohl sie noch nicht einmal einen Kaffee getrunken hatte, musste Felicitas kichern. »Zehn an der Zahl«, sagte sie fröhlich und schnappte sich ein Croissant aus dem Körbchen, das Benjamin in der Hand hielt. Dann setzte sie sich an ihren üblichen Tisch, wo schon ein Milchkaffee wartete, und erzählte ihm die ganze Geschichte.

»Bei diesem dicken Fang wird die Beförderung nicht lange auf sich warten lassen.« Benjamin lachte.

Felicitas lachte ebenfalls, das schlechte Gewissen verpasste ihr aber einen leichten Stich. »Na ja«, sagte sie und strich sich verlegen eine Strähne aus der Stirn. Gott, wie sollte sie das jemals richtigstellen?

In diesem Moment hörte sie Stimmen und näher kommende Schritte aus dem Flur. Sie sah auf.

»Du hast andere Gäste?« Felicitas biss sich auf die Zunge. Das hatte nicht so … anklagend klingen sollen. Außerdem meinte sie sich zu erinnern, dass er neulich von zwei anderen Gästen gesprochen hatte. Sie war ihnen nur bisher noch nicht über den Weg gelaufen.

Benjamin schien ihren Tonfall bemerkt zu haben, denn er antwortete leicht amüsiert: »Die Schmiede ist eine *Pension.*« Er richtete sich auf, um das Ehepaar zu begrüßen, das gerade den Frühstücksraum betrat, dann beugte er sich noch einmal schnell zu Felicitas hinunter und flüsterte ihr ins Ohr: »Aber du bist mit Abstand mein Lieblingsgast.«

Während er dem Ehepaar einen Tisch herrichtete, saß Felicitas mit einem breiten Lächeln, das sich aus irgendeinem Grund nicht abstellen ließ, vor ihrem eigenen Kaffee.

»Du hast nicht vergessen, dass ich dich heute unter die Leute bringen werde?«, sagte sie zu Benjamin, als er sich kurz darauf wieder zu ihr an den Tisch setzte.

»Was hältst du von einem Vormittag am See?«, fragte er. »Du arbeitest so viel, du könntest ein kleines bisschen Entspannung gebrauchen.«

Oh ja, der See war eine tolle Idee. Sie hatte zwar keine Ahnung, wie viele Wesebecker es sich leisten konnten, an einem Montagvormittag faul am See herumzuliegen, aber nach der aufregenden Nacht kam die Entspannung genau zum richtigen Zeitpunkt. Begeistert nickte Felicitas und versprach, in einer halben Stunde mit gepackten Sachen wieder unten zu sein. Dann sollte auch das Ehepaar fertig gefrühstückt und Benjamin Zeit haben.

Im Hotelzimmer zog sie sich den neuen Bikini an und drehte sich zweimal vor dem Spiegel. Wirkte ihr Hintern dick? Sollte sie sich ein Tuch um die Hüften binden? Bei diesem Gedanken fielen ihr Bilder von Hippie-Frauen am Strand ein, und sie setzte sich, um ihr Smartphone herauszuholen.

Ein Bali-Urlaub kostete ein Vermögen. Sie knabberte mit den Zähnen auf ihrer Unterlippe herum. Vielleicht, wenn sie ihre Mutter bat …?

Mama. Die hatte sie auch immer noch nicht über Lukas' Lebenswandel informiert. Aber dieses Telefonat würde sie jetzt nicht durchstehen. Abgesehen davon, hatte sie auch noch andere dringende Probleme zu lösen wie die Sache mit Sarah und Kai.

In ihrer Hand brummte das Smartphone, und Felicitas zuckte zusammen. Beim Aufleuchten des Displays zuckte sie erneut zusammen. Matthias. Ihr wurde heiß und kalt. Was wollte er? Sollte sie rangehen? Mit klopfendem Herzen streckte sie ihre Hand aus. Zog sie zurück.

Das Klingeln hörte auf. Sie starrte das Handy an.

Jetzt piepste es wieder, eine SMS. Die Nachricht bestand nur aus einem Wort: *Felicitas.*

Sie schluckte und beschloss, das Handy für den Rest des Vormittags auf dem Schreibtisch des Hotelzimmers liegenzulassen.

Als sie kurz darauf mit ihren Schwimmsachen nach unten kam, stand Benjamin schon an der Empfangstheke, ein Korb zu seinen Füßen, eine Decke unter dem Arm und ein Schild auf der Theke, das Gäste bei etwaigen Fragen oder Problemen anwies, seine Handynummer anzurufen.

»Alles klar bei dir?«, fragte er.

Sie nickte. Matthias hatte ihr das Herz gebrochen und ließ sie nicht zur Ruhe kommen. Ihr Bruder war zeitweilig unzurechnungsfähig geworden, und sie hatte weder die Zeit noch das Geld, sich darum zu kümmern. Zudem zogen sich die »Ermittlungen« in Bezug auf Sarahs Verlobten schleppend dahin. Aber jetzt wartete ein Vormittag am See mit Benjamin.

»Alles bestens«, sagte sie und lächelte.

Ein Problem nach dem anderen. Erst Sarah, dann Lukas. Ganz zuletzt Matthias.

Und zuerst Benjamin.

Er führte sie den kleinen Weg entlang, den Felicitas am Freitag auch schon gegangen war, brachte sie jedoch zu einer weiter entfernten Stelle als der, die sie gefunden hatte.

»Ist das schön hier!«

Ein kleiner Steg führte ins von Schilf umsäumte Wasser, das Gras war dicht und grün und teilweise von Bäumen überschattet.

Sie breiteten die Decke aus, und während Felicitas die Beine überkreuzte, sich mit den Armen hinter dem Rücken aufstützte und den Kopf in den Nacken legte, spürte sie der friedlichen Stimmung nach, die das Summen der Insekten und das leise Plätschern des Wassers hervorriefen. Sonst war weit und breit nichts und niemand zu hören.

»Das ist zwar nicht ganz das, was ich mit ›unter Leute bringen‹ gemeint hatte, aber es ist einfach wunderschön.« Felicitas seufzte.

»Wir fangen einfach mal mit zwei Leuten an«, sagte Benjamin. »Und vielleicht kommt ja noch jemand.«

Felicitas blickte in seine grünen Augen und dachte, dass sie mit zwei Leuten eigentlich ganz gut leben konnte.

Etwa zehn Minuten später kam dann aber tatsächlich noch jemand. Felicitas überlegte sich gerade, ob sie ins Wasser gehen sollte, als sie Schritte und Stimmen hörte. Es waren eindeutig Frauen, und als sich Babygebrabbel hineinmischte, hatte Felicitas auch eine Ahnung, wer es sein könnte.

Und richtig: Die beiden Mütter aus Ännes Lädchen schlenderten heran, die eine mit Kinderwagen, die andere wie schon letzte Woche mit dem Baby in einem Tragetuch. Sie grüßten Benjamin kurz, der freundlich lächelte und die Hand hob.

Felicitas, die sich neben Benjamin auf den Rücken gelegt und verträumt die wenigen Wolken betrachtet hatte, setzte sich auf. Mit einem Mal war die idyllische Ruhe, die sie umgeben hatte, wie weggeblasen. Jetzt wurde es spannend. Vielleicht konnte sie weitere Details über Hannah erfahren.

»Eine Polizistin hat niemals Feierabend«, sagte Benjamin und grinste in Richtung der beiden Frauen, die gerade Handtücher ausbreiteten. »Aber ich kann mir kaum vorstellen, dass Vicky und Juliane Drogen verkaufen.« Er zog belustigt die Augenbrauen hoch.

Ertappt wandte Felicitas sich ab und zuckte betont lässig mit den Schultern. »Du glaubst gar nicht, was die sich heutzutage alles einfallen lassen. Niedliche Omis als Drogenkuriere von Kolumbien nach Deutschland …«

»Ich hab die beiden in den letzten Jahren auch aus den Augen verloren«, gab Benjamin zu. »Wer weiß, ob sie nicht zu Jüngern Walter Whites geworden sind.«

Felicitas hatte *Breaking Bad* zwar nie gesehen, wusste aber, dass der Lehrer Walter White in der US-Serie unfreiwillig zum Drogenboss aufstieg. Sie knuffte Benjamin leicht in die Seite. »Mach dich nicht lustig«, sagte sie. »Wenn deine Gäste bald alle Goldzähne und Waffen tragen, wirst du dir noch wünschen, mich besser unterstützt zu haben.«

Er lachte, ließ sich zurück nach hinten sinken und stützte sich mit den Ellenbogen ab. Mit einem Grashalm in der Hand beobachtete er Felicitas, die wiederum versuchte, ihre Aufmerksamkeit auf Vicky und Juliane zu lenken, was ihr jedoch nur bedingt gelang.

Das Gesprächsthema der beiden war Babyturnen, was Benjamin mit »sehr verdächtig« kommentierte. »Könnte ein Codewort sein«, flüsterte er.

Felicitas musste lachen und ließ sich neben ihn sinken. »Vielleicht für Marihuana-Plantagen«, flüsterte sie zurück.

»Rudis Frau kommt ja nicht mehr«, sagte die Sportliche – Vicky, wenn Felicitas Benjamin richtig verstanden hatte – gerade.

»Jetzt schneidet sie uns auch.« Juliane schüttelte den Kopf. »Als ob wir ihr ihren Rudi ausspannen würden. Die spinnt doch.«

»Na ja, bei Hannah …«

Diese Hannah. Beinahe hätte Felicitas zustimmend genickt.

»Ach, als ob Rudi sich das trauen würde. Der hat doch viel zu viel Angst.«

»Vor Hannah sowieso.« Beide Frauen kicherten.

»Wie die das immer schafft bei den Typen«, sagte Juliane.

»Sex.« Vicky nickte wissend.

»Ja, Sex, okay, aber das ist doch auch nicht alles.«

Vicky sah sich zu Benjamin und Felicitas um, kniff misstrauisch die Augen zusammen und beugte sich dann zu ihrer Freundin vor, um ihr etwas ins Ohr zu flüstern.

»Echt jetzt?« Erstaunen, Überraschung und eine feine Röte überzogen Julianes Gesicht. Auch sie blickte sich schnell zu Felicitas und Benjamin um.

Was hatten die beiden auch immer zu tuscheln! Zu gern hätte Felicitas noch mehr erfahren, aber offenbar fühlten sich die Frauen ertappt, denn das Thema war ganz offenbar erledigt. Für die nächsten Minuten sagte keine von ihnen etwas, bis sie beschlossen, sich mit den Babys ans Ufer zu setzen und ein bisschen im seichten Wasser zu plantschen.

Nun waren sie leider außer Hörweite, und näher heranrücken traute Felicitas sich nicht, das wäre wirklich zu auffällig.

»Hannah hat's faustdick hinter den Ohren«, wisperte Felicitas Benjamin zu.

»Du bist absolut auf dem neuesten Stand, was den Dorftratsch angeht«, gab er zurück. »Ziel erreicht: Du hast mich unter die Leute gebracht. Ich weiß deutlich mehr über Hannah, als ich je wissen wollte.«

Felicitas musste lachen.

Sie beschlossen, eine Runde zu schwimmen. Das Wasser war angenehm frisch, aber nicht kalt, und nur sehr selten kitzelte eine Wasserpflanze ihre Beine.

Sie schwammen bis zur Mitte des Sees und wieder zurück, was Felicitas bei dessen Größe auch reichte. Prustend und mit hochrotem Kopf wollte sie sich nicht unbedingt neben Benjamin abstrampeln.

Zurück am Ufer ließen sie sich eine Weile von der Sonne trocknen, und schließlich packte Benjamin den Korb aus, den er mitgebracht hatte.

Antipasti, frisches Landbrot, Erdbeeren zum Nachtisch. Wie alles bei ihm schmeckte auch das Picknick einfach fantastisch.

Irgendwann, die Sonne war schon ein ganzes Stück über den Himmel gewandert, warf Felicitas einen Blick auf die Uhr.

»Ich muss leider los.« Felicitas seufzte. Zu gern wäre sie hier mit Benjamin liegengeblieben. Aber wenn sie rechtzeitig in Dortmund sein wollte, um Sarah beim Aussuchen ihres Brautkleids zu helfen, musste sie aufbrechen.

Es war seltsam, das Ortsausgangsschild zu passieren. Als ob sie etwas Vertrautes, Liebgewonnenes hinter sich lassen würde. Sie war erst eine knappe Woche in Wesebeck, trotzdem fühlte sie sich schon wie zu Hause. Verrückt.

Kopfschüttelnd gab sie Gas, erinnerte sich jedoch rechtzeitig an Rudi und fuhr mit siebzig Stundenkilometern auf der kurvenreichen Strecke weiter.

Dortmund war wirklich eine andere Welt. Kein Vergleich zur Gemütlichkeit Wesebecks. Überall Autos, Menschen, Chaos, Lärm. Felicitas liebte Dortmund, hatte immer hier gewohnt. Für das Land hatte sie höchstens mal einen Ausflug mit ihrer Mutter, meist aber nur ein müdes Lächeln übrig gehabt. Und jetzt? Sehnte sie sich nach der Ruhe und dem Frieden in Wesebeck. Wie hatte sich dieses kleine Dorf in dieser einen Woche so sehr in ihr Herz schleichen können?

Vielleicht waren es auch die Menschen, dachte sie.

Kannte sie von einem ihrer Nachbarn in Dortmund den Namen?

Als sie ihr Auto vor dem Haus abstellte, winkte Violeta schon durch die Scheibe ihres Friseursalons. Felicitas musste lächeln. Sie stieg aus und schalt sich selbst wegen ihrer dummen Gedanken. Wesebeck war nett und friedlich, das mochte sein, aber ihr Zuhause war Dortmund. Sie würde höchstens noch ein paar Tage in Wesebeck verbringen und dann in ihr altes Leben zurückkehren. Warum sie in diesem Augenblick ein bisschen traurig wurde, konnte sie sich selbst nicht erklären. Aber dann hatte sie auch keine Zeit mehr darüber nachzudenken, denn Violeta kam aus der Tür ihres Ladens herausgestürmt, während gleichzeitig Sarahs roter Corsa vor Felicitas' Golf einparkte.

»Los, steigt ein!«, rief Sarah. »Wir sind eh spät dran!«

Und mit diesem Satz war Felicitas' Laune wieder gerettet. Brautkleid-Shopping! Wenn das nicht aufregend war. Auch wenn sie hoffte, dass das Kleid nicht zum Einsatz kam.

Sie warf sich auf den Beifahrersitz und umarmte Sarah zur Begrüßung.

»Ich bin schon so gespannt«, sagte sie.

Violeta stieg hinten ein, dann fuhren sie los.

»Wo treibst du dich in letzter Zeit eigentlich dauernd rum?«, fragte Sarah an Felicitas gewandt. »Ich wollte dich jetzt zweimal besuchen. Und Violeta hatte keine Ahnung.«

Felicitas sah zu Violeta, die ihr einen durchdringenden Blick zuwarf.

»Ich … äh …«, stotterte Felicitas.

»Du hast dich doch nicht von Matthias bequatschen lassen, oder?« Sarah fasste sie am Arm. Sie wirkte ehrlich entsetzt.

»Nein.« Erleichtert schüttelte Felicitas den Kopf. Hier konnte sie ausnahmsweise mal die Wahrheit sagen.

»Okay, und dann?«, hakte Sarah nach. »Hast du einen Neuen?«

Auch das musste Felicitas verneinen, und weil Sarah langsam ungeduldig wurde, antwortete sie mit einem Seufzer: »Es gibt eben viel vorzubereiten. Ich bin schließlich deine Trauzeugin.« Und das war nicht einmal gelogen.

»Ach, du bist so süß!« Sarah lächelte. »Aber mach dir keine Umstände. Für meinen Junggesellinnenabschied brauche ich ein paar Cocktails und mehr nicht. Keine Stripper, keine Extravaganzen.«

Felicitas versuchte zu lachen. Es klang ziemlich künstlich. Violeta sah sie ungläubig an.

»Was?«, flüsterte Felicitas, als Sarah durchs Navi abgelenkt war.

Aber ihre Mitbewohnerin schüttelte nur den Kopf.

»Wir sind da!« Kurze Zeit später parkte Sarah am Straßenrand und stellte den Motor ab. »Der Laden ist mir im Internet empfohlen worden, von einer Seite namens Last-Minute-Bräute.«

»Sowas gibt's.« Es war mehr eine Feststellung, denn eine Frage von Violeta.

Felicitas schnallte sich ab, und gemeinsam betraten sie den sehr in weiß dekorierten Laden. Hoffentlich gab es keine Schokolade, mit der würde sie garantiert irgendwo Schokoflecken hinterlassen. Außer natürlich, sie war auch weiß.

Begrüßt wurden sie von einer sehr kleinen, sehr blonden und sehr aufgeregten Ladenbesitzerin.

»Wann ist es denn soweit?«, fragte sie und umarmte Sarah. Dabei musste sie sich auf die Zehenspitzen stellen.

»In knapp zwei Wochen.«

Die Aufregung der kleinen Blondine, die sich als Teresa vorstellte, stieg noch um ein paar Stufen. »Du hattest ja schon am Telefon last minute gesagt, aber das ist ja im Grunde schon *last second.*«

Sowas von last second. Völlig unüberlegt, Hals über Kopf, blindlings. Ob Kai schon seinen Anzug hatte oder einfach einen vom letzten Mal recycelte? Ein bisschen gehässig fühlte Felicitas sich schon und versuchte daher, ihr schlechtes Gewissen zu unterdrücken. Es war doch zehnmal besser, vor als nach dem Ja-Wort zu erfahren, ob der zukünftige Ehemann die zukünftige Ehefrau betrog.

Teresa flog zwischen Kleiderständern hin und her, hielt hier ein Kleid in die Höhe, dann wieder dort. »Die Schneiderin sparen wir uns, das mach ich selbst«, informierte sie Sarah. »Ich kann das. Ich habe nur meist keine Lust.«

»Klingt vernünftig.« Violeta setzte sich auf das weiße Plüschsofa und schlug die Beine übereinander. »Aus dem Grund habe ich beschlossen, eine Azubine einzustellen. Die darf die Dauerwellen übernehmen.«

Felicitas setzte sich neben sie, und zusammen sahen sie der hektischen Teresa zu, wie sie alle Kleider zusammensammelte, die man last minute – »Last nanosecond!«, wisperte Teresa jetzt – für Sarah passend machen konnte.

»Immerhin besteht kaum Gefahr, dass Sarah noch großartig zu- oder abnimmt«, versuchte Violeta offenbar das Positive zu sehen.

Teresa hielt inne. »Ich habe euch noch nichts angeboten! Latte Macchiato? Cappuccino? Sekt?«

»Gern«, sagte Violeta.

»Einen Latte, zwei Cappuccino, drei Sekt«, konkretisierte Felicitas. Sie trank Latte Macchiato, ihre Freundinnen bevorzugten weniger Milch. Zu einem Sekt hatte noch keine von ihnen Nein gesagt. Die Fahrerin durfte nur einen halben, dafür bekamen die anderen dann zwei Schlucke mehr.

Teresa schob Sarah mit einem Bündel Kleider in eine geräumige Umkleidekabine, dann verschwand sie selbst in ein Nebenzimmer, aus dem sie wenig später die Kaffeemaschine hören konnten.

Felicitas sah sich im Raum um: überall Hochzeitskleider, Hochzeitsdeko, Schuhe. Als sie mit Matthias zusammen war, hatte sie manchmal heimlich davon geträumt und war an jedem Brautmoden-Schaufenster langsamer vorbeigegangen. Und dann … sie schnaubte leise und drehte sich im Raum. Wer wusste schon, wie lange Sarah ihre Träumereien noch genießen konnte.

Kurz dachte sie an Benjamin und seine Katrin. Wie war das bei ihnen gewesen? Die Hochzeitsvorbereitungen? Sicher nicht so hektisch, sicher wohlüberlegt, sicher mit ganz viel gegenseitiger Liebe. Weshalb sie nun wehmütig wurde, war ihr auch nicht ganz klar.

Violeta, die sich eine der Zeitungen mit Frisurvorschlägen vom Couchtisch vor ihnen geschnappt hatte, riss Felicitas aus ihren Gedanken.

»Bei dunklen Haaren kann man wunderbar mit eingeflochtenen Perlen oder Bändern arbeiten«, erklärte sie, und Felicitas nickte und besah sich mit ihr die Frisuren, von denen Violeta ungefähr zwanzig mit den Worten »furchtbar«, »grauenhaft«, »was für Anfänger« einschätzte. Schließlich legte sie einen Finger auf eine Hochsteckfrisur, bei der Felicitas zu den vorherigen den Unterschied nicht ganz ausmachen konnte, die aber von Violeta mit »Das würde Sarah stehen« kommentiert wurde. »Man müsste hier und da noch etwas ändern, so kann ich das nicht übernehmen, aber im Großen und Ganzen ist das okay.« Sie nickte zufrieden und fotografierte die Seite ab.

Teresa kam mit einem Tablett voller Getränke wieder, genau in dem Augenblick, als Sarah mit dem ersten Kleid aus der Umkleidekabine kam, oder besser gesagt: als das Kleid mit Sarah aus der Umkleidekabine kam.

Violeta starrte sie mit offenem Mund an. Felicitas ging es nicht viel anders. Vor ihr stand eine große, fluffige … Kugel. Mit vielen kleinen eingenähten Glitzerpunkten.

»Oh Gott«, sagte Violeta schließlich.

»Vielleicht ein bisschen viel … Tüll?« Sarah konnte nicht einmal ihre Arme an den Körper legen.

»Der Traum jeder sechsjährigen Ballerina«, kommentierte Felicitas.

»Ist halt wirklich last minute.« Professionell zuckte Teresa mit den Schultern.

Violeta legte eine Hand über die Augen und wedelte mit der anderen. »Geh dich bloß wieder umziehen.«

»Ich glaub, ich brauch Hilfe.« Sarah versuchte, trotz der Tüllhindernisse, mit den Armen nach ihrer Kaffeetasse zu greifen, was ein bisschen so aussah, als würde ein T-Rex Tee trinken wollen.

Schließlich führte Teresa Sarah zurück in die Umkleide, um ihr das Tüllungetüm auszuziehen und mit dem nächsten Kleid zu helfen.

Während die beiden beschäftigt waren, stupste Violeta mit ihrem Fuß Felicitas leicht an. »Wie ist denn der Stand der Dinge so?«

»Wesebeck ist total schön«, flüsterte Felicitas. »Und Benjamin supernett. Ich hätte ja nicht gedacht, dass …«

»Mit dem Zukünftigen«, unterbrach Violeta sie und deutete mit dem Kopf Richtung Umkleidekabine.

Natürlich, Kai. Der Grund ihrer Mission. Der Vormittag mit Benjamin hatte sie ganz durcheinandergebracht.

»Bisher noch nichts«, beantwortete sie schließlich die Frage. Als Violeta daraufhin den Mund öffnete, um sie zweifellos zum Abbruch ihres Unternehmens zu überreden, fügte sie schnell hinzu: »Aber es ist nur eine Frage der Zeit.«

Violeta schüttelte den Kopf und wollte etwas sagen, aber da öffnete Teresa die Tür der Umkleidekabine, und Sarah kam heraus.

»Schon besser«, sagte Felicitas.

»Das sieht zumindest aus wie ein Kleid«, war Violetas Meinung.

»Ja, nicht wahr? Das geht.«

»Was für ein uneingeschränktes Lob. ›Es geht‹.«

Felicitas musste grinsen. Etwas anderes fiel ihr allerdings auch nicht ein. Es war ein … Kleid. Ganz nett. Nicht hässlich.

»Nächstes.« Violeta wedelte mit der Hand.

Die Prozedur wiederholte sich noch viermal – das Kleid, das zur von ihr kreierten Hochsteckfrisur passen sollte, musste etwas ganz Besonderes sein – bis Teresa ankündigte, dass das nächste Kleid nun auch gleichzeitig das letzte sein würde. Mehr Last-minute-Näh-Angebote hatte sie nicht.

»Letzte Chance«, sagte Sarah, bevor sie in den Raum trat. Das Kleid, das sie trug, hatte einen wunderschönen Schnitt – A-Linie, so viel *Tüll und Tränen* hatte Felicitas gesehen –, der Sarahs umwerfende Figur umschmeichelte. Kein Glitzer, keine Pailletten, der schlichte Schnitt sprach für sich. Und das cremefarbene Weiß des Stoffes brachte Sarahs gebräunte Haut wunderbar zur Geltung.

»Wie für dich gemacht«, flüsterte Felicitas und stand auf.

»Es ist perfekt.« Auch Violeta erhob sich, ging auf Sarah zu und hielt probeweise ihre dunklen Haare hoch.

»Wirklich?« Sarah lachte nervös, dann drehte sie sich vor dem Spiegel hin und her.

»Es steht dir unglaublich gut«, sagte auch Teresa und zupfte hier und dort noch eine imaginäre Falte zurecht.

Violeta ließ Sarahs Haare los, Sarah selbst ließ ihren Rock los und stand einfach nur noch ganz still vor dem Spiegel, um sich in Ruhe zu betrachten. Ein Lächeln breitete sich auf ihrem Gesicht auf. »Ich habe mein Hochzeitskleid«, sagte sie schließlich. »Jetzt kann nichts mehr schiefgehen.«

Nachdem Teresa Maß genommen und noch den Saum und ein wenig an der Taille abgesteckt hatte, wurden die Braut und ihre Freundinnen entlassen.

Violeta überredete Felicitas und Sarah, auf den Kauf des Kleides noch einen richtigen Kaffee zu trinken. »So nett Teresa war, der Cappuccino war eine Katastrophe«, stimmte Sarah ihr zu, und so fanden sie sich kurze Zeit später in Dortmund im Café Hellweg wieder, ihrem Lieblingscafé. Es lag nicht weit von Violetas und Felicitas' gemeinsamer Wohnung entfernt.

»Ich werde weiterhin in Dortmund arbeiten«, erzählte Sarah von ihren Zukunftsplänen. »Das ist natürlich blöd, eine Stunde zur Arbeit zu fahren. Aber anders geht es im Moment nicht.«

»Knapp anderthalb«, korrigierte Felicitas automatisch.

»Hin und zurück beinahe drei Stunden.« Violeta schüttelte sich.

Felicitas musste lachen. »Wie gut, dass dein Friseursalon gleich bei uns im Haus ist. Nicht auszudenken, wenn du drei Querstraßen zu Fuß gehen müsstest.«

»In diesen Schuhen?« Violeta deutete auf ihre roten Pumps.

In solchen habe ich einen ganzen Abend gekellnert, dachte Felicitas.

»Jedenfalls muss ich mir da noch eine dauerhafte Lösung überlegen. Wesebeck hat ja keine Zeitung«, fuhr Sarah fort.

»Du könntest eine gründen!«, schlug Felicitas vor.

»Dann wärst du auch sofort Chefredakteurin«, sagte Violeta. »Dein gewünschter Karrieresprung ist gleich dabei.«

Doch anstatt zu lachen, schaute Sarah nur angestrengt in ihre Kaffeetasse.

»Was ist los?«, fragte Felicitas.

»Nichts.« Sarah versuchte sich an einem Lächeln. »Es ist nur: Das Wichtigste am Journalismus ist es ja, schnell reagieren zu können. Aber wenn's in Dortmund brennt, ist das Feuer längst gelöscht, bis ich aus Wesebeck vor Ort bin.«

Felicitas sah zu Violeta, die ihren Blick mit einer warnend hochgezogenen Augenbraue erwiderte.

»Vielleicht kannst du nach Münster wechseln«, versuchte Felicitas ihre Freundin aufzumuntern. »Dahin ist es nicht ganz so weit.«

Irgendwo läutete eine Kirchenglocke. Ach herrje, es war ja schon sieben!

Auch Violeta sah auf die Uhr. »Oh, sollen wir eigentlich noch was essen? Zur Feier des Tages?«, fragte sie. »Hier um die Ecke gibt es doch dieses tolle Tapas-Restaurant.«

Felicitas hatte mit Benjamin nichts ausgemacht, aber vielleicht wartete er mit dem Abendessen auf sie?

Offenbar musste Sarah ihr die Unruhe angesehen haben. »Willst du noch weg?«, fragte ihre Freundin. »Eine Verabredung?«

Genaugenommen war es keine. Sie hatte sich nur schon so an die gemeinsamen Abende gewöhnt.

»Benjamin, hm?«, fragte Violeta.

»Wer ist Benjamin?« Sofort wurde Sarah hellhörig.

»Oh, das ist nicht so, wie du denkst. Ich habe ihn doch gerade erst kennengelernt.« Sie durfte sich keinesfalls verplappern. Wenn auch nur das Wort Wesebeck fiel oder Sarah irgendwie anders Verdacht schöpfte ... »Wir sind nur Freunde.«

»Ich muss alles wissen.« Sarahs Augen leuchteten.

»Das erzähl ich gleich beim Essen«, versprach Felicitas ihr mit schlechtem Gewissen. »Ein Brautkleid-Kauf muss gefeiert werden!« Sarah war ihre beste Freundin. Das war jetzt wichtiger als das Abendessen mit Benjamin.

»Solange du weißt, was du tust«, bemerkte Violeta. Über dem Lächeln funkelten ihre Augen drohend.

»Im Gegensatz zu gewissen anderen Leuten weiß ich das«, gab Felicitas zurück. Auf Sarahs verwirrten Gesichtsausdruck hin fügte sie schnell hinzu: »Mein Bruder hat seinen Job gekündigt und ist nach Bali gezogen.« Um den machte sie sich genug Sorgen, also war das nur eine halbe Lüge.

»Ach du liebe Zeit!« Sarah wirkte immer noch verwirrt, nun aber hauptsächlich besorgt.

»Ich seh mich schon dorthin fliegen und ihn mit Gewalt in den nächsten Flieger nach Hause schubsen.« Felicitas seufzte und fuhr sich durch die Haare.

»Man hat's nicht leicht«, sagte Violeta spitz.

»Mensch, Feli.« Sarah drückte ihren Arm. »Das ist blöd, das versteh ich. Aber du kannst nicht jedem helfen. Lass ihn seine Fehler selber machen.«

Violeta nickte nachdrücklich.

Felicitas drehte sich nach dem Kellner um.

Es war längst dunkel, als Felicitas die Landstraße von Lengenhausen nach Wesebeck entlangfuhr. Rechts und links säumte ein Wald den Weg. Ausnahmsweise war sie nicht mit erhöhter Geschwindigkeit unterwegs, diesmal jedoch nicht aus Angst vor Rudi: Eine Gruppe Wildschweine wollte sie nur ungern überfahren.

Der Nachmittag mit ihren Freundinnen wirkte noch nach. Es war so schön gewesen mit Sarah und Violeta, vor allem Sarah hatte so glücklich und gelöst gewirkt, und Felicitas sich selbst in der Rolle der Trauzeugin immer wohler gefühlt.

Vielleicht … vielleicht war ihr ganzes Misstrauen fehl am Platz gewesen? Bis jetzt hatte sie nichts Schlechtes über Kai erfahren, er hatte nicht ein einziges Mal in ihrer Gegenwart mit anderen Frauen geflirtet. Die Sache mit Helena war längst vorbei, für Conny schien er sich auch nicht allzu sehr zu interessieren, und Hannah hatte Felicitas längst selbst ausgeschlossen.

Sie knabberte an ihrer Unterlippe. Vielleicht war es an der Zeit einzusehen, dass Sarah zu Kai gehörte. Vielleicht war es an der Zeit, ihre Undercover-Aktion an den Haken zu hängen. Nach Dortmund zurückzukehren und Sarah aus vollem Herzen zur bevorstehenden Hochzeit zu gratulieren.

Es war nicht mehr weit bis zur Pension, und Felicitas so in Gedanken versunken, dass sie beinahe vor Schreck ins Schleudern geraten wäre, als jemand in einiger Entfernung im Scheinwerferlicht über die Straße lief. Das war doch ein Mensch! Kein Wildschwein, kein Reh, ganz eindeutig ein Mensch.

Felicitas fuhr vorsichtig weiter und fragte sich, ob es tatsächlich Einbrecher gab in Wesebeck. Denn was sollte man mitten in der Nacht mutterseelenallein auf der Landstraße zu tun haben? (Außer natürlich man gab sich als Violeta aus und nahm eine Mitfahrgelegenheit nach

»Hause« ins beschauliche Lengenhausen wahr. Aber das schloss sie in diesem Fall einfach mal aus.)

Als sie zu der Stelle kam, an der die Person ungefähr die Straße überquert hatte, blickte Felicitas nach links zwischen die Bäume.

Hannah. Das war doch Hannah!

Felicitas wandte ihre Augen wieder der Straße vor ihr zu. Okay, es war dunkel, okay, sie hatte nur einen kurzen Blick erhaschen könne, aber sie war sich ziemlich sicher, dass die Person dort Hannah gewesen war. Hm. Hannah im Wald, allein, mitten in der Nacht. Was sie dort wohl tat? Vielleicht führte sie mit ihrer Freundin Ruth ein Hexenritual durch, dachte Felicitas grinsend.

Ein kleines Stückchen die Straße hinunter näherte sie sich langsam immer mehr dem Lemberg-Hof. Plötzlich durchfuhr sie ein Gedanke: Und was, wenn Hannah eben *nicht* allein war?

Auf dem Hof war alles finster, Fritz und die Schweine schienen ebenfalls zu schlafen.

Nein. Hannah war ganz sicher nicht allein im Wald. Was wollte sie denn da? Pilze suchen? Beinahe hätte Felicitas laut aufgeschnaubt.

Kurzentschlossen trat sie auf die Bremse, drehte um und parkte ihren Wagen an der nächsten Ausbuchtung.

So leise wie möglich schloss sie die Autotür, dann schlich sie Hannah hinterher – oder besser gesagt, dorthin, wo sie vermutete, dass Hannah hingegangen war.

Der Mond schien zwar recht hell, aber durch die Bäume war es im Wald dennoch stockfinster, und Felicitas strauchelte einige Male, weil sie sich nicht traute, ihre

Taschenlampe am Smartphone zu aktivieren. Sobald Hannah sie sah, wäre ihre ganze Aktion für die Katz.

Also tastete sie sich vorsichtig Schritt um Schritt vorwärts, immer in der Hoffnung, durch ein Geräusch, einen Lichtschein, irgendetwas darauf aufmerksam zu werden, wo Hannah sich gerade befand. Wahrscheinlich lief sie gerade orientierungslos im Kreis. So ein Mist. Der Gedanke an die Wildschweine schoss ihr durch den Kopf. Hoffentlich befand die Rotte sich in einem anderen Teil des Waldes.

Als sie einen Zweig knacken hörte, zuckte sie zusammen. Dann blieb sie stocksteif stehen und hielt den Atem an. Ein schmaler Lichtschein bewegte sich in ihre Richtung, offenbar auch ein Handy. Felicitas zog sich hinter einen Baum zurück und hatte Glück: Hannah – oder jemand anders? – entdeckte sie nicht und marschierte an ihr vorbei. Die Schritte waren kräftig, beinahe plump, und Felicitas war sich sicher, dass diese zweite Person ein Mann sein musste. Kai! Hatte sie es doch gewusst! Und beinahe hätte sie sich einlullen lassen von der ganzen Brautkleid-Romantik. Dabei war Kai, wie sie die ganze Zeit befürchtet hatte, in Wirklichkeit ein betrügerischer Mistkerl.

Unwillkürlich ballte sie die rechte Hand zur Faust, dann konzentrierte sie sich auf die vor ihr liegende Aufgabe: ihm unauffällig zu folgen.

Die Schwierigkeit lag nicht im Folgen selbst, sondern vor allem darin, leise zu sein, stellte Felicitas schnell fest. Aber solange Kai sein Handy eingeschaltet ließ, konnte sie sich an dem schwachen Lichtschein orientieren und ihm genügend Abstand lassen.

Sie strauchelte ihm eine Weile durch den Wald hinterher. Tagsüber wäre die Strecke vermutlich in unter fünf Minuten zu bewältigen, aber selbst Kai mit seiner Taschenlampe brauchte seine Zeit.

Schließlich jedoch verschwand er zwischen zwei Bäumen, und das Licht erlosch. Offenbar waren sie am Ziel angelangt.

Langsam, ermahnte Felicitas sich selbst, jetzt nur nichts überstürzen. Schritt um Schritt schlich sie vorwärts, immer darauf bedacht, so wenig Geräusche wie möglich zu machen. Sogar ihren Atem versuchte sie möglichst flach zu halten. Schließlich blieb sie hinter einem dicken, rissigen Baumstamm stehen, der ihr genug Sichtschutz bot, um hervorzulugen. Vor ihr lag eine Lichtung, und deshalb hatte Kai wohl die Handytaschenlampe ausgeschaltet. Hier gaben die Bäume den Blick auf den Himmel frei. Zwar wurde der Mond immer wieder von Wolken verdeckt, dennoch konnte Felicitas klar und deutlich erkennen, dass sie mit ihren Vermutungen richtiggelegen hatte: Dort auf der Lichtung, das waren Hannah und Kai.

Kai. Wütend presste Felicitas die Zähne aufeinander. Einmal Frauenheld, immer Frauenheld. Mit allen Befürchtungen hatte sie richtiggelegen, mit allen Ängsten und Sorgen um Sarah. Meine Güte, arme Sarah, ihr wunderschönes Brautkleid und … Felicitas kniff die Augen zusammen. Was auch immer da los war, ein berufliches Treffen war es garantiert nicht. Nicht mitten in der Nacht, und schon gar nicht mitten im Wald.

Weshalb sie sich allerdings mitten im Wald trafen, war ihr ein Rätsel. Dass der Lemberg-Hof nicht der passendste Ort war – geschenkt. Aber besaß Hannah etwa keine Wohnung? Außer natürlich, falls Hannah ebenfalls liiert war … An diese Möglichkeit hatte Felicitas noch gar nicht gedacht, bisher hatte auch noch niemand etwas zu dem Thema erwähnt. Vielleicht sollte sie da noch einmal nachforschen.

Zunächst aber zog sie, gut durch den Baum geschützt, ihr Handy aus der Tasche und schirmte es mit der Hand ab, als sie die Helligkeit ganz herunterregelte. Sie musste ein Foto ohne Blitz machen, auch auf die Gefahr hin, dass dann nichts zu sehen war. Durch einen Blitz würde sie sofort entdeckt werden, das konnte sie nur riskieren, wenn Hannah und Kai in einem Augenblick vollkommener Leidenschaft die Umgebung ringsum vergaßen. Vollkommene Leidenschaft. Erneut presste Felicitas die Zähne aufeinander. Es war ein äußerst unbefriedigendes Gefühl, recht zu behalten, stellte sie fest, als sie das Smartphone nach vorn richtete.

Auch wenn Hannah und Kai derzeit noch züchtig auf einem Baumstamm saßen und die Finger voneinander ließen, die Stimmung würde nicht lange halten. Von dem, worüber sie sprachen, bekam Felicitas nur Wortfetzen mit. Sie überlegte, etwas näher heranzuschleichen. Aber letztlich war es ihr auch egal, ob sie sich gegenseitig ihre Liebe gestanden oder Small Talk über das Rathaus führten, wichtig waren Berührungen, Küsse oder mehr.

Ihr Gespräch dauerte an. Etwas krabbelte an Felicitas rechter Wade hoch, und sie unterdrückte einen Aufschrei, als sie versuchte, das Tier lautlos abzustreifen. Hoffentlich war es keine Spinne. Als plötzlich etwas Weiches sie am linken Knöchel berührte, konnte sie nicht verhindern, nach Luft zu schnappen. Sofort schlug sie sich die Hand vor den Mund und sah ängstlich zur Lichtung. Aber die beiden waren immer noch in ihr Gespräch vertieft, nur mittlerweile ein Stück zueinander gerutscht. Verdächtig.

Felicitas' Herzschlag hatte sich gerade wieder beruhigt, da nahm Kai tatsächlich Hannahs Hand. Dieser Mistkerl! Der würde was erleben! Sarah würde ihn hochkant hinauswerfen und Felicitas selbst würde ihm … sie würde … Jetzt legte Hannah ihre Hand auf Kais Knie. Felicitas knipste ein Foto. Die beiden beugten sich vor, zueinander, und jeden Moment würde es zum Kuss kommen, jeden Augenblick würden diese Betrüger übereinander herfallen und Felicitas ein lupenreines Beweisfoto besitzen.

Mit lautem Gegrunze raste plötzlich ein Wildschwein über die Lichtung. Hannah schrie auf, Kai rettete sich auf den Baumstamm, und Felicitas selbst hielt den Atem an. Weitere Wildschweine machten sich irgendwo hinter ihr bemerkbar, und sie blickte sich hektisch nach Fluchtmöglichkeiten um.

Zu allem Überfluss begann es plötzlich tief zu grollen, und ein Blitz durchzuckte den Himmel. In ihrer Anspannung hatte Felicitas nicht bemerkt, dass es immer dunkler und dunkler geworden war. Ihre Augen hatten sich an das schwache Licht gewöhnt, und ihr war nicht aufgefallen, dass zunehmend mehr Wolken den Mond verdeckt hatten.

Ein dicker Tropfen fiel auf das Display ihres Smartphones. Das war die ganze Vorwarnung, die sie bekam, bevor ein sintflutartiger Regen niederging. Hannah kreischte immer noch, die Wildschweine grunzten, und das Gewitter tobte. Oh Gott, und Felicitas stand unter einem Baum!

Kai und Hannah flitzten an ihr vorbei, kaum einen halben Meter entfernt. In diesem Augenblick zuckte erneut ein Blitz auf, und Hannah, die offenbar Felicitas schemenhaft erkennen konnte, kreischte erneut auf.

Schnell drückte Felicitas sich hinter ihren Baum. Ihr Herz klopfte wie wild.

Weiteres Donnergrollen, ein weiterer Blitz. In Felicitas' Magen breitete sich ein flaues Gefühl aus. Sie musste aus diesem Wald raus! Und zwar am besten so schnell wie möglich. Eichen sollst du weichen, Buchen sollst du suchen, dachte sie. Ob das wirklich stimmte? Und wie um alles in der Welt sollte sie eine Buche erkennen? Die hätte sie selbst am helllichten Tag nur mit Schwierigkeiten von anderen Bäumen unterscheiden können.

Mittlerweile war sie von Kopf bis Fuß durchnässt, trotz der Baumkronen über ihr. Die Temperatur war um einige Grade gefallen, und sie fror erbärmlich. Sie hoffte sehr, dass sie in die richtige Richtung lief, ihr Handy traute sie sich nicht herauszuholen. Bei dem Platzregen wäre es in Nullkommanichts kaputt.

Es dauerte eine Weile, bis sie zurück zur Landstraße fand. Völlig durchnässt und am ganzen Körper zitternd, stieg sie in ihr Auto. Als Erstes schaltete sie die Heizung ein und schlang die Arme fest um sich. Dann zog sie ihr Smartphone aus der Tasche und sendete das Foto von Hannah und Kai auf dem Baumstamm an Violeta. *Das Arschloch trifft sich nachts im Wald mit seiner Ex,* kommentierte sie darunter.

Die Antwort folgte postwendend: *Hast du getrunken?*

Hatte sie natürlich nicht. *Das ist Kai mit seiner Exfreundin!,* schrieb Felicitas.

Deine Fantasie geht mit dir durch, schrieb Violeta.

Felicitas versuchte, das Bild unvoreingenommen zu betrachten. Und nun ja, wenn man nicht wusste, dass dieser etwas dunklere Fleck im Schwarz Kai war, und wenn man nicht wusste, dass sich im völligen Schwarz neben ihm noch eine andere Person befand …

Seufzend legte Felicitas das Handy zur Seite und startete den Motor. Dieser Mistkerl! Auch wenn nichts passiert war: Ohne die Wildschweine und das Gewitter *wäre* etwas passiert, das war so sicher wie das Amen in der Kirche. Und Felicitas würde den Beweis dafür finden. Unwiderlegbar.

Dienstag

»Gesundheit.«

»Danke.« Zum dritten Mal putzte Felicitas sich die Nase. Nachdem sie ganz früh zum Lemberg-Hof gefahren war, um herauszufinden, ob Hannah dort übernachtet hatte – was offenbar nicht der Fall gewesen war, die einzige Veränderung am Hof war ein dickes Schloss an der Stalltür –, brauchte sie nun eine Pause. Ihre Nase lief, und sie fühlte sich nicht hundertprozentig fit. Jetzt saß sie bei Rose am Tresen, den Kopf in die Hände gestützt, und schaute zur Wirtin, die ihr heute gnädigerweise eine Cola erlaubt hatte.

»Warmes Bier mit Zwiebeln und Zucker«, sagte Rose jetzt. »Das hilft.«

Felicitas konnte nicht sagen, ob sie den Vorschlag ernst meinte oder nicht. Aber als die Wirtin eine Tasse holte, in die sie Bier zapfen wollte, wehrte sie schnell ab. »Ist nichts Ernstes, bin nur gestern in den Regen gekommen.«

Rose zog die Augenbrauen hoch.

»Sag mal, diese Hannah«, wechselte Felicitas das Thema. »Hat die eigentlich einen Freund?«

Rose zuckte mit den Schultern. »Immer wieder mal.«

»Und jetzt im Augenblick?«

»Vielleicht?« Das Thema schien die Wirtin nicht wirklich zu interessieren.

»Ich frage mich nur … ich meine, alte Liebe rostet nicht und so. Sagt man ja. Und sie ist ja ganz offenbar an Kai interessiert, und da dachte ich …«

»Was hast du eigentlich andauernd mit Kai?«, fragte Rose.

»Nichts.« Felicitas probierte es mit einem unschuldigen Augenaufschlag. »Mir geht's nur um die Scheune. Als Location-Scout. Ich hab nur zufällig … davon gehört.«

Jetzt verdrehte Rose die Augen. »Ich mach dir mal einen Tee«, sagte sie und verschwand in die Küche.

»Sag mal, Rose, gibt's hier in der Gegend romantische Orte?«, fragte Felicitas, als die Wirtin mit einer dampfenden Tasse zurückkam. »Für romantisches Location-Scouting«, schob sie schnell hinterher.

Rose sah aus, als wollte sie dazu etwas sagen, stellte dann aber nur kopfschüttelnd den Tee vor Felicitas ab. Anschließend lehnte sie sich mit verschränkten Armen an die Arbeitsfläche hinter ihr. »Am See vielleicht«, sagte sie schließlich.

Ja, der war ihr ebenfalls in den Sinn gekommen.

Aber der See lag recht exponiert. »Wo würden zwei Leute hingehen, die nicht gesehen werden wollen?« Vielleicht doch noch einmal der Wald? Obwohl sie davon ausging, dass Hannah nach der gestrigen Pleite die Lichtung lieber meiden würde.

»Wo ist denn Helena zum Beispiel mit Kai immer hingegangen?« Felicitas hatte mal gehört, dass Männer ihre neuen Freundinnen immer zu den gleichen Orten mitnahmen, die sie schon mit der Ex genossen hatten.

Wie üblich, wenn das Thema auf Helena und Kai kam, verzog Rose jedoch den Mund.

»Ich dachte nur, das wäre vielleicht auch was für Helena und Dr. Kampe.« Felicitas holte ihr Smartphone aus der Handtasche. »Ich bin da an was dran«, flötete sie fröhlich.

»An was dran? Und wer zum Geier ist Dr. Kampe? Ach, ich will es gar nicht wissen«, brummte Rose skeptisch.

Aber Felicitas grinste nur und schickte Violeta eine Nachricht, damit sie bei ihrer Arzthelfer-Kundin einmal vorfühlen konnte, ob der nette Orthopäde Lust auf ein Date mit einer hübschen Kellnerin hatte. Darum hatte sie sich ohnehin längst kümmern wollen, gut, dass die Marktschänke sie daran erinnert hatte.

Was hast du nun schon wieder vor, in Gottes Namen???, war Violetas Antwort. *Nur Gutes,* antwortete Felicitas und steckte ihr Handy zurück in die Tasche.

»Vielleicht ist deine Erkältung doch schlimmer, als ich gedacht hatte.« Rose schürzte die Lippen, dann zapfte sie tatsächlich ein Bier in eine Tasse und verschwand in der Küche.

»Rose, du wirst doch wohl nicht …« Aber die Wirtin ignorierte Felicitas Einwände.

»Ich hab doch schon einen Tee«, jammerte Felicitas, als Rose zurückkam.

»Davon wird man nicht gesund.«

»Hauptsache Alkohol, ja?« Felicitas schnüffelte an der Tasse, die Rose ihr hingestellt hatte. Ja, eindeutig: Bier, Zwiebeln und … »Honig ist da auch drin?«

»Gut für den Hals.«

»Das ist ja widerlich.« Felicitas schob die Tasse weit von sich. »Weißt du zufällig, wo Hannah wohnt?«, fragte sie dann. Rose glaubte ihr ohnehin kein Wort über ihr Desinteresse an Kai, da konnte sie wenigstens mal hilfreich sein.

Rose legte den Kopf schräg und deutete auf das Bier. »Das ist nicht dein Ernst.«

Aber die Wirtin lächelte nur maliziös, und Felicitas ergab sich in ihr Schicksal. Sie hielt sich die Nase zu und setzte das Gebräu an. Mehr als drei Schlucke bekam sie dennoch nicht hinunter, aber das schien Rose zu reichen. Sie nannte Felicitas die Adresse und hielt sich auch ansonsten mit Kommentaren zurück. »Mach keine Dummheiten«, war das Einzige, was sie ihr mit auf den Weg gab.

»Ich?« Felicitas stand auf und winkte ihr zum Abschied. »Niemals.«

Da Hannah und Kai heute ohnehin den Tag auf der Arbeit verbrachten, beschloss Felicitas, zurück in die Pension zu fahren und gesund zu werden: Sie nahm eine Aspirin und legte sich für zwei Stunden hin. In der Nacht hatte sie nicht gut geschlafen, abwechselnd gefroren, dann war ihr wieder heiß gewesen.

Sobald Hannah Feierabend hatte, wollte Felicitas am Rathausplatz stehen, um ihre nächsten Schritte zu überwachen. Bis dahin musste sie fit sein.

Überraschenderweise fühlte sie sich nach ihrem kleinen Mittagsschlaf tatsächlich gut. Ob es am Schlaf lag, an der Aspirin oder – Gott bewahre – an Roses fürchterlichem Gebräu, sie fühlte sich beinahe wieder so wohl wie vor ihrem nächtlichen Regenguss.

Um Punkt vier lümmelte sie mit einem großen Hut

und ihrer Sonnenbrille auf dem Rathausplatz herum und wartete, dass Hannah und Kai möglicherweise sogar gemeinsam Feierabend machten.

Doch Kai verließ das Rathaus etwa um Viertel nach vier, während Hannah noch bis kurz vor fünf weiterarbeitete. Pflichtbewusst.

Hannahs Feierabend war leider alles andere als spannend: Zunächst fuhr sie nach Lengenhausen zum Einkaufen, anschließend ging es in ein Fitnessstudio. Bei Hannahs vielleicht leicht faltigen, aber dennoch durchtrainierten Oberarmen würde diese Tätigkeit wahrscheinlich Stunden in Anspruch nehmen.

Also machte Felicitas kehrt, um zu sehen, was Kai auf dem Lemberg-Hof so trieb. Leider war das mindestens ebenso uninteressant wie ein Besuch im Fitnessstudio: Er machte keinerlei Anstalten, den Hof zu verlassen, und half stattdessen seinem Vater mit der Reparatur des Traktors. Felicitas stand mehr als einmal kurz vor der Entdeckung, als Fritz schwanzwedelnd auf sie zulief oder Kai sich in einem falschen Moment umdrehte. Zudem fragte sie sich, ob es nicht sinnvoller war, ihre Observierung in der Dunkelheit fortzusetzen. Nicht nur, weil die Gefahr der Enttarnung dann geringer war, sondern auch, weil das gestrige Treffen der beiden an Heimlichkeit kaum zu überbieten gewesen war. Da würden sie heute sicher nicht am helllichten Tag in der Hofeinfahrt rumknutschen.

Nachdem Simone Lemberg zum Abendessen gerufen hatte, bemerkte Felicitas ihren eigenen knurrenden Magen. Eine gute Gelegenheit, um etwas zu essen, eine kleine Pause zu machen, und dann mit erneuter Motivation und erhöhter Konzentration wieder an die Arbeit zu gehen. Bis zur Hochzeit waren es keine zwei Wochen mehr, und sie würde die beiden überführen, koste es, was es wolle!

Sie machte sich auf den Weg zur Pension und fand sich wie üblich bei Benjamin ein, auch wenn sich Felicitas nicht ganz sicher war, ob sie nicht lieber die gemeinsamen Abendessen etwas einschränken sollte.

So ganz einordnen konnte sie ihre Beziehung nicht, sie verbot sich jeden Gedanken an »mehr« und war sich sicher, dass er solche Gedanken nicht einmal *hatte.* Aber die Gefühle, die Benjamin in ihr auslöste, konnte sie sich nicht länger kleinreden. Dieser Mann hatte etwas an sich … Wenn sie nicht aufpasste, würde sie sich nur ins nächste unglückliche Abenteuer stürzen. Herzschmerz war doch vorprogrammiert.

»Wie geht's eigentlich deinem Bruder?«, fragte er unvermittelt, als sie schon beim Essen saßen. Heute gab es Steak mit Ofenkartoffeln, und Felicitas, die mittlerweile schon wieder das Kleingeld in ihrem Portemonnaie zählte, wollte gar nicht wissen, was für ein Vermögen das Fleisch gekostet hatte. Sie schluckte den Bissen hastig herunter, obwohl das bei Benjamins Kochkünsten einem Verbrechen glich, und räusperte sich. An ihrem ersten Tag in Wesebeck hatte sie von Lukas erzählt, seitdem hatte er hin und wieder einmal nachgefragt. »Der ist immer noch auf Bali«, sagte sie also und presste für einen Moment die Lippen zusammen. Der Anruf bei ihrer Mutter fiel ihr ein, den sie nun seit Tagen vor sich herschob. Irgendwann verschickte Lukas noch Einladungen zu einer Unter-Wasser-Hochzeit, und dann kam Felicitas in Erklärungsnot. Trotzdem konnte sie sich nicht überwinden, die Nummer ihrer Mutter zu wählen. »Wusstest du, dass dort auf Drogenhandel die Todesstrafe steht?«

»Das ist in einigen Staaten in Südostasien so.«

»Und genau dieses Land sucht sich mein Bruder aus für seine Eskapaden!«

»Drogen also.« Das hatte sie vorher nicht erzählt, nur von der Frau, wegen der er so Hals über Kopf seinen Job gekündigt hatte. Benjamin legte das Besteck zur Seite und schien seine nächsten Worte zu überlegen. »Bist du deshalb …?« Er machte eine unbestimmte Geste in ihre Richtung.

Felicitas schluckte. Die ganzen Lügen … Es wurde zunehmend schwerer. Sie war so froh, dass sie mit Sarah keinen Dauerkontakt hatte. Violetas Vorwürfe waren schon schlimm genug, aber immerhin schickte ihre Mitbewohnerin noch oft genug lustige Tiervideos über WhatsApp, sodass Felicitas wusste, dass sie nicht ernstlich wütend auf sie war. Aber hier, mit Benjamin gemeinsam am Tisch, war es nicht leicht.

»Können wir ein andermal darüber reden?«, fragte Felicitas leise.

»Natürlich.« Er fasste nach ihrer Hand und drückte sie. In seinem Blick lag so viel Verständnis, dass ihr schlechtes Gewissen überhandnahm.

Sie blickte auf ihre Hände, miteinander verflochten, und wieder in seine grünen Augen.

»Felicitas.« Er stand auf, mit ihrer Hand immer noch in seiner, und zog sie sanft von ihrem Stuhl hoch. Und plötzlich lag sie in seinen Armen, und er strich ihr eine Haarsträhne aus dem Gesicht. Seine Lippen fanden ihre, und ein Stromstoß durchzuckte ihren Körper. Nach einer Ewigkeit oder vielleicht dem Bruchteil einer Sekunde lösten sie sich voneinander.

»Weißt du eigentlich …«, begann er und lächelte sie an.

… dass du eine elendige Lügnerin bist, schoss es Felicitas durch den Kopf. Ihr wurde übel.

»Ich …« Abrupt trat sie einen Schritt zurück. »Es tut mir leid.« Sie konnte ihn nicht weiter küssen. Nicht unter diesen Voraussetzungen. Er trug schwer an seiner Trauer, sie schwer an ihrer Heuchelei. Es glich einer Flucht, wie sie Benjamins Wohnung verließ.

Jetzt brauchte sie ein freundliches Gesicht. Oder ein unfreundliches, aber vertrautes.

Es war beinahe zehn, als Felicitas die Marktschänke betrat. Wie üblich saß Roman links am Tresen, den Kopf in die Hände gestützt. Felicitas begrüßte ihn, er zeigte – ebenfalls wie üblich – keine Reaktion, dann setzte sie sich einige Barhocker weiter rechts ebenfalls an die Theke. In der Küche klapperte und klirrte es, wahrscheinlich Helena.

»Rose.« Felicitas blickte auf das Glas, das die Wirtin ihr gerade hinstellte. Ziemlich viel Schaum.

»Es ist nach vier.« Rose zuckte mit den Schultern.

Das konnte Felicitas natürlich in der Sache nicht bestreiten. »Mir ist gerade nicht nach Alkohol«, sagte sie stattdessen. Nicht, dass die Wirtin noch auf die Idee kam, ihr erneut ein warmes Zwiebel-Bier anzubieten.

»Du siehst aber so aus, als könntest du gerade welchen gebrauchen. Normalerweise kommt nur Roman zweimal am Tag hierher.«

Da hatte Rose vermutlich recht. Sie wusste selbst nicht, wie sie sich gerade fühlte, die Verwirrung musste ihr ins Gesicht geschrieben stehen. »Es ist alles so kompliziert.«

»Das Leben?« Rose lachte leise. »Oder die Liebe?«

»Ist das nicht eigentlich das Gleiche?« Jetzt ließ Felicitas wie Anouk damals ihren Kopf auf den Tresen fallen. »Ich glaube, ich habe alles verbockt.«

»Hast du denn nun herausbekommen, was du über Kai wissen wolltest?«, fragte Rose und stellte die Musik leiser.

»Ach, Kai.« Felicitas seufzte.

»Deshalb bist du hergekommen.« Rose warf sich ein Handtuch über die Schulter. »Vielleicht fühlst du dich wieder besser, wenn du dich auf deinen ursprünglichen Plan besinnst.«

»Ich bin Location-Scout. Kai besitzt zufällig eine Scheune. Ansonsten kenne ich ihn nicht.«

»Aber du willst ihn kennenlernen.«

»Auch nicht.« Beinahe trotzig nahm Felicitas nun doch einen Schluck Bier. »Ich bin hier, um eine Location ...«

»Schon klar. Die Scheune von Kais Eltern. Und einen romantischen Ort brauchst du noch. Der natürlich nichts mit Kai zu tun hat.«

Bevor Felicitas etwas Ausweichendes erwidern konnte, öffnete sich die Tür, und eine Gruppe in der Stärke einer halben Fußballmannschaft betrat die Marktschänke. Zu Felicitas' Entsetzen war es auch tatsächlich eine, nämlich die komplette jüngere Riege des FC Wesebeck. Allen voran Tobi. Felicitas hielt den Atem an.

»Hey, Rose, ist Anouk zu Hause?«, rief er und kam zu ihnen an die Theke.

Anouk? Felicitas merkte auf.

Sie selbst blickte Tobi kurz an, der sie offenbar unter »nicht weiter interessant« einordnete, denn eines weiteren Blickes würdigte er sie nicht mehr.

Die rote Perücke. Felicitas seufzte. Ein bisschen zurückgesetzt fühlte sie sich doch, auch wenn sie an Tobi kein Interesse hatte. Wenigstens ein »Hallo« hätte er ihr gönnen können, fand sie. Das übernahm immerhin Mevlüt, der Verteidiger, der immer etwas verträumt aus der Wäsche schaute und deshalb nicht zum aggressiven Abwehrspieler taugte. Er war ihr schon beim Servieren als derjenige mit den besten Manieren aufgefallen.

»Was willst du denn von Anouk?« Rose stützte sich mit beiden Händen auf der Arbeitsfläche ab und sah ihn auffordernd an.

»Wir wollten noch nach Lengenhausen in den Club.« Er deutete mit dem Daumen auf den langen dürren Mittelfeldspieler, dessen Namen Felicitas immer vergaß. »Seine Freundin Vanessa ist auch dabei. Und sie will nicht das einzige Mädel sein. Sie hat nach Anouk gefragt.«

Beinahe hätte Felicitas vor Frust laut aufgestöhnt. Da hatte sie sich so gefreut, dass Tobi nach Anouk fragte, ihre Pläne schienen aufzugehen, und dann war es wegen irgendeiner Vanessa.

Sie schürzte die Lippen.

Nachdem Rose über Tobi den Kopf geschüttelt und etwas von »zu solchen Uhrzeiten solltet ihr im Bett liegen« gemurmelt hatte, führte sie ihn die Treppe neben den Toiletten hoch nach oben, in Roses – und Anouks – Wohnung.

»Hey du.« Felicitas lächelte Mevlüt an. »Der versucht's echt bei Anouk?« Sie deutete mit dem Daumen in die Richtung, in die Rose und Tobi verschwunden waren.

»Was ist mit Anouk?«, fragte Mevlüt.

»Nichts.« Betont gleichgültig zuckte Felicitas mit den Schultern.

»Wieso?« Heiko drängelte nach vorn. »Ich mein, Anouk ist ja schon 'ne recht hei… äh hübsche Frau«, beendete er seinen Satz mit einem vorsichtigen Blick zu Felicitas.

»Keine Chance.« Sie lächelte herablassend. »Die kriegt keiner von euch rum.« Sie sah jedem Einzelnen abschätzig in die Augen. »Echte Eiskönigin, die. Das schafft wirklich keiner.«

»Ist das eine Herausforderung?« Heiko verschränkte die Arme vor der Brust und reckte sein Kinn.

»Eine Wette«, antwortete Felicitas. »Die ich hundertprozentig gewinnen werde.«

»Was ist der Einsatz?«, fragte nun Mevlüt.

»Kasten Bier?«

»Ich bin dabei«, sagte Heiko und grinste seine Kumpels an. »Ich hab noch jede rumgekriegt.«

Das bezweifelte Felicitas zwar, aber sie unterdrückte ein Augenrollen. Auch die Übrigen schienen selbst nicht abgeneigt, an der Wette teilzunehmen. Ihr Ehrgeiz war geweckt, und mit Bier konnte schließlich auch jeder etwas anfangen.

Als Anouk kurz darauf freudestrahlend mit Tobi zurückkam, zuckte Felicitas zusammen. Dieser Blick, mit dem sie ihn regelrecht anhimmelte! In diesem Moment sah Anouk zu Felicitas, und es war offensichtlich, dass sie sich augenblicklich daran erinnerte, was Felicitas ihr eingeschärft hatte: Das Lächeln wich einer hoheitsvollen Miene, und sie entzog Tobi ihren Arm. Felicitas zwinkerte ihr zu.

»Hallo, schöne Frau.« Heiko grinste übers ganze Gesicht.

Anouk würde sich in den nächsten Tagen vor Verehrern kaum retten können, wenn das nicht der beste Ansporn für Tobi war … Zufrieden grinste Felicitas noch in sich hinein, als Rose sich neben sie stellte.

»Na, was freust du dich so?«, fragte die Wirtin. »Den Sinn des Lebens gefunden?«

»Nicht ganz.« Felicitas lächelte. »Aber ein anderes Problem gelöst.« Und jetzt hatte sie auch wieder den Kopf frei für ihr *eigentliches* Problem: Hannah und Kai.

Hannah wohnte in der Innenstadt, gleich im ersten Ring um die Altstadt, und ein Parkplatz war genau auf der gegenüberliegenden Straßenseite frei. Hannah hatte offenbar keine Angst vor Stalkern: Ihre Jalousien waren oben, und nur dünne Vorhänge hingen vor den Fenstern, durch die Felicitas alles beobachten konnte. Hannah wohnte im dritten Stock, Licht brannte, der Fernseher lief, aber sie war allein. Etwa eine halbe Stunde wartete Felicitas, dann bekam Hannah offenbar einen Anruf, denn sie sprang auf, stellte den Fernseher aus und nahm ihr Telefon in die Hand.

War das Kai? Ein sogenannter Booty-Call? Ein nächtlicher Anruf, um sich spontan zum Sex zu verabreden?

Aufgeregt setzte Felicitas sich auf. Ihre Hände verkrampften sich ums Lenkrad. Nachdem Hannah aufgelegt hatte, verließ sie für kurze Zeit das Wohnzimmer. In einem knappen Negligé mit Spitzenbesatz trat sie daraufhin wieder ans Fenster. Das trug sie doch niemals für sich allein! In so einem unbequemen Aufzug ging man doch nicht schlafen. Na gut, Felicitas' Nachtwäsche war so ziemlich das Gegenteil von sexy, aber nicht einmal Violeta trug so viel Spitze, wenn es keinen bestimmten Anlass gab.

Hannah löschte das Licht und verschwand.

Felicitas ließ ihre Augen nicht vom Hauseingang. Doch niemand erschien. Weder Kai noch jemand anders. Keine Menschenseele zu sehen.

Felicitas wollte es nicht glauben, doch nach einer guten halben Stunde, als ihr selbst schon die Augen zufielen, musste sie einsehen, dass Hannah wohl einfach modebewusster war als sie selbst, was die Nachtruhe anging.

Mittwoch

Frühmorgens schon saß Felicitas gähnend im Auto. Falls Hannah doch mitten in der Nacht noch Besuch bekommen haben sollte, war Felicitas für alles gerüstet. Mit der Kamera im Anschlag, hockte sie tief in den Sitz gedrückt da und beobachtete abwechselnd die Fenster und den Hauseingang.

Um kurz vor acht trat Hannah endlich aus dem Haus – zu Felicitas' Enttäuschung allein. Sie schürzte die Lippen. Sollte sie noch einen Augenblick warten, ob Kai vielleicht Vorsichtsmaßnahmen getroffen hatte und deshalb ein paar Minuten später das Haus verlassen würde? Oder sollte sie Hannah hinterher? Da Hannah jedoch zielstrebig auf den Bäcker am gegenüberliegenden Ende der Straße zumarschierte, schloss Felicitas die Absicht eines Quickies vor der Arbeit mit Kai aus.

Der erschien aber auch nicht auf der Straße, und so stieg Felicitas schließlich doch aus dem Auto, als Hannah mit zwei Kaffeebechern und einer Brötchentüte in der Hand den Bäcker verließ. Zwei Kaffeebecher, na wenn das kein Wink mit dem Zaunpfahl, ach mit der ganzen Gartenmauer war!

Diesmal trug Felicitas ihre blonde Perücke, Hannah hatte sich gestern einmal zu oft umgedreht, und der große Sonnenhut war auffällig. Solange Felicitas als Barbara

Stolten nicht Ruth über den Weg lief, sollte alles in Ordnung sein.

Sie folgte Hannah in einigem Abstand, immer darauf bedacht, nicht in ihren Fokus zu geraten. Zweimal wechselte sie die Straßenseite, blieb auch einmal vor der Auslage eines Schaufensters – orthopädische Einlagen – stehen, und war allgemein recht beeindruckt von ihren eigenen Fähigkeiten als geheime Ermittlerin.

Schließlich blieb Hannah vor einem Haus in der Marktstraße stehen und klingelte. Felicitas zog die Augenbrauen zusammen. Was war denn das? Doch nicht Kai? Als Ruth heraustrat und freudestrahlend den zweiten Kaffeebecher von Hannah in Empfang nahm, duckte Felicitas sich hinter eine Mülltonne weg. Eine alte Frau, die mit ihrem Dackel spazieren ging, sah sie misstrauisch an, aber immerhin verriet sie sie nicht.

»War da …«, begann Ruth. Felicitas betete, dass sie vor Arbeitsbeginn weder Zeit noch Lust hatte nachzuforschen. Sie wagte einen Blick und sah, wie Hannah sich bei Ruth unterhakte. Doch die ließ nicht so leicht locker. »Ich dachte, ich hätte da jemanden gesehen.« Misstrauisch kniff sie die Augen zusammen und machte zwei Schritte auf die Mülltonne zu, hinter der Felicitas hockte und den Atem anhielt.

»Komm schon, wir sind spät dran«, rief Hannah.

Ruth stemmte die Arme in die Hüften und drehte sich einmal um die eigene Achse. Aber schließlich zuckte sie mit den Schultern und folgte ihrer Kollegin zur Arbeit.

Nochmal Glück gehabt. Felicitas holte Luft und erklärte ihre Observierung für den Moment beendet.

Keine neuen Erkenntnisse, aber gut Ding will eben Weile haben, dachte sie, als sie sich auf den Weg zum See machte. Vorsorglich konnte sie den Rest des Vormittags ja dort verbringen und nach »romantischen Locations« Ausschau halten.

Am Abend musste sie wieder im Vereinsheim kellnern.

Sie hatte keine Zeit gehabt, auf Kai oder Hannah nach der Arbeit zu warten, da Kai aber ziemlich sicher direkt vom Rathaus zum Fußballtraining kam, war das wohl nicht so schlimm.

Mit den Fußballern war es lustig, wie die letzten beiden Male schon, und Felicitas merkte, dass sie sich auch mit Andi und Michaela immer besser verstand.

Von Kai knipste sie zwei Fotos, als er Bernhards Freundin anlächelte. Aber sie waren zugegebenermaßen völlig harmlos. Von Hannah fehlte jede Spur, aber je später der Abend … Man konnte nie wissen. Allerdings war Hannah weder beim letzten Training noch beim Fußballspiel gewesen.

Doch als Kai ungewöhnlich früh Mevlüt einen Zwanzig-Euro-Schein zuschob und anschließend Tobi und Heiko auf die Schulter klopfte, merkte Felicitas auf. Mit Argusaugen beobachtete sie, wie Kai sich auch bei den anderen verabschiedete. Er fühle sich nicht richtig fit – na, wenn das keine Ausrede war, um ein weiteres Schäferstündchen im Wald abzuhalten.

Doch was konnte Felicitas tun? Violeta musste noch mindestens eine Stunde kellnern.

»Au!«, rief sie theatralisch, als Michaela aus der Küche kam, und hielt sich an der Theke fest. Ihr Gesicht hoffentlich anständig schmerzverzerrt, fasste Felicitas sich an den Knöchel. »Herrje, ich bin umgeknickt.«

Es war gar nicht so leicht, Michaela davon abzubringen, sie zu verbinden, ihr den Fuß zu kühlen und sie gleich selbst nach Hause zu bringen.

»Danke, ich schaff das schon allein«, wehrte Felicitas alle Hilfsangebote so gut es ging ab. »Hauptsache, ich bin bald zu Hause und kann ihn hochlegen.«

»Natürlich, natürlich.« Michaela schob ihr fünfzig Euro in die Tasche, legte sich dann Felicitas' Arm um die Schulter und half ihr nach draußen zum Auto.

Kai war natürlich längst weg. Aber vielleicht, wenn Felicitas Gas gab …

Kurz vor dem Lemberg-Hof holte sie seine Rücklichter ein. Oder zumindest vermutete sie, dass es seine waren, die langsamer wurden und in die Einfahrt einbogen.

Sie fuhr ein Stück am Hof vorbei und stellte ihr Auto dann, sobald sie sich sicher war, dass Kai nicht mehr auf sie achtete, am Straßenrand ab, um so schnell wie möglich zurück zum Hof zu schleichen.

Und: Volltreffer!

Sie glaubte, ihren Augen nicht zu trauen. Gut, dass sie im Gegensatz zum Montag heute ihre Kamera bei sich hatte, die Gelegenheit auf ein Beweisfoto würde sie sich nicht entgehen lassen. Dort im Hof parkte ein Auto, und wer stand, die Beine überkreuzt, an dieses Auto gelehnt? Hannah höchstpersönlich.

Vorsichtig pirschte Felicitas sich hinter dem Stall heran. Aus dessen Schutz würde sie Fotos schießen können.

Doch im Gegensatz zum Gespräch auf der Lichtung rückte Kai heute nicht näher an Hannah heran. Er stand vor ihr, fuhr sich durch die Haare, trat einen Schritt zurück, als sie die Hand nach ihm ausstreckte.

»Tut mir leid …«, konnte Felicitas verstehen. Was war denn da los?

Irgendwann wurde Hannah laut. »Was für ein Spiel spielst du eigentlich?«, fuhr sie ihn an.

Das fragte Felicitas sich allerdings auch.

»Ich hab doch schon gesagt«, rief Kai, der Rest war wieder zu leise, um ihn zu verstehen. Schließlich schüttelte er heftig den Kopf und stapfte ins Haus.

Hannah setzte sich in ihr Auto, knallte die Tür zu und fuhr reifenquietschend vom Hof.

Felicitas ließ die Kamera sinken und sah ihr hinterher. Was war das denn gewesen?

Donnerstag

»Sag mal, Rose, hattest du auch schon mal das Gefühl, in einer Sackgasse zu stecken?« Felicitas saß am Tresen, den Kopf in die Hände gestützt, und besah sich die Apfelschorle auf dem Tresen. Da hatte sie dieses unglaubliche Treffen zwischen Hannah und Kai beobachtet, bei dem das Wetter dazwischengefunkt hatte, und nun … Und nun ging einfach gar nichts mehr weiter. Am Morgen hatte sie wieder, mit einem Kaffeebecher auf dem Schoß, in ihrem Auto gesessen, um Hannah auf dem Weg zur Arbeit zu beobachten. Die war mittlerweile aber misstrauisch geworden, vielleicht hatte ihr Ruth einen Floh ins Ohr gesetzt. Sie hatte sich alle naselang umgedreht, sodass es für Felicitas immer schwieriger geworden war, sie zu beschatten.

Und langsam gingen ihr die Ideen aus, die beiden in flagranti zu erwischen. Nein, ihre Ermittlungen schienen sie nicht weiterzubringen, und das, obwohl sie *wusste*, dass etwas im Busch war. Vielleicht musste sie aktiver werden. Aber wie?

»Was ist passiert?«, fragte Rose schließlich und legte die Hände auf der Arbeitsfläche ab.

»Nichts. Überhaupt gar nichts. Das ist ja das Problem.« Felicitas blickte die Wirtin unglücklich an. »Deshalb die Sackgasse.«

»Nein. Nein, eigentlich habe ich noch nie gedacht, dass ich in einer Sackgasse stecke«, antwortete Rose. »Schon gar nicht, weil nichts passiert.« Sie runzelte die Stirn und blickte sich um.

Ja gut, möglicherweise war die Marktschänke, in der äußerst selten überhaupt ein Gast auftauchte, nicht der richtige Ort, um das Thema Sackgasse zu besprechen.

Felicitas stellte ihr Bierglas ab. »Wo ist eigentlich Anouk?«, wechselte sie das Thema. Die Konzentration auf diese Mission lenkte sie vielleicht ab.

Rose winkte ab. »Mit Heiko im Kino.«

»Heiko.« Felicitas lächelte vor sich hin.

»Morgen will sie mit Mevlüt was trinken gehen, und vorhin war noch so eine dürre Bohnenstange hier, der ihre Nummer wollte. Der aus der Fußballmannschaft, na, wie heißt er noch gleich …« Sie schnippte mit den Fingern.

»Den Namen kann ich mir auch nie merken«, sagte Felicitas.

»Irgendwas mit A. Alexander? Andreas?«

»Ungefähr so.« Felicitas überlegte. »Aber war das nicht der, dessen Freundin noch beim Treffen dabei war?«

»Die jungen Leute von heute.« Rose zuckte mit den Schultern.

»Freut mich für Anouk. Dass sie so beliebt ist.« Felicitas versuchte, so unschuldig wie möglich zu gucken. »Was sagt denn Tobi dazu?«

»Ich wusste, dass du deine Finger im Spiel hast.« Anklagend wedelte Rose mit ihrem Lappen in Felicitas' Richtung. »Deshalb hast du heute Nachmittag so gegrinst. Was hast du gemacht? Gerüchte gestreut?« Ihre Augenbrauen zogen sich zusammen.

»Natürlich nicht«, protestierte Felicitas. Unter dem strengen Blick der Wirtin gab sie schließlich zu: »Vielleicht habe ich ein kleines bisschen übertrieben, was Anouks Desinteresse an Männern angeht?« Rose zog die Augenbrauen hoch; nicht so perfekt wie Violeta, aber dennoch sah Felicitas sich genötigt, weiter zu beichten. »Und vielleicht benehmen sie sich jetzt wie Ritter auf einem Turnier, die einen Blick des holden Burgfräuleins erhaschen wollen«, erklärte Felicitas. »Sei mir nicht böse. Es ist wirklich alles ganz harmlos. Ich wollte ihr nur helfen, mit Tobi …«

»Schon gut.« Rose brummelte noch etwas, das Felicitas nicht verstehen konnte, dann seufzte sie langgezogen und sagte: »Das Mädchen muss ihre Fehler schließlich selber machen.«

»Unbedingt«, stimmte Felicitas zu. Nur, wenn man schon wusste, dass es ein Fehler war, weil der Verlobte sich beispielsweise mit seiner Ex im Wald getroffen hatte …

In schweigendem Einvernehmen hörten sie die nächsten Minuten Bonnie Tyler zu, wie sich das Herz vollständig verfinsterte. Schließlich kam Helena aus der Küche. Die Spülmaschine war offenbar fertig ausgeräumt, alles geputzt. Ihr Gesicht war leicht gerötet, vermutlich von der Arbeit an der dampfenden Spülmaschine, und sie ließ sich auf dem Barhocker neben Felicitas nieder.

»Kommst du auch zum Scheunenfest morgen?«, fragte sie, nachdem sie Felicitas zur Begrüßung kurz den Arm gedrückt hatte.

Sofort schnellte Roses misstrauischer Blick zu ihrer Kellnerin. »Gehst du etwa dahin? Zu den Lembergs?«

Oha. Weshalb hatte Felicitas davon noch nichts mitbekommen? »Da wird Kai sicher auch dabei sein, oder?« Und Hannah …

Rose verdrehte die Augen, aber Helena nickte.

»Na, ich meine, da könnte ich die Scheune direkt als Partylocation sehen«, sagte Felicitas.

»Natürlich. So als Location-Scout. Da solltest du auf jeden Fall dabei sein.« Ob Roses Worte sarkastisch gemeint waren oder nicht: Die Info war Gold wert. Das Fest war *die* Gelegenheit, um Kai und Hannah zu überführen. Vielleicht konnte Felicitas einem von beiden einen kleinen Stups geben und …

Oh Gott, aber was, wenn Sarah kam? Vor Schreck hatte sie das Gefühl, dass ihr Herz kurz stehenblieb.

Sie knabberte an ihrer Unterlippe. Dann schickte sie Violeta eine Nachricht. *Was macht Sarah am Freitag?*

Die Antwort kam postwendend, und besser könnte es gar nicht laufen: *Wieso weißt du das nicht? Da hat sie doch dieses Geschäftsessen. Mit den Leuten, die ihre Zeitung aufkaufen.*

Richtig! Daran hatte Felicitas überhaupt nicht mehr gedacht. Zuerst war Sarah ganz geknickt gewesen, dass die Zeitung von einem größeren Verlag geschluckt wurde. Aber nachdem man ihr dort gute Karrierechancen versprochen hatte, war sie bereits jetzt größter Fan ihres neuen Chefs. Das würde sie um nichts in der Welt verpassen.

Wieso? Wollen wir ausgehen?, trudelte nun die nächste Nachricht von Violeta herein.

Ausgehen, ja, das hatte Felicitas vor. Und jetzt kam ihr auch die perfekte Idee. Was war mit der schwarzen

Perücke mit den wunderbar seidigen, langen Haaren? Die hatte sie noch nicht aufgehabt. Eines von Violetas engen Kleidern – sie besaß ein kleines Schwarzes, das einfach traumhaft aussah –, und Kai würde dahinschmelzen. Musste dahinschmelzen! Felicitas grinste. Möglicherweise brauchte sie Hannah gar nicht mehr. Möglicherweise musste sie nicht weiter warten, dass der Zufall ihr ein Bild der beiden zuspielte, möglicherweise konnte sie dem Schicksal einfach ein bisschen nachhelfen. Wenn Kai so leichtfertig mit Hannah in den Wald ging, würde er zu einer sexy gekleideten, schwarzhaarigen Femme fatale sicher nicht Nein sagen. Der ultimative Test, ob Kai Sarah betrügen würde.

»Was heckst du denn gerade aus?«, fragte Rose mit zusammengekniffenen Augen.

Felicitas klimperte unschuldig mit den Wimpern, als sie das Handy mit der unbeantworteten Nachricht in ihre Tasche gleiten ließ.

Benjamin.

Felicitas musste schluckten, als sie in der Pension an seine Wohnungstür klopfte. In den letzten beiden Tagen hatte sie ihn kaum gesehen. Natürlich hatte sie viel zu tun gehabt, vor allem zur Frühstücks- und Abendessenszeit, aber wenn sie ehrlich war, war sie ihm aus dem Weg gegangen.

Sie hatte nicht gewusst, wie sie nach diesem Beinahe-Kuss mit ihm umgehen sollte.

»Lily!« Er lächelte, als er ihr entgegenkam.

»Lust auf Fisch?«, fragte er.

Ihr fiel ein Stein vom Herzen. Zwar traute sie ihrer

Stimme noch nicht ganz und nickte deshalb lieber vorsichtig. Doch als er sie ins Wohnzimmer führte, wo sich alles so vertraut anfühlte, räusperte sie sich schließlich und sagte: »Es riecht fantastisch.«

Und mit einem Mal war wieder alles in Ordnung zwischen ihnen.

Freitag

Nachdem sie ihren Plan fürs Scheunenfest geschmiedet hatte, war die Anspannung von Felicitas abgefallen.

Sie würde Kai überführen, und alles würde gut werden. Sarah würde sich nicht ins Unglück stürzen. Sarah würde Bescheid wissen über ihren untreuen Verlobten, und Felicitas hätte ihre beste Freundin vor einer schlimmen Erfahrung bewahrt.

Um Lukas konnte sie sich im Anschluss auch noch kümmern, und dann würde Sarah Kai im Nu vergessen haben.

Sie drehte sich im Spiegel um ihre eigene Achse. Das Kleid saß hauteng, nie im Leben hätte sie sich getraut, als Felicitas so etwas anzuziehen. Aber mit der schwarzen Perücke fühlte sie sich gleich völlig anders, nicht einmal ihre Speckröllchen traten unschön hervor. *Juliette* war das Selbstbewusstsein in Person.

Juliette. Ein passender Name. Dazu schwarze Sandalen mit einem allerdings nicht ganz so hohen Absatz, sie hatte aus ihren Fehlern gelernt. Einen Tanzabend in unbequemen Schuhen würde sie nicht überleben. Gerade jetzt, wo sich ihre Füße wieder einigermaßen erholt hatten.

Sie schwebte – ja, schwebte – die Treppe hinunter. Unten kam gerade Benjamin mit einem großen Karton aus dem Keller. Felicitas blieb stehen. Sie war sich sicher, dass sie rot geworden war, konnte sie doch die Hitze auf ihren Wangen fühlen.

Auch er schien für einen Augenblick wie erstarrt, dann fing er sich wieder und lächelte. »Wow.« Er stellte den Karton ab. »Du siehst umwerfend aus.«

Erleichtert atmete Felicitas auf. »Schick, die Haare, oder?«

»Ich meinte … nein, nicht die Haare.« Er lächelte. »Wo gehst du denn hin?«

»Scheunenfest bei den Lembergs.«

»Die Lembergs. Tobi, hm?« Sein Lächeln wirkte nicht mehr ganz so fröhlich.

Was hatte er immer mit Tobi? »Jap«, sagte Felicitas und grinste. »Wenn der sich heute nicht bei Anouk ein Herz fasst, fress ich einen Besen.« Felicitas-Violeta hatte schon länger keinen Anruf mehr erhalten, und so oft, wie er mittlerweile bei Rose auftauchte … Es sah wirklich gut aus. Wenn Match-Makerin ein Job wäre …

»Anouk?« Er runzelte die Stirn.

»Na, was glaubst du denn, weshalb du mit ihr flirten solltest?« Diese Frage hatten sie ja völlig vergessen. Aber bevor sie weitere Erklärungen abgeben konnte, blickte sie auf die Uhr. »Ich muss los.« Sie winkte Benjamin zu. In der Tür drehte sie sich noch einmal um und fragte: »Vielleicht sehen wir uns ja später auf der Party?«

Dorffeste begannen früh. In Dortmund wäre Felicitas vermutlich noch nicht einmal dabei, sich für den Abend aufzuhübschen, hier standen schon diverse leere Bierflaschen herum. Praktisch, dachte Felicitas, so kann man früh nach Hause gehen und muss am nächsten Tag nicht bis Mittag im Bett liegen.

Beinahe hätte sie Tobi begrüßt, der mit seinen Kumpels direkt am Eingang stand. Gerade noch rechtzeitig fiel ihr ein, dass sie heute ja als Juliette unterwegs war. In Schwarz.

»Oh lala«, sagte Heiko, als sie an der Gruppe vorbeigehen wollte. Unter seinem linken Auge prangte ein tiefliegender Ring. Vielleicht eine Erinnerung an die Massenschlägerei beim Fußballspiel? Aber sie hatte ihn danach doch noch gesehen, da war ihr nichts aufgefallen. Was auch immer es war, sie schenkte ihm ein Lächeln und ein Zwinkern, woraufhin er ihr ein Bier ausgeben wollte.

Dagegen hatte Felicitas nun gar nichts, ihre Finanzen schmolzen ständig, das Geld, das sie im Vereinsheim verdiente, reichte vorne und hinten nicht. Sie brauchte einen richtigen Job, und das bald. Natürlich wartete in Dortmund die Kantine auf sie, aber allein, wenn sie daran dachte – Matthias, der Job …

»Prost!« Sie hob ihr Bier und stieß mit Heiko an, der gleich einen Arm um ihre Schultern legte.

»Hey, Bürschchen, von anfassen hab ich nichts gesagt.« Felicitas schob ihn zur Seite, dann blickte sie sich im Raum um. »Sind ja viele da«, sagte sie. Helena stand dort hinten, Anouk natürlich mit einer Freundin, Kai. Selbst Andi und Michaela waren gekommen.

»Woher bist du?«, fragte Heiko.

»Aus Lengenhausen«, sagte Felicitas. »Neu zugezogen.«

»Witzig. Da ziehen grad ganz viele hübsche Frauen hin.«

Felicitas lächelte ihn unschuldig an.

In diesem Augenblick kam Bernhard, der dicke Torwart, zu ihnen an den Tresen. »Könnt ich ein Bier haben?«, fragte er an Felicitas gewandt.

Sie zog die Augenbrauen hoch.

»Oh, Entschuldigung!« Er sah verwirrt von ihr zu Heiko, zum Tresen, hinter dem Papa Lemberg gerade eine Kiste Bier umwuchtete. Bernhard fuhr sich durch die Haare. »Irgendwie hab ich gerade … muss dich verwechselt haben, tut mir leid.« Dann trat er einen Schritt zur Seite.

»Und wo waren wir gerade? Ach ja, richtig.« Heikos Arm legte sich wieder um Felicitas' Schulter, und nun nahm er noch den zweiten dazu, mit dem er sie um die Taille fasste. Die jungen Männer heutzutage! Da war Tobi doch weitaus angenehmer gewesen. Sie trat Heiko einmal fest auf den Fuß und war nun doch für einen kurzen Augenblick enttäuscht, die richtig spitzen High Heels zu Hause gelassen zu haben.

»Au!« Schmerzhaft zog sich Heikos Gesicht zusammen. »Erst verpasst mir die Eiskönigin ein blaues Auge, als ich sie auftauen will, und jetzt du. Das ist unfair.«

»Die Eiskönigin?« Deshalb das blutunterlaufene Auge.

Er gab frustriert eine Art »Hmpf« von sich. »Da gibt's so eine Wette«, sagte er. »Mit einer Freundin von Rose.«

»Und du bist im Rennen?«

»Die anderen sind alle schon abgeblitzt bei ihr. Aber mir wird sie nicht widerstehen können. Irgendwann«, setzte er hinzu.

Felicitas warf einen Blick in die Scheunenecke, in der sie Anouk vorhin gesehen hatte. Und tatsächlich, da stand das Mädchen immer noch mit ihrer Freundin, und in der Nähe drückten sich drei Jungs herum, die ganz offensichtlich mit ihr sprechen wollten und sich nicht trauten.

»Ich hoffe, deine Freunde hatten Mitleid mit dir wegen des blauen Auges?«, fragte Felicitas wieder an Heiko gewandt.

»Tobi hat gelacht«, sagte er finster.

Bingo.

»Danke fürs Bier.« Felicitas klopfte ihm auf die Schulter und machte sich vom Acker. Langsam musste sie mal schauen, dass sie Kai in die Finger bekam.

Doch das Schicksal schien es nicht gut mit ihr zu meinen, denn in diesem Augenblick rannte beinahe die Schreckschraube Ruth in sie hinein. Du lieber Himmel, und Hannah ihr direkt auf den Fersen. Hektisch sah Felicitas sich nach einer Fluchtmöglichkeit um.

»Wo wollen wir denn so schnell hin?«, fragte Ruth.

Felicitas verzog den Mund. Aber heute war sie weder Barbara Stolten, Personalabteilung, noch Felicitas Möller. Sie war Juliette, und die ließ sich nichts bieten. »Das geht dich gar nichts an«, sagte sie also, warf die Haare nach hinten und drehte sich um. Sie fühlte sich richtig gut.

Sie hielt nach Kai Ausschau, den sie schließlich an die Theke gelehnt entdeckte. Er würdigte Hannah keines Blickes. Ob das an Desinteresse, ihrem Streit oder daran lag, dass er in der Öffentlichkeit nicht auffallen wollte, konnte Felicitas nicht einschätzen.

In diesem Augenblick löste Kai sich aus seinem Gespräch und kam in ihre Richtung.

»Na, hallo«, begrüßte Juliette ihn kokett und lächelte

strahlend. Wer mit Ruth fertigwurde, konnte alles schaffen.

»Oh, hi.« Er sah sie etwas unsicher an. »Kennen wir uns?«

»Nein. Ich bin Juliette.« Sie trat nah an ihn heran.

»Sicher? Haben wir uns nicht bei …«

»Ganz sicher. Ich bin Juliette.«

»Okay.« Er sah sie interessiert an. »Dann … viel Spaß in unserer Scheune.«

Das war nicht der Gesprächsverlauf, den sie sich erhofft hatte.

»Ich muss leider arbeiten.« Er deutete mit dem Daumen zur Bar. Okay, das konnte sie verstehen.

»Vielleicht komm ich dich gleich mal besuchen«, sagte sie und zwinkerte ihm zu.

Er lächelte zurück, und, na, schon besser. Jetzt durfte sie nur nichts überstürzen.

»Rudi!«

Der Polizist kam ihr mit seiner Frau entgegen, offenbar hatten sie einen Babysitter für den heutigen Abend gefunden.

»Äh … kennen wir uns?« Kurzsichtig blinzelte Rudi sie an.

»Rudi, wer ist das?«, zischte seine Frau.

Himmel, ging ihr die Alte auf den Keks. Sollte sie ihrem Rudi halt mal sagen, dass sie ihn liebte, statt ihm eine Eifersuchtsszene nach der anderen zu machen!

»Rudi hat mich gerettet«, hauchte Felicitas. »In größter Not. Ach, Rudi, ich bin dir so dankbar.« Sie fuhr ihm mit der Hand den Arm hinauf, sodass der arme Mann ganz rot wurde.

»Also, ich weiß wirklich nicht, was …«, stotterte er.

Seine Frau presste die Lippen aufeinander.

»Leider ist er ja verheiratet«, seufzte Felicitas theatralisch. »Kennen Sie seine Frau?«

Jetzt war es an Rudis Frau, verwirrt zu blinzeln.

»Ja, ich sag auch immer: So ein schöner und starker Mann, und wir Frauen haben alle keine Chance. Er liebt nur die eine.« Sie zuckte unglücklich mit den Schultern.

»Äh …«, stotterte Rudi.

»Ich wette, sie ist die liebevollste Person überhaupt. So einen Drachen, nee, die würde er ja sofort verlassen, bei den ganzen Chancen, die er anderswo hat.«

Damit warf Felicitas dem Paar noch ein strahlendes Lächeln zu und machte sich erneut auf den Weg zur Bar.

»Was darf ich dir denn anbieten?«, fragte Kai, der sich von der anderen Seite der selbstgezimmerten Theke herüberlehnte.

»Was gibt es denn?«

»Bier, Bier und … Cola.«

Da hatte man ja in Roses Schänke mehr Auswahl. »Dann nehme ich eine Cola.« Sie hatte schon ein Bier getrunken, für ihre nächsten Schritte musste sie einen kühlen Kopf bewahren.

Kai schien einem kleinen Flirt nicht abgeneigt. Er zwinkerte ihr zu, lächelte sie an, und Felicitas war selbst überrascht davon, wie viel Mut ihr die Perücke gab. Sie berührte Kai am Handrücken, spielte mit ihren – künstlichen – Haaren und lachte zu oft und zu laut über seine Witze. So offensichtlich war sie noch nie auf einen Mann zugegangen, wie sie es jetzt tat, und hätte es sich auch nie im Leben getraut. Vielleicht sollte sie die nächste Sportprüfung als Violeta oder Juliette besuchen.

Es war wirklich lustig mit Kai, das musste Felicitas zugeben, und auf gewisse Weise konnte sie schon verstehen, weshalb Sarah sich in ihn verliebt hatte: Er sah nicht ganz so gut aus wie sein kleiner Bruder, wirkte dafür aber reifer und erfahrener – ha, was man in zwei gescheiterten Ehen nicht alles so lernte. Außerdem hatte er Humor und war ein aufgeweckter Gesprächspartner.

Besonders zudringlich wurde er jedoch nicht, und Felicitas hatte gerade beschlossen, ihr Verhalten noch um einige Grade heißer werden zu lassen und sich Kais Hemdkragen um den Finger gewickelt, da wurde neben ihr ein Glas zu Boden geworfen.

»Hey, du dämliche Ziege! Der Mann ist vergeben.«

Felicitas zuckte zurück, drehte sich um und … »Sarah?« Ach du Schreck. Sie hielt sich beide Hände vor den Mund. Wieso war die nicht auf ihrem Geschäftsessen? Verdammt.

»Felicitas?« Ihre beste Freundin starrte sie an, erst ungläubig, dann immer entsetzter. »Was machst du hier, und warum …« Sie gestikulierte in Richtung Kai. Plötzlich schien der Groschen zu fallen. »Ich glaube es ja nicht.« Ihre Augen blitzten, wild funkelte sie Felicitas an. »Du machst dich an Kai ran! In Wesebeck! Ich dachte, du bist in Dortmund? Und was soll überhaupt dieser Aufzug?« Mit einem Ruck zog sie Felicitas die Perücke vom Kopf.

»Ich …« Felicitas wich einen Schritt zurück.

Mevlüt, der gerade den DJ gab, hatte die Musik ausgeschaltet, er wollte wohl auch mitbekommen, was sich hier für ein Drama abspielte. Es herrschte Stille. Der ganze Raum schien den Atem anzuhalten, alle Augen waren auf Felicitas und Sarah gerichtet.

Sarah wurde ganz leise. »Du hast … du warst von Anfang gegen diese Hochzeit. Du wolltest mich von Anfang an nicht unterstützen. Aber dass du so weit gehst? Versuchen, mir meinen Mann … ja, was eigentlich? Ausspannen nicht. Nein.« Sie lachte schnaubend auf. »Nur, weil das mit Matthias nicht geklappt hat, gönnst du mir mein Glück nicht, oder was?«

»Das ist doch eine völlige Schnapsidee!«, verteidigte Felicitas sich. »Du kennst ihn doch noch nicht einmal!« Sie zeigte auf Kai.

»Dafür kennst du ihn ja jetzt umso besser, was?«, zischte Sarah.

»Er trifft sich mit seiner Ex«, rief Felicitas.

»Das ist doch völliger Quatsch!«, mischte sich Kai nun selbst ein.

»Ich hab ein Beweisfoto!«

»Wusste ich doch, dass ich dich kenne«, murmelte Hannah.

Unwillkürlich trat Felicitas einen Schritt zurück. »Es stimmt also«, sagte sie anklagend.

»Ach was!« Kai fuhr sich durch die Haare, aber er wirkte nervös. Fand zumindest Felicitas.

Sarah schien das nicht einmal zu bemerken. »Warte mal. Hast du dir dafür das Geld von mir geliehen?«, fragte sie. »Bespitzelst du *meinen* Verlobten auf *meine* Kosten?« Sie kniff die Augen zusammen.

»Felicitas ist Undercover-Polizistin.« Rudi stellte sich schützend vor Felicitas.

»Ahhhh«, rief Anouk dazwischen. »Ich hab dir das mit dem Location-Scout von Anfang an nicht geglaubt.«

»Undercover-Polizistin?« Sarah warf die Arme in die Luft. »Du bist unglaublich!«

Oh nein. Oh nein, oh nein, oh nein. Gleich würde Sarah allen erzählen, was Felicitas eigentlich war, weder Polizistin noch Location-Scout, sondern nur eine kleine unbedeutende, eifersüchtige … war sie eifersüchtig? Hatte sie Sarah ihr Glück nicht gegönnt? War die ganze Aktion eine egoistische, miese Gemeinheit gewesen? Nein, nein, es war ihr immer nur um Sarah gegangen! Felicitas schloss die Augen.

»Oooh, undercover trifft es gut«, rief Sarah wütend. »Schließlich hat sie euch alle angelogen.« Sarah drehte sich einmal im Kreis. Mittlerweile waren die Festbesucher näher gekommen. Irgendwo wurde leise getuschelt. »Und Polizei, na, irgendwie arbeitest du ja schon bei der Polizei, nicht wahr?«, fragte Sarah in die Runde.

Felicitas nickte. Tränen sammelten sich in ihren Augen. Sie hatte Sarah doch nicht verletzen, ihr nicht wehtun wollen.

»Aushilfe ist sie. In der Polizeikantine.«

Felicitas konnte hören, was alle dachten. »Sarah …« ihre Stimme brach. »Es tut mir so leid. Ich wollte dich nur …«

Sarah hielt die Hand in die Höhe: »Wag es ja nicht!«, zischte sie. »Wag es ja nicht. Du bist keine Freundin. Ich dachte, du wärst eine. Dabei bist du in Wirklichkeit nichts als ein dummes, egoistisches Miststück.«

»Ich …«

»Hau ab!«, schrie Sarah. »Lass mich in Ruhe! Misch

dich nie wieder in mein Leben ein, hörst du?« Sie zerrte an Kais Arm, der völlig verwirrt von Felicitas zu Sarah, dann wieder zu seinem Bruder blickte. Doch auch Tobi konnte nur hilflos mit den Schultern zucken.

»Felicitas, stimmt das?«, hörte sie da eine Stimme in ihrem Rücken, und das war zu viel.

Benjamin. Nein, das ertrug sie jetzt nicht.

Felicitas klaubte ihre Perücke vom Boden auf und rannte so schnell sie konnte aus der Scheune. Und rannte und rannte.

Irgendwann erreichte sie die Pension. Sie stolperte die Treppe hinauf, in ihr Zimmer. Mit vor Tränen verschleierten Augen warf sie ihre Sachen in den Koffer und die Ikea-Tasche, raffte alles innerhalb weniger Minuten zusammen, sah nicht mehr genau hin – wenn sie etwas vergessen hatte, auch egal – und schleppte das Gepäck zum Auto.

Nur weg.

Nur weg aus Wesebeck. Weg von ihrem Vorhaben, das so gründlich schiefgegangen war, weg von all ihren neuen Bekanntschaften, die sie so enttäuscht hatte, weg von Benjamin, der sie nun sicher hasste. Und weg von Sarah, der gegenüber sie sich … ja, wie eigentlich benommen hatte? Felicitas zog die Nase hoch. Schändlich. Einfach schändlich. Sie hatte schon recht. Den Verlobten anflirten! Sich in ein sexy Kleid zu werfen und ihn anschmachten … Was war nur in sie gefahren? In dem Moment, in dem sie den Schmerz und die Enttäuschung in Sarahs Augen erkannt hatte … Sie fuhr sich mit der rechten Hand über die Wangen. Blöde Tränen. Sie hatte es doch nur gutgemeint. Aber irgendwie waren die Grenzen verwischt worden. Nachdem sie Kai und Hannah im Wald gesehen hatte, war sie völlig besessen gewesen von der Idee, dass er Sarah betrog. Wer weiß, vielleicht war es tatsächlich völlig harmlos, vielleicht hatte Hannah ihn herbestellt und er hatte sie abweisen wollen, so wie er es zwei Tage später auf seinem Hof tatsächlich getan hatte. Aber Felicitas hatte sich mitreißen lassen von ihrer Idee und sich dann ohne nachzudenken immer tiefer darin verstrickt. Und jetzt hatte sie ihre beste Freundin verloren, und alles, alles, alles war ihre eigene Schuld.

Es war mitten in der Nacht, als sie in ihrer Wohnung in Dortmund ankam. Sie hatte immer wieder anhalten müssen, weil ihr die Tränen gekommen waren und sie die Straße nicht erkennen konnte. Blind hatte sie am Straßenrand gestanden. Passenderweise hatte es auch noch begonnen zu regnen.

Jetzt wollte sie nur noch ins Bett. Ins Bett, schlafen, diesen furchtbaren Tag, den Streit mit Sarah vergessen. Ach, könnte sie doch alles ungeschehen machen!

»Felicitas?« Violeta tapste aus ihrem Zimmer.

»Morgen«, sagte Felicitas leise, und schloss ihre Zimmertür. Sie konnte jetzt nicht reden. Morgen. Morgen würde sie ihr sagen, dass Violeta mit allem recht behalten hatte, dass Felicitas von Anfang an auf sie hätte hören sollen, dass alles gründlich schiefgegangen war, dass ihre Mitbewohnerin nun ihre einzige Freundin war.

Morgen.

Heute wollte sie nur noch traurig sein.

Samstag

»So, nun erzähl. Was hast du gemacht?«

Felicitas saß auf dem Sofa, wie schon die letzten Stunden, ein Kissen vor dem Bauch, um das sie die Arme gespannt hatte. Es wirkte irgendwie tröstend. Im Fernsehen liefen Reality TV-Shows, in denen sich Menschen wieder versöhnten, die sich auf ewig zerstritten hatten. Vielleicht gab es doch noch Hoffnung? Dann dachte sie an Sarah, an ihr hasserfülltes Gesicht, und fragte sich, wie sie sich fühlen würde, wenn ihre Freundin ihr so etwas angetan hätte?

Ein Glas wurde vor ihr auf den Couchtisch geknallt. Felicitas schreckte auf.

»Rakija.« Violeta ließ sich neben ihr in die Kissen sinken. Sie hielt ebenfalls ein Glas in der Hand. »Und nun: Živeli!« Sie stürzte die klare Flüssigkeit hinunter, und Felicitas tat es ihr nach. Der Schnaps brannte in ihrem Hals, und sie musste husten.

»Selbstgebrannter von meiner Oma.« Violeta grinste.

»Noch einen«, sagte Felicitas.

Nach dem dritten fühlte sie sich so weit imstande, Violeta vom gestrigen Abend zu erzählen. Nach dem vierten wollte sie Sarah eine tränenreiche WhatsApp-Nachricht schreiben, aber glücklicherweise schnappte Violeta ihr das Handy weg. Nach dem fünften begann sie zu weinen. »Ich werde mich nie wieder einmischen«, schluchzte sie in Violetas Schulter.

Ihr Handy klingelte. Sie kannte die Nummer nicht, aber die Ziffernfolge erinnerte stark an Lukas' Steuerkanzlei. Felicitas hielt das Display so, dass Violeta es sehen konnte. »Nicht mehr einmischen«, flüsterte sie und drückte den Anruf weg. Sollte Lukas mit Jasmin, einem Katamaran und einer Krokodilfarm glücklich werden. »Und auch nie wieder was gegen Online-Dating sagen.«

Violeta tätschelte ihr den Rücken und goss noch einmal ein.

Der nächste Morgen brachte einen Kater, aber auch einen Entschluss.

»Ich glaube, ich habe es wirklich verstanden«, flüsterte Felicitas, während sie wie durch einen Nebel versuchte, die Kaffeemaschine zu bedienen.

Violeta aß ein Käsebrötchen. Warum sah sie eigentlich so frisch aus? Sie hatte Glas für Glas mit Felicitas gemeinsam getrunken. »Omas Rakija hab ich quasi mit der Muttermilch aufgesogen«, sagte sie grinsend, offenbar konnte sie wieder einmal Gedanken lesen.

»Aber was mach ich jetzt mit Sarah?«

Violeta stützte den Kopf auf ihre Hände und überlegte. »Gib ihr Zeit«, sagte sie.

Das hatte Felicitas sich auch gedacht. Aber wie viel Zeit genau? Den Rest ihres Lebens doch wohl hoffentlich nicht? »Zur Hochzeit bin ich vermutlich ausgeladen«, murmelte Felicitas und ließ sich mit ihrer Kaffeetasse auf einen Stuhl fallen.

Violeta zuckte entschuldigend mit den Schultern. »Ich erzähl dir, wie's war.«

Felicitas nickte. Und weil es ihr sowieso schon beschissen ging, zückte sie ihr Handy, um Frau Haase eine E-Mail zu schicken und sich zum Dienst zurückzumelden. Was anderes hatte sie die nächsten Tage ohnehin nicht vor.

Mittwoch

Die nächste Woche war die unglücklichste ihres Lebens. Felicitas vermisste Sarah mehr, als sie Matthias vermisst hatte, dachte mehr an sie, als sie je an ihn gedacht hatte. Mit Sarah hatte sie einfach alles geteilt, sie hatte Sarah schon als zukünftige Schwägerin vor sich gesehen.

Apropos Schwägerin: Lukas hatte ihr eine begeisterte SMS geschickt, es ging um Fische und unglaubliche Farben. Kopfschüttelnd hatte Felicitas sich verboten, weiter über das Thema Drogen nachzudenken.

Dafür rückte ihre Mutter ihr mit Fragen auf die Pelle.

»Feli, hast du was von deinem Bruder gehört?«

»In letzter Zeit nicht«, antwortete Felicitas ausweichend. Sorgen wollte sie ihrer Mutter nicht bereiten, aber sie war nicht ganz sicher, wie sie die Geschichte erzählen sollte, ohne die Worte Kündigung, Bali und Drogen zu benutzen. »Ich glaube, er macht Urlaub«, versuchte sie es schließlich.

»Wo denn? Und weshalb kann er dort nicht ans Telefon gehen? Feli, die Sache behagt mir nicht.«

Mir auch nicht, Mama, mir auch nicht.

»Ich glaube, er hat eine Frau kennengelernt«, sagte Felicitas stattdessen. »Wir sollten uns da nicht einmischen, Mama.«

»Papperlapapp. Es ist unsere Aufgabe, ihn davor zu bewahren, Quatsch zu machen.«

Und nun wusste Felicitas, woher sie ihre ungünstige Neigung hatte, sich in anderer Leute Leben einzumischen. »Wir sollten Lukas die Chance geben, seine Fehler selbst zu machen«, sagte Felicitas, auch wenn ihr bei dem Gedanken daran, dass Lukas womöglich eine Drogenbraut auf Bali heiratete, ganz anders wurde. »Mama, ich muss los, ich hab einen Termin bei der Bank.« Sie biss sich auf die Zunge, doch es war schon zu spät.

»Bei der Bank?«, hakte ihre Mutter sofort ein. »Geht's um deinen Anruf neulich? Als du Geld brauchtest?«

»Keine Sorge«, sagte Felicitas schnell. »Es ist alles gut. Und die Verbindung ist jetzt auch gerade ganz schlecht, Mama, ich kann dich kaum verst…« Sie hielt inne und unterbrach ihren Satz. Zur neuen Felicitas sollte doch auch gehören, dass sie keine Lügengeschichten mehr erzählte! Sie kniff die Augen zusammen und beendete den Anruf. Ob das aus Sicht ihrer Mutter nun besser war, wollte sie im Augenblick nicht entscheiden. Sie musste sich jetzt ohnehin auf ein wichtiges Gespräch konzentrieren.

Ob Sarah ihr jemals verzieh, stand in den Sternen. Die Freundschaft hatte Felicitas unwiederbringlich zerstört. Und dass das Geld, das sie sich von Sarah geliehen hatte, das geringste Problem an der Misere war, war ihr schmerzhaft bewusst. Aber irgendwo musste sie beginnen, und einen Kredit zu beantragen, konnte sie jetzt in Angriff nehmen.

Sie straffte die Schultern und ging auf die Bankmitarbeiterin am Informationsschalter zu. »Ich habe einen

Termin bei René Schmidt«, meldete sie sich an. Peinlich genau hatte sie darauf geachtet, einen bestimmten Berater zu bekommen – jeden, nur nicht Chris!

»Felicitas Möller? Dann kommen Sie mit.« Die Bankangestellte führte Felicitas in den hinteren Bereich mit den vielen Glasbüros. »Es dauert noch einen kleinen Augenblick. Aber setzen Sie sich doch.« Die junge Frau wies auf einen der Stühle vor dem Schreibtisch. »Ich kann Ihnen gern einen Kaffee bringen? Oder ein Wasser?«

Felicitas nahm ein Wasser, das die Mitarbeiterin ihr in einer kleinen Flasche brachte. »Ach so, Herr Schmidt ist leider kurzfristig erkrankt«, sagte sie dann. »Aber natürlich haben wir eine Vertretung organisiert.«

Alarmiert sah Felicitas auf, doch es war schon zu spät: ChrisderBanker betrat den Raum mit einem perfekten, strahlenden Lächeln.

Felicitas zwang sich zumindest, die Mundwinkel minimal zu heben.

Karma. Schicksal. Die gerechte Strafe Gottes. Was auch immer es war, es war kein Zufall.

Chris tippte etwas in den Computer, dann sah er ihr in die Augen. »Was kann ich für dich tun?«

Unglücklich zuckte sie mit den Schultern. Ein Kredit. Aber den würde er ihr ja nicht geben. Das Spiel hatten sie schon durchgespielt.

»Ach natürlich, ich erinnere mich.« Chris tippte erneut etwas in den Computer. »Du wolltest deinen Dispo um fünfhundert Euro erhöhen?«

Felicitas nickte. Für einen Banker war das doch eine läppische Summe. Und wieso lächelte er immer noch? Es wirkte auch nicht einmal gezwungen oder aufgesetzt.

Konnte er sie so wenig leiden, war er immer noch so beleidigt aufgrund ihres Dates, dass er sich jetzt freute, ihr noch einmal ihr Minus um die Ohren zu hauen?

»Ich …«, begann Felicitas und brach ab. Was sollte sie auch sagen? Sie wollte diesen Dispo, wollte ihn unbedingt und so sehr, und er wollte ihn ihr nicht geben.

»Hey Chris!« Ein Arbeitskollege offensichtlich, im Anzug mit Goldkettchen, klopfte an den offenen Türrahmen. »Ich hab's gerade eben gehört. Herzlichen Glückwunsch.«

Chris' Lächeln wurde noch eine Spur breiter, obwohl Felicitas das nicht für möglich gehalten hätte. »Ihr seid alle eingeladen«, erwiderte er. »15. August, nicht vergessen.«

Der Arbeitskollege verschwand wieder, und Chris begann vor sich hin zu summen, während er weiter am Computer tippte. »Ich heirate«, sagte er unvermittelt.

Beinahe hätte Felicitas ihr Wasser zurück ins Glas gespuckt. »Du … ich … ich meine …«, stotterte sie.

»Ja, Wahnsinn, oder?« Chris blickte vom Bildschirm auf. »Das nächste Date, und es hat sofort eingeschlagen. Larissa ist wunderbar. Meine Traumfrau.«

»Sportlich«, sagte Felicitas.

»Sie ist einfach perfekt.«

Was sonst? Beinahe hätte Felicitas gelacht.

»So«, sagte er dann, begleitet von einem letzten nachdrücklichen Klacken der Tastatur. »Disporahmen auf tausend erhöht. Wenn du einen Kleinkredit brauchst, weitere tausend Euro zum Beispiel, können wir gern in zwei Wochen noch einmal sprechen.« Er reichte ihr seine Karte über den Schreibtisch.

»Ich … du … was?«

Er zog eine perfekte Augenbraue perfekt geschwungen nach oben. »Du wolltest doch einen Kredit?«

Felicitas schluckte. »Danke.« Bevor er es sich wieder anders überlegen konnte, stand sie schnell auf.

An der Tür blieb sie kurz stehen. »Alles Gute«, sagte sie. »Das freut mich echt für dich. Und ich hoffe wirklich, dass sich niemand einmischt und ihr glücklich werdet.«

Als sie am Abend zurück in ihre Wohnung kam, war sie leer.

Keine tröstenden Worte von Violeta, wie so oft in letzter Zeit. Der Junggesellinnenabschied. Violeta war auf der Feier, die eigentlich Felicitas hätte organisieren müssen. Sie wusste genau, was sie geplant hätte, um es Sarah so nett wie möglich zu machen. Zuerst am Nachmittag ans Wasser: Mit einem BBQ-Donut wollte sie auf den Möhnesee, gemeinsam grillen und vielleicht ein Bier trinken, auf jeden Fall ein bisschen im See baden und die Sonne genießen. Am Abend zurück in Dortmund wären sie zu dritt Cocktails trinken gegangen, in ihrer Lieblingsbar, wie es immer ihr Ritual war – und nun ein letztes Mal, bevor Sarah heiratete und nach Wesebeck zog.

Sie hatten immer so gern gelacht an diesen Abenden, gemeinsam. Jetzt würde Sarah nur noch mit Violeta lachen. Und mit Kai.

Felicitas saß derweil unglücklich zu Hause. Nicht einmal eine ganze Tafel Pfefferminzschokolade und eine Tüte ihrer Lieblingschips halfen.

Zum ersten Mal seit ihrer Flucht aus Wesebeck musste sie auch an ihre neuen Bekanntschaften dort denken, die ihr trotz der kurzen Zeit schon so ans Herz gewachsen waren. Wie sehr sie sich schämte! Was dachten sie jetzt von ihr? Rose, Helena, Anouk, Rudi und … Benjamin.

Sie griff nach ihrem Handy.

Legte es zur Seite.

Griff erneut danach.

Sie versuchte es im Kopf mit diversen Erklärungen, Beteuerungen und Entschuldigungen. Schließlich tippte sie »Es tut mir leid«, und schickte die Nachricht an Benjamin.

Danach schaltete sie ihr Handy aus.

Freitag

»Frau Möller, schlafen Sie?« Die Haase klopfte ihr auf die Schulter, und Felicitas schreckte auf. Es hatte sich schon eine Schlange an ihrer Kasse gebildet.

»Entschuldigung.« Die Nacht war unruhig gewesen, zu viele Gedanken waren ihr durch den Kopf gegangen. Jetzt hatte sie Kopfschmerzen und fühlte sich völlig gerädert. Sie rieb sich die Schläfen, dann setzte sie sich aufrecht hin und stellte den Teller, der auf dem Tablett vor ihr stand, auf die Waage. »Vier Euro achtzig«, sagte sie und blickte auf.

Direkt in Matthias' Augen.

Verdammt.

Was hatte sie über Sarah gesagt? Dass sie sie mehr vermisste als ihn?

Alle widerstreitenden Gefühle, die Verliebtheit, die Wut, der Liebeskummer, alles kam in diesem Augenblick mit Wucht zurück.

Ihre Finger zitterten, als sie seinen Fünf-Euro-Schein entgegennahm.

»Der Rest ist für dich«, sagte er gönnerhaft.

Das konnte er sich wirklich sparen. Doch bevor sie die zwanzig Cent aus der Kasse gekramt hatte, war er mit seinem Teller schon verschwunden. Ihm die Münze hinterherzuwerfen, fand sie doch zu kindisch.

»Alles in Ordnung mit Ihnen?«, fragte der Nächste in der Schlange.

Sie zuckte mit den Schultern. Nichts war in Ordnung, wirklich gar nichts, aber das würde sie sicher nicht irgendeinem dahergelaufenen Polizisten-Kollegen erzählen. Polizisten. Nicht Kollegen. Sie waren keine Kollegen, weil Felicitas keine Polizistin war. Nie sein würde.

Scheiße.

»Ich brauch eine Pause.« Mit Wucht schob sie die Kassenschublade zu und verließ unter dem entgeisterten Blick ihrer Chefin die Kantine.

»Was machst du denn hier?«, begrüßte Violeta sie, als sie die Tür zum Friseursalon öffnete.

»Ich glaub, ich brauch einen Rakija«, sagte Felicitas und ließ sich auf den Hocker neben der Tür sinken, der eigentlich für die Zeitschriften gedacht waren. Ihre Knie zitterten.

Violeta beugte sich zu der Kundin, der sie gerade die Haare blondierte. »Ich bin sofort wieder da. Die Farbe muss jetzt erst einmal einwirken.« Der anderen, die in einem Frisierstuhl wartete, signalisierte sie ebenfalls, gleich zurück zu sein.

»Ich hab gekündigt.« Felicitas biss sich auf die Unterlippe. Sie versuchte nicht ans Geld zu denken, vor allem an das nun fehlende Geld. Geld, das sie dringend brauchte, um das überzogene Konto wieder auszugleichen. Sie hatte die fünfhundert Euro sofort abgehoben, nicht, dass Chris es sich noch anders überlegte, und in einen Briefumschlag gesteckt. Das Kuvert hatte sie Violeta gegeben und sie gebeten, es Sarah auszuhändigen.

Umschuldung nannte man so etwas wohl, dachte sie seufzend und schob weitere Sorgen über ihre Lebenshaltungskosten weit weg.

Violeta stöhnte auf. »Wieso hast du gekündigt?«

»Der Job hat mich komplett unglücklich gemacht!«

»Armut wird dich auch komplett unglücklich machen. Was willst du denn in den nächsten Wochen essen? Du musst immer noch deinen Dispo zurückzahlen! Die Bank wird nicht einfach aus Kulanzgründen …«

»Ich finde schon was anderes«, sagte Felicitas kleinlaut. Irgendetwas, was zu ihr passen würde. Etwas, was so ähnlich war wie Polizeipsychologin. Vielleicht … Oh Gott. Sie schlug die Hände vors Gesicht. »Ich habe einen riesigen Fehler gemacht.« Wenn sie die Haase ganz lieb bat, durfte sie vielleicht wieder zurück in die Kantine?

Violeta umarmte sie kurz. »Ich hol den Rakija.«

Konnte ihre Woche noch schlimmer werden?

Samstag

Sie konnte.

Verkatert lümmelte Felicitas in Violetas Laden herum und las die neuesten Infos über das britische Königshaus, während sie versuchte, nicht an ihre derzeitige Arbeitslosigkeit zu denken. »Ich finde sicher einen anderen Nebenjob«, murmelte sie. »Violeta, suchst du nicht eine Auszubildende?«

Ihre Mitbewohnerin, die gerade einer Kundin rote Strähnchen färbte, rollte mit den Augen. »Du könntest dir auch etwas suchen, was dir Spaß macht.«

»Ich …«

»Jetzt sag nicht wieder Polizei«, unterbrach Violeta. »Dann nutz die nächsten Wochen, trainier dich fit und besteh die Aufnahmeprüfung. Felicitas, Süße«, sie stellte das Töpfchen mit der Farbe hin und wandte sich um. Doch was auch immer sie sagen wollte, in diesem Augenblick bimmelte das Türglöckchen, und Sarah stand in der Tür. Im Brautkleid. In diesem Traum von einem Brautkleid, den Felicitas immer noch wunderschön fand, zu dem sie einen Brautstrauß mit roten Rosen trug und eine komplett aufgelöste Frisur. Tränen liefen ihr die Wangen herunter, das Gesicht hochrot und die Wimperntusche verschmiert.

»Sarah!« Felicitas stürzte auf die Freundin zu, um …

ja, um was eigentlich? Sich zu entschuldigen, mit ihr zu reden, auf sie einzureden, sich ihr …

»Kai ist verschwunden.«

»Was?«

»Der Drecksack ist einfach abgehauen!« Sarahs Stimme wurde schrill.

Violetas Kundinnen drehten sich alarmiert um.

»Eins nach dem anderen«, schaltete sich Violeta ein. »Ich hole erstmal den Rakija.« Damit verschwand sie zum zweiten Mal innerhalb von zwei Tagen durch die Tür nach oben, um nach hochprozentigem Alkohol zu suchen.

Sarah sah Felicitas an, die sich kaum zu atmen traute. Was würde nun kommen? Vorwürfe? Wut? Eine Ohrfeige? Sie würde ihr nichts davon verdenken können.

»Du hattest mit allem recht.«

»Mit …«

»Hätte ich dich nicht enttarnt, hätte ich dich weiterarbeiten lassen, hätte ich dir *geglaubt*! Du hast doch was von seiner Ex gesagt, mit der er sich getroffen hat! Er hat mich betrogen, muss mich betrogen haben, dieser … Oder, oh Gott, vielleicht ist ihm etwas zugestoßen? Felicitas, ich brauch deine Hilfe.«

Das Türglöckchen bimmelte erneut, und Violeta kam mit einer Flasche sowie mehreren Gläsern zurück. Großzügig goss sie Sarah ein, danach Felicitas und schließlich sich selbst. »Auch was?«, fragte sie ihre Kundinnen, die jedoch dankend ablehnten.

»Živeli«, murmelte Felicitas, trank ihren Schnaps aber nicht. Sie musste einen klaren Kopf bewahren.

Sarah stürzte ihren hinunter, hustete und hielt Violeta das leere Glas zum Nachschenken hin.

»Jetzt mal von vorn«, sagte die, nachdem sie der Aufforderung nachgekommen war. »Was ist passiert?«

»Dieser verdammte …«

»Ganz ohne Emotionen.« Violeta hob die Augenbrauen. »Nur die Fakten.«

»Okay.« Sarah atmete tief durch. »Kai hatte gestern seinen Junggesellenabschied.«

Felicitas versuchte, den Stich zu ignorieren, weil sie selbst ja den Junggesellinnenabschied ihrer besten Freundin nicht mitfeiern durfte.

»Und er ist bis jetzt nicht zu Hause aufgetaucht.«

»Bis jetzt?« Es war schon Mittag!

»Was für ein Schwachsinn, einen Junggesellenabschied am Abend vor der Hochzeit zu feiern«, meckerte Violeta. Sarah nickte knapp, die Lippen aufeinandergepresst.

»Verstehe.« Felicitas drückte ganz kurz ihre Hand. »Mit wem war er denn feiern?«

»Mit seinen Freunden«, sagte Sarah unsicher. »Ich glaube, vom Fußball?«

»Tobi, klar, Bernhard sicher auch, Alex, Mevlüt, vielleicht noch Heiko«, zählte Felicitas auf und fragte dann: »Frauen?«

»Angeblich war seine Exfrau dabei.« Wütend stürzte Sarah den dritten Rakija hinunter. »Ich glaube, er hat sich wieder mit ihr eingelassen.«

»Mit der Ex!« Violeta goss sich selbst ebenfalls noch einen Selbstgebrannten ein.

»Mit welcher Exfrau? Helena etwa? Oh Gott, nein, Rose würde das nie im Leben zulassen.«

»Dann halt die andere.«

»Conny? Die ist glücklich mit Mark. Oder vermutlich eher unglücklich. Man weiß es nicht. Ich kann mir das trotzdem nicht vorstellen. Außer natürlich, wenn Mark *dachte,* sie hätten etwas miteinander«, fuhr sie fort, »dann liegt Kai jetzt mit mehreren Knochenbrüchen im Krankenhaus. Mark ist eher rabiat unterwegs.«

Violeta hob eine Augenbraue, und Sarahs Augen wurden groß.

»Blöder Gedanke«, sagte Felicitas schnell. »Nein, nein, Conny und Kai? Völlig abwegig.« Hannah allerdings, Hannah war alles andere als abwegig. Sie knabberte an ihrer Unterlippe. Nein, eine Braut am Hochzeitstag sollte man besser beruhigen, also entschied sich Felicitas für eine rationale Herangehensweise: »Konzentrieren wir uns aufs Naheliegende: Hast du schon Tobi gefragt?«

»Der hat mich heute Früh ja angerufen, um mir von der Feier zu erzählen. Aber jetzt kann ich Kai nicht erreichen, und Tobi ist auch nicht mehr aufzutreiben. Und Kais Eltern sind genauso durcheinander wie ich.«

Felicitas brummte zustimmend. »Bernhard?«

Sarah schaute sie fragend an.

»Okay. Tobi ist vielleicht bei Anouk.«

»Anouk?«

»Wir fahren zu Rose.«

»Wer zum Geier sind diese Leute?«

Felicitas stöhnte. »Willst du in dieses Dorf einheiraten oder ich?« Sie verzichtete auf weitere Erklärungen und zog Sarah stattdessen am Ärmel. »Los, komm schon.«

»Ihr fahrt dahin?« Violeta hielt die Rakija-Flasche gerade zum dritten Mal in die Höhe.

»Geht schneller und liefert sofort Resultate.« Außerdem hatte Felicitas noch eine Rechnung offen. Wenn Kai ihre Sarah wirklich betrogen hatte, mit Conny oder Hannah oder sonst wem, würde sie Mark dabei helfen, ihm die Nase zu brechen.

»Wartet, ich komm mit!« Violeta stürzte zur Garderobe, um ihr schickes Jäckchen zu holen.

In der Tür blieb sie stehen. »Rauswaschen!«, rief sie der mit den roten Strähnchen zu. Sie gestikulierte in Richtung der anderen. »Vielleicht hilfst du ihr. In zehn Minuten ist die Farbe fertig! Hier«, sie warf ihr den Schlüssel zu. »Abschließen, Schlüssel in den Briefkasten werfen, und Haare schneiden machen wir nächstes Mal! Die Tönung geht aufs Haus!«

Sie hastete hinter Felicitas und Sarah her, die Tür schlug hinter ihr zu, und die beiden Kundinnen blieben allein zurück.

Dann drehte sie noch einmal um, schnappte sich die Rakija-Flasche, die sie neben ihrer Kasse stehengelassen hatte, und rannte wieder nach draußen.

»Na, da hat wohl noch jemand seinen Job gekündigt«, konnte sich Felicitas nicht verkneifen. Sarahs Wagen stand direkt vor dem Friseursalon im absoluten Halteverbot. »Ich fahre.«

Brav überreichte Sarah ihr den Schlüssel, dann stiegen sie ein, und Felicitas fuhr mit quietschenden Reifen los.

»Wie aufregend!«, rief Violeta vom Rücksitz. »Hätten wir die Perücken mitnehmen sollen?«

»Felicitas, hätten wir Perücken gebraucht?«, fragte auch Sarah.

Felicitas stöhnte auf. Vermutlich sorgte der Rakija bei den beiden für diesen seltsamen Gedankengang. »Nein. Wir wollen nur herausfinden, wo Kai ist. Dazu brauchen wir keine Verkleidung.«

Natürlich mussten sie eine Pinkelpause einlegen.

»Ich glaube es nicht«, murmelte Felicitas, während ihre Freundinnen – Sarah etwas ungelenk, Violeta fidel wie immer – aus dem Auto stiegen. »Nicht mal eine Stunde Fahrtzeit, es geht quasi um Leben und Tod, und ihr müsst aufs Klo.«

Da sie ohnehin schon hielten, kaufte sich Felicitas dann an der Tankstelle eine Cola und einen Schokoriegel. Ihre Freundinnen hatten ja andere Flüssigverpflegung.

Als sie alle wieder im Auto saßen, ließ Violeta erneut die Flasche kreisen; mangels Gläser nahmen beide einen Schluck direkt aus der Flasche. Kurz vor Wesebeck heulte eine Sirene hinter ihnen auf.

Felicitas fuhr rechts ran, seufzte und kurbelte das Fenster herunter. Rudi ließ sich Zeit damit, seinen Motor auszustellen und zu ihnen hinübergelaufen zu kommen.

»Es tut uns so leid, wir waren viel zu schnell, aber es geht um meine Hochzeit!«, plapperte Sarah.

»Herr Wachtmeister, wie können wir das wieder gutmachen?«, hauchte Violeta und formte ihre Lippen zu einem Kussmund.

»Bitte lassen Sie uns schnell weiterfahren«, rief Sarah.

»Wir würden auch alles dafür tun.« Violeta machte große Augen.

»Unsere Fahrerin hat auch nichts getrunken! Nur wir!« Sarah hielt die Flasche hoch.

Felicitas rutschte tiefer und tiefer in ihren Sitz.

»Lily!«, rief Rudi, der sie wahrscheinlich schon am Nummernschild erkannt hatte.

Gott, war ihr das peinlich.

»Mann, Mann, Mann, du hast mich ganz schön an der Nase herumgeführt.« Er wedelte mit seinem rechten Zeigefinger vor ihrem Gesicht herum.

»Es tut mir so leid.« Sie hatte ein wirklich schlechtes Gewissen, ihn in dem Glauben belassen zu haben, sie wäre Polizistin.

»Das hätte ich ja nicht gedacht von dir.«

»Ich weiß.« Felicitas blickte verlegen auf ihr Lenkrad. Wie sollten die Menschen in Wesebeck ihr jemals wieder vertrauen?

»Du warst Violeta und diese Schwarzhaarige auf dem Scheunenfest.«

Und Barbara Stolten, Personalabteilung.

»Wahnsinn.« Rudi schüttelte den Kopf. »Hundertprozentig ist sie eine Polizistin, hätte ich gesagt. So professionell! Du musst unbedingt zu uns kommen, Lily. Nur das mit der Flunkerei, das mögen wir nicht so gern.« Er sah sie streng an.

»Ich … du … natürlich nicht«, antwortete Felicitas verwirrt.

Da grinste er bis über beide Ohren. Er war nicht sauer? Rudi war nicht sauer auf sie? Er verzieh ihr, dass sie ihn nach Strich und Faden belogen hatte?

»Weißt du, ich werde wahrscheinlich befördert.«

»Nein!« Felicitas haute ihm leicht gegen den Arm. »Herzlichen Glückwunsch, du Held! Was hast du gemacht?«

»Also, ich habe wie üblich ein bisschen nach den Rasern geguckt und deinen Rat beherzigt, mir auch die allzu Korrekten näher anzusehen. Und dann ist Folgendes passiert.« Er stellte sich breitbeinig hin und verschränkte die Arme vor der Brust, um ihnen die Szene seines heldenhaften Einsatzes vorzuspielen. »Allgemeine Verkehrskontrolle, Führerschein und Fahrzeugpapiere bitte, wissen Sie, wie schnell Sie unterwegs waren?«, ahmte er sich selbst nach. Anschließend machte er eine Kunstpause, um dann im gleichen Tonfall fortzufahren: »Sie sind fünfzig gefahren, auf den Strich genau. Und ooooh, was haben wir denn da? Sind das etwa Drogen im Kofferraum? Ach, zur Fahndung ausgeschrieben sind Sie? Das ist ja interessant.«

»Nein!«, rief Felicitas erneut.

»Nein!«, riefen auch Sarah und Violeta.

Rudi hielt Felicitas die offene Hand hin, damit sie abklatschen konnte.

»Fantastisch«, gratulierte sie ihm erneut.

»Wo wolltet ihr denn nun so schnell hin?«, fragte er jetzt.

»Sarahs Hochzeit retten«, sagte Violeta.

»Wer ist Sarah?«

»Mein Verlobter, dieser …«, begann Sarah.

»Wir müssen unbedingt schnell nach Wesebeck, um …«, rief Violeta dazwischen.

»Ruhe jetzt!«, sagte Felicitas und warf ihren Freundinnen einen ungeduldigen Blick zu. Vielleicht hätte sie ihnen den Rakija wegnehmen sollen. »Rudi, Sarah wird in drei Stunden, so Gott will, Kais dritte Ehefrau. Dafür müssen wir Kai aber erst einmal finden.«

»Der hatte doch gestern seinen Junggesellenabschied.«

»Ganz genau«, antwortete Felicitas. »Und jetzt ist er nicht aufzutreiben.«

»Ach was.«

»Du hast ihn nicht besoffen irgendwo aufgegriffen und in eine Arrestzelle gesteckt?«

»Nicht, dass ich wüsste.« Rudi kratzte sich an der Schläfe.

Felicitas seufzte. »Das hatte ich befürchtet. Ich mach mir Sorgen, dass er …« Sie beugte sich nach vorn und flüsterte ihm zu: »Hannah?«

»Oooh.« Rudis Augen wurden groß.

»Zumindest die Möglichkeit würde ich gern abchecken.«

»Natürlich! Ich bereite euch den Weg!«, rief Rudi. Er stürmte zu seinem Streifenwagen, schaltete das Blaulicht ein und fuhr mit sagenhaften achtundfünfzig Stundenkilometern voran.

»Gib mal Gas!«, nölte Violeta.

»Kann der nicht etwas schneller fahren?«, drängelte auch Sarah.

»Das *ist* Formel-1-Geschwindigkeit für Rudi«, erklärte Felicitas ihren Freundinnen. »Immerhin müssen wir nicht an roten Ampeln stehenbleiben.« Und da Wesebeck auch nicht so groß war, kamen sie keine zehn Minuten später in der Hauptstraße an.

Noch bevor Felicitas sich überhaupt abgeschnallt hatte, war Rudi schon aus seinem Wagen gesprungen und klingelte bei Hannah Sturm. Er war wirklich auf Zack.

Doch niemand öffnete.

Felicitas trat einige Schritte zurück und versuchte, in die Wohnung zu sehen. Doch bei Tageslicht und ohne dass es innen beleuchtet war, konnte sie nur die Blumen auf der Fensterbank sehen.

»Zumindest sind sie nicht hier«, stellte Rudi fest.

Felicitas fragte sich, ob es besser war, wenn die beiden zusammen durchgebrannt waren – nach Bali, um Drogen zu nehmen und eine Tauchschule zu eröffnen vielleicht.

»Okay, Konzentration.« Sie klatschte in die Hände. »Was wissen wir? Eigentlich nur, dass er zuletzt auf seinem Junggesellenabschied war. Dann sollten wir dort anfangen und seinen Spuren folgen.« Sie wandte sich an Rudi. »Weißt du, wo der Junggesellenabschied stattgefunden hat?«

»Im Vereinsheim.«

Das hätte sie sich beinahe denken können. »War Hannah dort dabei?«

Rudi schüttelte den Kopf.

»Und …«, Felicitas zögerte und warf einen besorgten Blick zu Sarah. »Waren da Stripperinnen?«, fragte sie schließlich so leise wie möglich.

»Ich glaub, die Conny hat irgendwann ihr Oberteil verloren, aber keine professionellen, wenn du das meinst.«

»Conny!«

Violeta sog scharf Luft durch die Nase ein, Sarah setzte sich aufrecht hin. »Ist das nicht …?«

Felicitas nickte und winkte ihren Freundinnen, ihr zurück zum Auto zu folgen. »Das kriegen wir raus.«

Mit auf den Strich genau zulässiger Maximalgeschwindigkeit fuhren sie zum Fußballplatz.

Wie üblich war die Tür des Vereinsheims nicht abgeschlossen, und auch die zum Gastraum stand offen. Felicitas kam mit der Gruppe im Schlepptau hinein.

»Ja, sagt mal!«, rief Michaela entrüstet, die gerade mit einem Lappen über die Theke wischte und offenbar nur die Schritte gehört hatte. Andi, der an einem der Tische Zeitung gelesen hatte, sprang auf.

»Wir haben noch ge…« Da zog die Erkenntnis über sein Gesicht.

Auch seine Frau blickte in diesem Moment zu ihnen her. »Violeta!«, sagte sie erstaunt.

»Äh«, warf die richtige Violeta ein.

»Sie heißt Lily«, korrigierte Rudi.

»Also eigentlich heiße ich Felicitas«, korrigierte Felicitas kleinlaut.

»Das war wirklich nicht nett, uns so anzulügen.«

»Ich weiß, es tut mir sehr leid«, wiederholte Felicitas schon, was sie Rudi gesagt hatte.

»Weißt du, was am Mittwoch hier los war?«, fragte Andi. »Und wir hatten deinen richtigen Namen nicht und keine Telefonnummer und konnten nicht anrufen.« Er schüttelte den Kopf und fügte tadelnd hinzu: »Dabei hätten wir deine Unterstützung echt gebraucht.«

»Nächstes Mal stehe ich wieder zur Verfügung«, versprach Felicitas, ohne nachzudenken. Dann kam sie zur Sache: »Es geht um gestern Abend.« Andi und Michaela fragten sich sicher schon, was eine Braut um diese Zeit im Vereinsheim wollte. Sie erklärte den beiden kurz, was passiert war. »Habt ihr Hannah gesehen?«, beendete sie schließlich ihre Ausführungen.

Doch auch die beiden verneinten das.

»Wisst ihr noch, mit wem Kai die Party verlassen hat? Und um wie viel Uhr ungefähr?«

Andi runzelte die Stirn. »Bei uns ging es so bis eins etwa. Ein paar der Jungs sind dann nach Hause.«

»Ich glaube, Heiko musste kotzen«, warf Michaela ein. »Und Torsten ging's auch nicht so gut.«

»Ich musste auch ganz früh nach Hause«, mischte Rudi sich ein.

Das hätte Felicitas nicht anders erwartet.

»Anouks Freundin wollte ebenfalls gehen, weißt du, diese Kleine, aber ich glaube, die anderen sind noch zu Rose, um weiterzufeiern.« Andi kratzte sich am Kopf. »Hier habe ich heute Morgen nur noch Bernhard gefunden. Den hatten sie unter dem Ecktisch vergessen.«

»Dann schauen wir mal, was Rose dazu sagt.« Felicitas bedankte sich bei dem Pärchen und schob ihre beiden Freundinnen aus dem Vereinsheim und zurück zum Auto.

»Zu Rose!« Rudi schaltete erneut das Blaulicht ein, als er ihnen ins Stadtzentrum wiederum sehr moderat Geleit gab.

Dann jedoch parkte er auf dem Behindertenparkplatz vor der Sparkassenfiliale und wies Felicitas an, sich hinter ihn auf die Bushaltestelle zu stellen.

»Rudi! So wild unterwegs«, kommentierte Felicitas.

Etwas verlegen fuhr er sich durch die Haare. »Holger« – offenbar der einzige Wesebecker mit einer Behinderung –, »ist im Urlaub, und der Bus …«

»…fährt Samstagmittag sowieso nicht«, ergänzte Felicitas.

Das Rathaus, in dem sich auch das Standesamt befand, war geschmückt, Fahnen wehten davor. Wenn einer der ihren – egal zum wievielten Mal – heiratete, gab man in der Wesebecker Stadtverwaltung alles.

Sarah betrachtete die Dekoration finster, und Felicitas zog sie schnell weiter zur Marktschänke.

Dort war es so dunkel wie eh und je, Roman saß am Tresen wie eh und je, und aus den Lautsprecherboxen tönte – wie eh und je – Bonnie Tyler.

Rose stand hinter der Theke, und als Rudi, Felicitas, Violeta und Sarah in ihrem Brautkleid hereinstürmten, ließ sie ein Glas fallen. »Himmelherrgott nochmal, ihr könnt doch eine alte Frau nicht so erschrecken.« Dann kam sie um die Theke herum und besah sich die Truppe genauer. »Mädchen!«, rief sie glücklich und wuschelte Felicitas durch die Haare. »Wir haben dich vermisst! Location-Scout, was für ein lächerlicher Beruf, hab ich's doch immer schon gesagt.« Sie klopfte Felicitas auf die Schulter. »Nee, Mädchen, Kantine, das ist ja fast Gastgewerbe, das ist was Bodenständiges. Und du wirst Kais Dritte, hm?«, fragte sie dann an Sarah gewandt.

Die lächelte etwas gequält. »Wo sind die Toiletten?«, fragte sie plötzlich.

Felicitas deutete die Richtung an, hinter Roman rechts um den Tresen herum, da stürmte Sarah auch schon los.

»Verträgt keinen Rakija«, sagte Violeta seufzend.

»Oh.«

Felicitas lief hinterher. Und tatsächlich: Sarah hockte vor der Kloschüssel. Das Brautkleid – Felicitas versuchte nicht an das Brautkleid zu denken. Das Licht auf dem WC war nicht viel heller als in der Gaststube. Solange man den Dreck nicht sehen konnte, schaffte sie es, ihn zu ignorieren.

Sie ging hinter Sarah in die Knie und hielt der Freundin den in die Haare eingeflochtenen Schleier zurück. »So hatte ich mir das alles nicht vorgestellt«, sagte Sarah irgendwann leise. »Der schönste Tag meines Lebens, pah!«

»Das wird er noch.« Felicitas strich ihr beruhigend über den Kopf. »Wir finden Kai, und du wirst sehen, ihr bekommt euer Happy End.« Sie erinnerte sich an ihre letzte Begegnung mit Sarah beim Scheunenfest. Seither hatte sie keine Möglichkeit mehr gehabt, mit ihrer Freundin allein zu sprechen.

»Weißt du«, sagte Sarah. »Ich war so wütend auf dich. Sooo wütend.«

»Ich werde so etwas nie wieder machen. Das verspreche ich dir.«

Sarah fasste nach ihrer Hand. »Das mit Matthias hat dich ganz schön mitgenommen. Kein Wunder, dass du so misstrauisch warst. Und das war dann deine verdrehte Art, mir zu zeigen, dass …«

»Es tut mir wirklich leid.«

»Vermutlich hattest du ja sogar recht.«

Felicitas schüttelte den Kopf. »Das wissen wir doch noch gar nicht. Vielleicht ist alles ganz harmlos.« Hannah, nagte es in ihrem Kopf. Hannah nachts im Wald, Hannah, die Gerüchte im Überfluss über sich und Kai streute. Felicitas drückte Sarahs Hand. »Wir finden ihn, und alles kommt in Ordnung. Wesebeck ist ein toller Ort.« Sie schloss die Augen und lächelte. Was hatte sie Angst gehabt vor dem Wiedersehen mit all den Menschen, die sie in Wesebeck kennengelernt hatte! Und dann schienen die ihr gar nicht so böse zu sein, wie sie gefürchtet hatte. »Du wirst dich hier so wohl fühlen«, flüsterte sie Sarah zu.

Eine Antwort blieb aus, da ihre Freundin einen Schluckauf bekam.

Felicitas musste lachen, Sarah selbst musste lachen, und irgendwann schaffte sie es, etwas wacklig auf die Beine zu kommen.

Auf Felicitas' Arm gestützt, wankte sie zurück in den Schankraum.

Ein Glas Wasser stand auf der Theke, zwei Tabletten lagen daneben.

»Für dich«, sagte Rose an Sarah gewandt und stellte noch einen Espresso dazu.

»Es gibt ja doch Lavazza hier!«, rief Felicitas anklagend.

»Und ab morgen Rakija.« Violeta hielt ihre nun leere Flasche in die Höhe. Zwei Schnapsgläser standen auf der Theke, sie hatte Rose offenbar eine Verkostung angeboten.

»Wir sind auf einer Mission«, sagte Felicitas.

Violeta setzte sich neben Sarah auf einen Barhocker und versuchte, ihr den Kaffee einzuflößen. Ob Violeta jemals in ihrem Leben Liebeskummer oder einen Kater gehabt hatte? Felicitas schüttelte den Kopf und wandte sich an Rose. »Wir suchen Kai.«

»Dein Interesse an dem Mann ist ungebrochen, wie ich sehe.« Die Wirtin grinste. Aber als Felicitas nur mit den Augen rollte, sagte sie: »Der war gestern Abend noch hier.«

»Wann, wo und wie genau hast du ihn das letzte Mal gesehen? Und war Hannah dabei?«

»Hannah? Nee, das wüsste ich.« Rose überlegte. »Conny hing an seinem Arm. Keine Ahnung, wo Mark war. Mevlüt war längst gegangen, Helena hab ich vorher schon nach Hause geschickt ...«

Ach je, Helena. Kais Junggesellenabschied konnte nicht einfach für sie gewesen sein.

»Anouk und Tobi sind verschwunden«, Rose deutete mit dem Daumen nach oben, wo offenbar ihre Wohnung lag. »Herzlichen Dank übrigens, Lily.«

»Sie heißt jetzt Felicitas«, erklärte Rudi.

Rose warf dem Polizisten einen genervten Blick zu. »Das Mädchen ist ja glücklich, schön. Aber nun muss ich den Volldeppen dauernd an meinem Mittagstisch ertragen.«

Felicitas zuckte entschuldigend mit den Achseln. »Stell dir vor, sie hätte sich in Heiko verknallt, und sei dankbar für ihre Wahl.«

»Schlimmer geht immer«, stimmte Rose zu. »Jedenfalls hab ich gegen drei zugemacht, und Kai, Conny und na, wie heißt er, der Kleine mit dem Hund?«

»Barbarossa! Nee, Moment, so heißt der Hund.« Felicitas überlegte.

»André«, sagte Rudi.

»Richtig! Die drei sind dann über den Marktplatz gewankt, und ich hab abgeschlossen.«

Felicitas wollte gerade ihre beiden Freundinnen einsammeln, um sich auf den Weg zu Conny oder André zu machen, da öffnete sich die Tür, und Anouk betrat mit Helena kichernd die Marktschänke.

»Lily!« Anouk fiel ihr um den Hals, während Rudi die beiden darüber aufklärte, dass sie nun Felicitas hieß.

Felicitas umarmte beide. »Helena, bitte erinnere mich später nochmal an einen Orthopäden.« Die Telefonnummer hatte sie doch schon längst von Violeta! »Aber jetzt haben wir keine Zeit. Wir müssen Kai finden.« Sie deutete auf Sarah in ihrem Brautkleid.

Anouk und Helena waren Feuer und Flamme. Sie beschlossen, bei Rudi im Streifenwagen mitzufahren.

»Conny«, murmelte Helena grimmig, als sie einstieg.

Felicitas hatte ohnehin schon vermutet, dass es da noch eine offene Rechnung gab.

Zu Conny brauchten sie ein kleines bisschen länger, da sie mit Mark zusammen in Meringsdorf wohnte.

Helena kannte die Adresse, und auch diese Information fand Felicitas durchaus interessant.

Sie hielten vor einem rot verklinkerten Einfamilienhaus mit einer hellen Gardine hinter dem Fenster, und Felicitas klingelte.

Sie warteten, aber niemand öffnete.

Felicitas klingelte noch einmal. Jetzt bewegte sich hinter dem Fenster rechts von der Tür eine Gardine.

»Aufmachen, Polizei!«, rief Felicitas deshalb.

Als Rudi sie erschrocken anblickte, zuckte sie nur mit den Schultern.

Dennoch: Die Worte halfen, kurz darauf konnten sie schlurfende Schritte im Flur hören.

Conny sah blass aus, als sie öffnete, eine Druckstelle vom Kissen war noch auf ihrer linken Wange zu sehen.

»Ist später geworden gestern?«, fragte Felicitas unschuldig.

Conny nickte gähnend, und Felicitas versuchte, über ihren Kopf hinweg ins Innere des Hauses zu sehen.

»Wir suchen nach Kai«, sagte Helena.

»Der ist nicht hier.«

»War er denn …« Doch weiter kam Felicitas nicht. Plötzlich stand Mark vor ihr, und er wirkte ziemlich schlecht gelaunt.

»Was wollt ihr hier?«, blaffte er.

Vorsichtig trat Felicitas einen Schritt zurück. Wenn Mark zu Hause war, war Kai entweder schon längst über alle Berge oder saß zitternd im Kleiderschrank.

»Wir suchen Kai«, erklärte Violeta ihm.

»Der ist nicht hier«, wiederholte Mark.

»Wo hast du ihn denn das letzte Mal gesehen?«, wandte Felicitas sich wieder an Conny, die noch immer in der Tür stand, noch immer reichlich blass.

»Rose hat Tabletten, die helfen super«, informierte Sarah sie hilfsbereit.

»Raus hier!«, brüllte Mark jetzt. »Sonst …« Er hob die Faust.

Und ja, Felicitas verstand die Abneigung der Wesebecker Fußballjungs gegen Mark.

Helena und Anouk stellten sich, die Arme vor der Brust verschränkt, mit feindseligem Gesichtsausdruck hinter Violeta und Sarah.

»Schön langsam«, mischte sich nun Rudi ein. Er straffte die Schultern, um seine Uniform besser zur Geltung zu bringen, und trat einen Schritt nach vorn. »Wir wollen von Conny nur was wissen.«

»Und ich will nicht, dass ihr mit Conny redet!«

»Das kann Conny selbst entscheiden, meinst du nicht?« So stahlhart hatte Felicitas Rudi noch nie sprechen gehört. Er drehte sich zu Conny. »Also?«

»Ist das eine offizielle Befragung?«, fragte sie.

Violeta kramte von irgendwoher eine Zigarette hervor, der Rakija war ja alle, nahm sich eine und bot auch Conny eine an. Zögerlich griff sie zu, was Mark wiederum auf die Palme brachte.

»Ich glaub, es hackt!« Er schlug ihr die Zigarette aus der Hand.

»Weißt du was?« Felicitas wandte sich an Rudi. »Ich glaub, wir nehmen Conny mit.«

Helena schob sich nach vorn. All ihre Feindseligkeit schien ausschließlich gegen Mark gerichtet zu sein.

»Spinnt ihr, oder was?«, rief der jetzt, als Helena einen Arm um Connys Schultern legte und sie sanft zu Rudis Streifenwagen führte. Mark wollte den beiden hinterher, aber Rudi stellte sich ihm in den Weg. »Pass bloß auf!«, sagte er.

»Ich lass mir doch von euch meine Freundin nicht wegnehmen«, zischte Mark und hob erneut drohend die Faust.

Rudi reckte das Kinn und legte eine Hand an sein Holster. »Du hältst jetzt mal die Luft an, Freundchen«, wies er ihn zurecht. Der Mann lief wie schon beim Fußballspiel zur Höchstform auf, und Felicitas war stolz wie eine Entenmutter auf ihr Küken. »Ich hör noch eine Beschwerde über dich, beim Fußball, im Supermarkt oder sonst wo, und ich nehm dich mit. Vierundzwanzig Stunden Arrestzelle ohne Begründung.« Er hatte wirklich viel gelernt in der letzten Zeit.

Vorsichtig bewegte sich die Gruppe rückwärts. Mark schäumte vor Wut, traute sich aber angesichts Rudis geballter Polizisten-Autorität nicht, etwas zu tun. Schließlich stapfte er ins Haus zurück und knallte die Tür so fest ins Schloss, dass Felicitas das Gefühl hatte, der Boden vibriere.

»So«, fragte Sarah ihre Vorvorgängerin, nachdem Helena sie auf den Rücksitz von Rudis Polizeiauto verfrachtet hatte. »Was war jetzt mit dir und Kai gestern?«

»Nichts.« Conny schien leicht unter Schock zu stehen. Sie sah mit großen Augen zu den anderen auf. »Er hat mich nach Hause gebracht. Damit ich nicht mehr allein nach Hause laufen muss.«

»Hat er dich gefahren?«, fragte Felicitas. Kai musste einige Promille im Blut gehabt haben.

Aber Conny schüttelte den Kopf. »Taxi«, sagte sie. »Er wollte anschließend selbst nach Hause.« Sie überlegte kurz. »Ja. Er hat dem Fahrer seine Adresse genannt. Da bin ich mir sicher.«

Felicitas schnalzte mit der Zunge. Nur, dass Kai dort nie angekommen war. Möglicherweise war er doch noch umgeschwenkt auf Hannahs Adresse. Oder aber Hannah ihrerseits hatte auch an diesem Abend im Lemberg-Hof auf ihn gewartet. Felicitas überlegte.

»Danke«, sagte Conny jetzt und machte eine undeutliche Handbewegung in Richtung Mark. »Aber wo soll ich denn jetzt wohnen?«

»Du kannst erst einmal bei mir unterkommen«, sagte Helena.

Was sollte man nun von dieser rasanten Freundschaftsanbahnung halten? Aber Felicitas hatte keine Zeit, sich darüber Gedanken zu machen. »Da findet sich was«, beruhigte sie Conny. »Benjamin hat auch ganz viele Zimmer. Einem Menschen in Not bietet er sicher eins an.«

Benjamin. Das war das erste Mal, dass sie an den Pensionsbesitzer dachte, seit sie losgefahren waren. Natürlich hatte er die ganze Zeit in ihrem Hinterkopf geschlummert. Aber seinen Namen »laut« zu denken, hatte sie sich bisher nicht getraut.

»Kai wollte nach Hause, aber weder seine Eltern noch Tobi haben ihn zu Gesicht bekommen«, fasste Sarah zusammen. »Sollen wir den Taxifahrer suchen?«

Etwas zog und zerrte an Felicitas' Gedanken. Woran hatte sie gleich noch gedacht? Benjamin, das war es doch. Aber was hatte Benjamin mit Kai und dessen Verschwinden …

»Ich glaub, ich hab eine Idee!«, rief Felicitas und lief zu Sarahs Auto. »Los, einsteigen, wir fahren zu Kais Eltern!«

Rudi schaltete erneut das Blaulicht ein, und dieses Mal dauerte es nicht lang, bis sie auf dem Bauernhof von Kais Eltern anhielten.

Kais Exfrauen, ein Polizist und seine jüngste Verlobte im Brautkleid – Felicitas wollte sich nicht vorstellen, was Kais Eltern dachten, die nun gerade aus dem Haus auf den Hof traten. Zudem beschlich sie das ungute Gefühl, sie schuldete zumindest Simone Lemberg noch eine Erklärung und eine Entschuldigung. Doch dafür war jetzt keine Zeit.

»Die Scheune!«, rief Felicitas. »Dürfen wir mal in eure Scheune?« Benjamins Geschichten aus der Jugend hatten sie auf die Idee gebracht, dass Kai vielleicht in der Scheune zu finden war.

Bauer Lemberg blinzelte verwirrt, seine Frau schien sich nicht entscheiden zu können, welche von Kais Verflossenen sie als Erste begrüßen sollte.

Felicitas fasste das als Zustimmung auf und winkte ihren Mitstreitern, ihr zu folgen. »Benjamin hat mir erzählt, dass sie sich als Jugendliche manchmal nicht nach Hause getraut haben, weil sie zu viel getrunken hatten. Stattdessen haben sie erstmal in der Scheune ihren Rausch ausgeschlafen.« Natürlich musste diese Theorie nicht stimmen, aber einen Versuch war es wert, dachte sie, und schob das große Scheunentor auf.

»Kai!« Sarah stürzte an Felicitas vorbei.

Und tatsächlich. Dort lag er in einer Ecke auf einem Bündel Stroh und schnarchte.

»Kai!« Seine Verlobte rüttelte an seiner Schulter, die Übrigen versammelten sich neben und hinter ihr.

»Wa…?« Es dauerte etwas, bis Kai die Augen öffnete und sich aufsetzte. Es dauerte einen weiteren Augenblick, bis er die Szene vor sich vollständig erfasste. »Oh verdammt!«, rief er und riss erschrocken den Mund auf. »Hab ich etwa unsere Hochzeit verpennt?« Er starrte Sarah an. Deren Brautkleid war mittlerweile an den Rändern verschmutzt, hatte hinten einen kleinen Riss und wies auf dem ausladenden Rock mehrere Flecken auf.

»Noch nicht«, flüsterte Felicitas ihm zu. »Aber du stehst kurz davor.«

»Das darf doch nicht wahr sein!« Kai warf die Hände in die Luft.

Sein Vater reichte ihm eine Hand, um ihm aufzuhelfen.

»Und wir dachten schon, du wärst mit Hannah durchgebrannt«, murmelte Felicitas.

»Hannah? Wie um alles in der Welt kommt ihr auf … ach, du liebe Zeit.« Vorwurfsvoll blickte er Felicitas an. »Da macht man *einmal* einen Fehler, *einmal* denkt man kurz über die bevorstehende Hochzeit nach und bekommt kalte Füße. Und natürlich muss ausgerechnet dieses eine Mal jemand nachts durch den Wald schleichen.«

Also doch.

»Und es ist doch auch gar nichts passiert!«

»Es wäre etwas passiert, wenn nicht …«

»Nein!« Kai schüttelte den Kopf und zog dann schmerzhaft das Gesicht zusammen. Er hatte wohl doch einen stärkeren Kater, als gedacht. Geschah ihm recht. »Nein«, sagte er dann leiser. »Ich hab sofort gemerkt, dass da nichts mehr lief. Nie mehr laufen würde.« Treuherzig blickte er Sarah an.

Felicitas war sich zwar nicht ganz so sicher, was das Bild vor dem Gewitter ihr gezeigt hatte, aber sie wollte auch keinen unnötigen Staub aufwirbeln. »Heute Nacht zumindest haben wir dich völlig unschuldig verdächtigt«, bekannte sie schließlich.

»Wir dachten, er übernachtet wohl bei Sarah.« Simone Lemberg blickte auf die Uhr und stieß einen kleinen

Schrei aus: »Himmel, Kai, beeil dich! Ich mach dir schnell ein Katerfrühstück«, rief sie und scheuchte ihren Sohn ins Haus.

»In einer Stunde vor dem Rathaus!«, rief Felicitas ihnen hinterher.

Dann wandte sie sich an den Rest ihrer Gruppe. »Na, das haben wir doch prima gelöst. Hochzeit gerettet.«

Eine Stunde später waren sie tatsächlich alle auf dem Rathausplatz versammelt. Violeta trug ein knallrotes, hautenges Minikleid, und Felicitas fragte sich, wo sie das versteckt gehabt hatte. Aber vermutlich hatte die Handtasche gereicht, aus viel Stoff bestand das Outfit ja nicht.

Felicitas selbst trug immer noch den Jeansrock über den halblangen Leggings.

Auch Anouk hatte sich umgezogen und kam mit ihrer neuen Eroberung anspaziert.

»Schon wieder Trauzeuge«, murmelte Tobi. »Hat doch schon zweimal nicht geklappt.«

Rudis Frau stand heute ganz zuckersüß neben ihrem Polizistengatten und hielt seine Hand wie ein frisch verliebter Teenie.

Felicitas und Violeta hatten Sarahs Make-up bei Rose noch einmal gründlich aufgefrischt, was bitter nötig gewesen war. Rose selbst hielt Roman untergehakt und versprach allen Hochzeitsgästen anschließend Sekt.

Und da trat plötzlich auch Hannah auf den Rathausplatz: Tief dekolletiert und mit einem Mann am Arm, dessen Äußeres sich nicht hinter Ryan Gosling verstecken musste. Hannah. Langsam verstand Felicitas das Getuschel der beiden Mütter Vicky und Juliane.

Dann wandte Felicitas sich wieder ihrer besten Freundin zu.

»Meine Güte, hast du ein Glück mit dem Wetter«, begann sie und hielt inne. Erst jetzt fiel ihr auf, dass sie die Freundin in der letzten Stunde recht wenig hatte lächeln sehen. »Oh je, die Nerven«, flüsterte sie ihr zu. »Soll ich Rose mal fragen, ob sie auch noch so was wie Baldrian da hat?«

Zur Antwort lächelte Sarah schwach.

Nun traf auch endlich der Bräutigam ein. Seine Kumpels, die am Vorabend mit ihm gefeiert hatten, sogar Bernhard, der die Nacht unter der Eckbank verbracht hatte, standen mit Sonnenbrillen etwas abseits im Schatten und nickten ihm bloß einmal zu. Felicitas konnte nur den Kopf schütteln.

»Weicheier«, kommentierte Violeta. »Und ich dachte, Jungs vom Land wären trinkfester.«

Kai kam auf Sarah zu und griff nach ihrer Hand. Auch sein Lächeln wirkte etwas aufgesetzt.

»Wenn die Herrschaften dann so weit sind?« Ruth, die sich als »Standesbeamtin Ruth Messmeier« vorstellte, begrüßte das Brautpaar. Felicitas versuchte, sich so gut es ging hinter Violeta zu verstecken. Aber Ruth schien wie ausgewechselt: Ein Lächeln auf den Lippen bedeutete sie der Hochzeitsgesellschaft, ihr doch ins Rathaus zu folgen. Jemand hatte Rosenblätter rechts und links der Tür gestreut, und Felicitas fragte sich, ob später Reis geworfen werden würde.

»Und wenn wir …«, flüsterte Sarah zögerlich, behielt den Rest des Satzes aber für sich.

»Tja dann …«, sagte Kai.

»Bringen wir's hinter uns«, rief Violeta fröhlich und klatschte in die Hände.

Und nun blickte sich das Brautpaar regelrecht gequält in die Augen.

»Vielleicht …«, begann Sarah nun und ließ Kais Hand los. Sie trat einen kleinen Schritt zurück und blickte zu Felicitas. »Vielleicht hattest du ja doch recht.«

Während Felicitas noch zu verstehen versuchte, was ihre Freundin meinte, fuhr Sarah fort: »Vielleicht war das wirklich nur Torschlusspanik.« Sie sah Kai in die Augen. »Was weiß ich eigentlich von dir?«

»Wir kennen uns seit sechs Wochen«, gab er zurück.

»Eben. Das ist doch keine … Ich meine, du hast selbst gesagt, du hattest kalte Füße und hast dich deshalb mit deiner Ex getroffen. Vielleicht … vielleicht ist das hier alles etwas überstürzt?« Sie deutete auf ihr Kleid, seinen Anzug, die Gäste, das Standesamt. »Ich wollte mich verlieben, und ich wollte mir einreden, dass alles ganz toll ist.« Sarah wurde nun lauter. »Aber du liebe Zeit, ich und Dorfleben?« Sie drehte sich einmal um die eigene Achse. »Ich bin Großstädterin! Ich brauche Clubs und Theater und Konzerte und Kneipen und … Wie komme ich auf die Idee, mit Fußballspielen und Scheunenfesten glücklich zu werden?«

Kai zuckte verlegen mit den Schultern. »Ich dachte, der Heiratsantrag … was sollte ich denn sonst tun?«

»Kai macht immer einen Heiratsantrag, wenn eine Frau einen Gefühlsausbruch bekommt«, mischte sich Tobi ein. Anouk zog ihn an der Hand wieder zurück.

»Oh mein Gott«, flüsterte Felicitas. War das gerade die Auflösung der Verlobung? Der Beziehung?

»Na, so ein Glück.« Tobi schnaufte und lockerte seine Krawatte. »Eine dritte Scheidung hätte ich als dein Vertrauter nicht durchgestanden.«

»Aber …«, begann Felicitas. Jetzt hatte sie sich doch gerade an den Gedanken gewöhnt! Gerade hatte sie sich angefreundet damit, dass ihre beste Freundin ein Dorfleben führen würde. Hatte sich für Sarah und Kai gefreut, hatte geplant, sie jedes zweite Wochenende in Wesebeck zu besuchen. Und jetzt das?

Kais Eltern redeten auf ihn ein, Conny und Helena umarmten Sarah, Violeta wandte sich an Rose, in der Not täte es auch eine Flasche Korn, wenn schon kein Rakija mehr da wäre.

Noch während Felicitas überlegte, wie man dieses Problem nun wieder lösen sollte, klingelte ein Handy. Sehr laut.

Es dauerte, bis ihr auffiel, dass das ihr eigener Klingelton war.

Lukas! Sie stellte sich ein bisschen abseits, die Hochzeitsgesellschaft war immer noch in heftige Diskussionen verstrickt. Sogar Kais verkaterte Freunde hatten sich eingemischt.

»Wenn das jetzt nicht wichtig ist …«, zischte Felicitas ins Telefon. »Und damit meine ich keine Erfolgserlebnisse beim Perlentauchen.«

»Ich bräuchte eine Mitfahrgelegenheit.«

»Was?«

»Vom Flughafen Düsseldorf. Der Zug ist heillos überfüllt, und ich mein, von Dortmund ist es ja nicht so weit, oder?«

»Wieso Flughafen? Wieso Düsseldorf?«, fragte

Felicitas. »Ich denk, du liegst mit Jasmin am Strand von Bali und hast die schönste Zeit deines Lebens!«

»Ach, Jasmin.« Felicitas konnte im Hintergrund eine Lautsprecherdurchsage hören. »War wohl doch nicht die Frau fürs Leben.«

War wohl ... Das musste Felicitas erst einmal verarbeiten. »Du hast dich von der Liebe deines Lebens getrennt?«

»Die Alte hat Drogen geschmissen wie der größte Fan der Love Parade.« Lukas schnaubte.

Das war ja schon Felicitas' Vermutung bei seinem ersten Anruf gewesen, sie konnte sich ein »Ich hab's doch gesagt« aber gerade noch verkneifen.

»Und jetzt stehst du am Flughafen und weißt nicht, wie du nach Hause kommst?« Ruckartig hob sie den Kopf, als der Groschen fiel. Lukas allein am Flughafen, Sarah allein in Wesebeck. Wenn das kein *match made in heaven* war. Ein breites Grinsen stahl sich auf ihr Gesicht. »Also, ich wüsste jemanden, der dich abholen könnte.«

»Oh, mach dir keine Mühe!«, rief Lukas plötzlich. »Hab gerade ... Da ist ein ganz süßes Mädel, die will sich ein Taxi teilen. Felicitas, ich muss, mach's gut, wir sprechen später!«

Was war das denn jetzt? Empört blickte sie auf ihr Handy, dann zu Sarah. Die hatte gerade wie Violeta ihr Smartphone gezückt. »Dann kann ich auch gleich wieder für meinen Artikel recherchieren«, murmelte sie, als sie eine App mit einem roten Herzchen drauf öffnete.

»Ihr seid doch wahnsinnig«, flüsterte Felicitas. Völlig wahnsinnig.

Als ob die abgesagte Hochzeit nicht schon genug war, hielt in diesem Augenblick ein Streifenwagen mit quietschenden Reifen direkt auf dem Rathausplatz. Rudi schien hin- und hergerissen, ob er den Polizisten in Zivil zurechtweisen oder bewundern sollte, der nun breitbeinig wie ein Cowboy auf sie zumarschierte.

»Was zur Hölle machst du jetzt hier?« Felicitas entschied sich für Zurechtweisung. Der Wesebecker Rathausplatz war wirklich der letzte Ort, an dem sie Matthias vermutet hätte.

»Du hast gekündigt«, sagte er und baute sich vor ihr auf.

»Das ist noch nicht einmal einen ganzen Tag her!«, rief Felicitas. Auch wenn es ihr weitaus länger vorkam.

»Ich habe dich vermisst.« Er strich ihr mit der Hand durchs Haar.

»Woher weißt du überhaupt, wo ich bin?«

Er zuckte mit den Schultern. »Bei dir war keiner zu Hause, da bin ich in ihren Salon.« Er zeigte auf Violeta. »Da war aber auch keiner außer zwei Frauen mit Perücken auf dem Kopf, die vor dem Spiegel getanzt haben. Die haben mir dann von einer Hochzeit erzählt, und dass es um Wesebeck geht.« Er warf Sarah einen Blick zu. »Zugegeben, ich dachte, sie haben von *deiner* Hochzeit geredet«, sagte er an Felicitas gewandt.

»*Meine* Hochzeit? Wen soll ich denn in der kurzen Zeit kennen und lieben gelernt haben?«, fragte sie fassungslos.

»Siehst du.« Er wedelte mit seinem Zeigefinger vor ihrem Gesicht herum. »Das dachte ich mir auch. Aber nun ja. Hier bin ich.« Jetzt steckte er die Finger in seine Gürtelschlaufen und wippte auf den Füßen auf und ab.

Felicitas blinzelte. Sie blickte zu Sarah, zu Violeta, zu Anouk und Rose, zu Rudi und Helena, Andi und Michaela.

»Und?«, fragte sie dann.

»Wie und?« Dem empörten Matthias blieb der Mund offen stehen.

»Was machst du jetzt hier? Ich meine …«, Felicitas hob die Arme. »Hat sich irgendetwas geändert?«

»Natürlich hat sich was geändert!«, rief Matthias. »Ich liebe dich, Felicitas!« Leidenschaftlich zog er sie an sich.

Völlige Stille herrschte auf dem Marktplatz. Das gesamte Dorf sah zu ihr her, und Felicitas wurde rot. »Das ist … das ist …«, stammelte sie. »Und deine Frau?«

»Ich verlasse meine Frau!« Matthias grinste vom einen Ohr zum anderen.

»Wirklich?«

»Also vielleicht nicht gleich heute«, ruderte er zurück. »Das muss ja auch wohlüberlegt und gut vorbereitet sein. Im Moment kann ich ihr das auch gar nicht zumuten. Sie ist ein bisschen labil, verstehst du, da muss ich ja Rücksicht nehmen. Aber im Großen und Ganzen: Ja. Irgendwann werde ich meine Frau für dich verlassen.« Erwartungsvoll blickte er sie an.

Erwartungsvoll blickte ganz Wesebeck sie an.

»Ich …« Felicitas schob sich eine Strähne hinters Ohr. »Das ist … Ich weiß gar nicht, was ich sagen soll …« Hilfe suchend sah sie sich um.

Und dort hinten, noch hinter Kais verkaterten Freunden, ganz am Rand der Hochzeitsgäste, da konnte sie breite Schultern entdecken. Ihr Herz setzte für einen

Augenblick aus. Benjamin trug einen Anzug, der ihm einfach umwerfend stand.

Mit einem Mal wusste sie genau, was sie sagen musste.

»Danke, Matthias.« Sie lächelte ihn an. »Aber nein, danke.«

»Was?« Er schüttelte den Kopf, als habe er sie nicht richtig gehört.

Sie trat einen Schritt zurück. »Ich liebe dich nicht!«, sagte sie. »Ich liebe dich nicht mehr!« Dann strahlte sie Sarah und Violeta an. »Hab ich's euch nicht gesagt?« Sie breitete die Arme aus. »Ich bin über ihn hinweg!«

Irgendwo begann irgendjemand zu klatschen.

Felicitas hatte keine Ahnung, wer das war, aber im Moment interessierte es sie auch nicht. Zuerst musste sie etwas erledigen.

»Benjamin!« Felicitas lief auf ihn zu. »Benjamin!« Atemlos blieb sie stehen. Ihr Herz klopfte wie verrückt, nicht nur von dem kurzen Sprint. »Ich weiß, dass ich keine Chance habe«, sagte sie. »Aber ich glaube, ich muss das trotzdem loswerden.«

Er runzelte die Stirn.

»Du bist ein unglaublich toller Mann«, sagte Felicitas. »Du hast deine Frau verloren, und ich weiß, dass ich niemals ein Ersatz sein kann. Du musst mir auch gar nicht antworten, darum geht es mir nicht. Ich wollte dir nur sagen …«

Jetzt lächelte er und schüttelte ungläubig den Kopf. »Felicitas, du bist eine unheimlich kluge Frau«, sagte er. »Aber manchmal … manchmal siehst du wirklich den Wald vor lauter Bäumen nicht.«

»Was …«, begann Felicitas. Doch als er seine Hand an ihre Hüften legte und sie sanft, aber bestimmt an sich heranzog, wusste sie nicht mehr, was sie eigentlich genau hatte fragen wollen. Und als seine Lippen schließlich ihre berührten, war es ihr auch völlig egal.

Nach einer gefühlten Ewigkeit lösten sie sich voneinander. Glücklich legte Felicitas ihre Hände um seinen Nacken und lächelte ihn an. Er legte seine Stirn an ihre. »Ich hätte nicht gedacht, dass ich mein Herz noch einmal verschenken könnte«, sagte er leise. »Aber bei dir hatte ich einfach keine Wahl. Meine Undercover-Kantinenhilfe.«

»Ich hab gekündigt«, widersprach Felicitas. »Ich glaube, Michaela und Andi nehmen mich den Sommer über zurück. Bis ich im Herbst dann das blöde Sportabzeichen endlich habe.«

»Meine Undercover-Kellnerin.« Benjamin strahlte über das ganze Gesicht.

Im Hintergrund hörte sie jemanden jubeln, es klang nach Anouk. Felicitas blickte auf. Rose hielt zwei Daumen in die Höhe, Sarah und Violeta hatten sich umarmt und sahen lächelnd zu ihr her. Rudi klatschte in die Hände.

Felicitas schaute in Benjamins wunderschöne grüne Augen. Sie genoss seine Hände an ihrer Hüfte, auf ihrem Rücken. Er schien sie nie wieder loslassen zu wollen.

Und damit konnte sie sich anfreunden.